KB236142

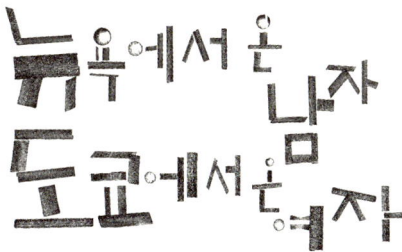

뉴욕에서 온 남자 도쿄에서 온 여자

권진 · 이화정 지음

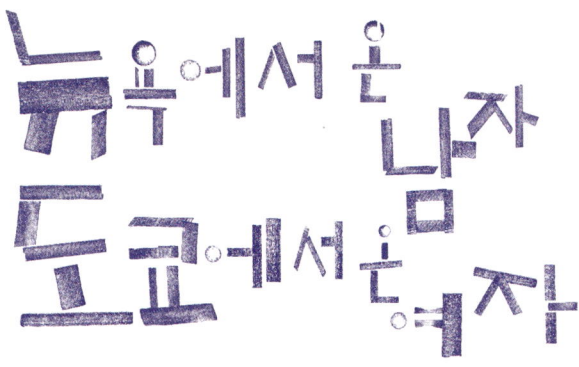

뉴욕에서 온 남자 도쿄에서 온 여자

권진 · 이화정 지음

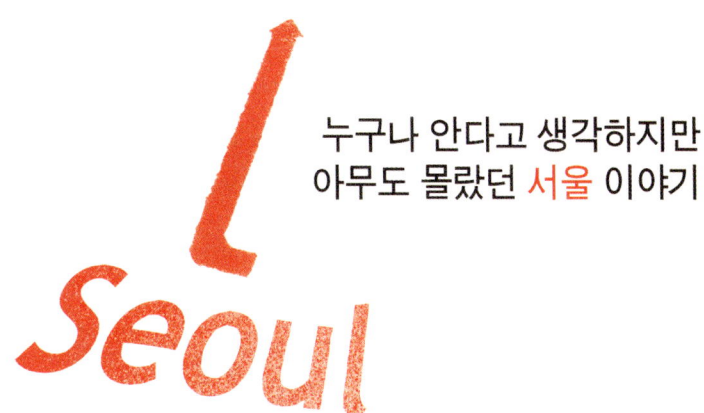

누구나 안다고 생각하지만
아무도 몰랐던 서울 이야기

Seoul

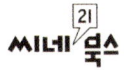

씨네21북스

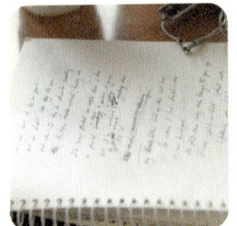
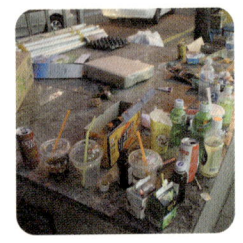
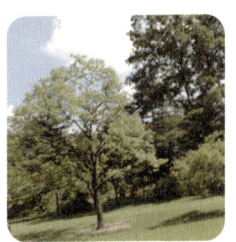
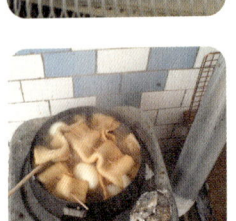
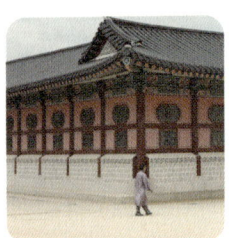
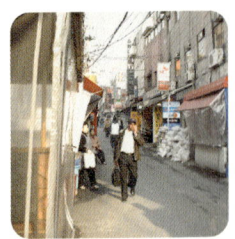

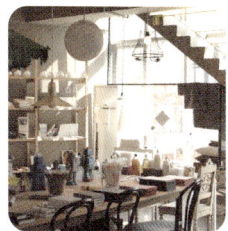
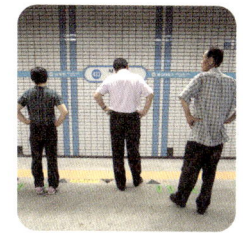
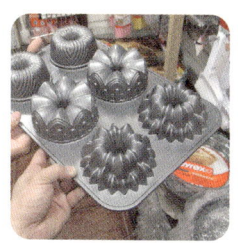
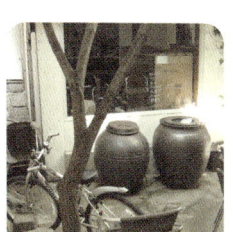
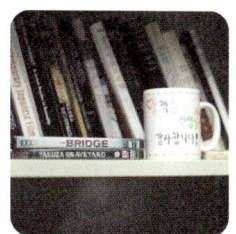
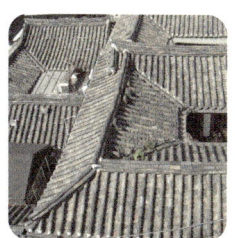

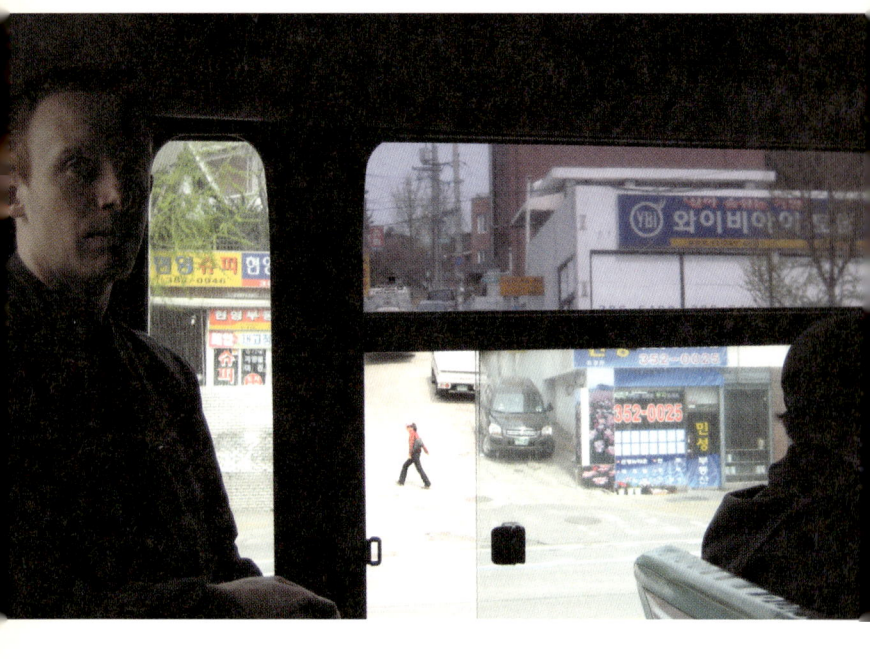

"글쓰고 가르치고, 서울을 사색하는"
파란눈의 영어 선생님

로버트 프리먼 Robert Freeman

3년 전 제주도에서 로버트를 처음 만났다. 냉소적인 농담과 재치가 매력인 이 뉴요커는 한국인 친구와 함께 놀러와서 주변의 풍경엔 시큰둥했다. 그리고 음식을 고르는 입맛은 까다로웠다. 다시 만난 로버트는 저녁을 먹자며 연신내 시장에 있는 밥집으로 나를 데려갔다. 우린 김치찌개와 고등어를 시켜 놓고 이야기를 시작했다. 왁자지껄한 주위 분위기에도 로버트는 편안하게 앉아 있었다. 3년 전과는 다른 변화가 느껴졌다.

연신내 역에서 로버트의 학교로 가는 길에 그의 학생들을 만났다. 아이들은 고개를 숙이고 부끄러워하면서도 "헬로우"라고 인사했다. 연신내의 골목골목, 그 길을 매일 걸어 다니는 로버트는 아직 사람들의 일상이 남아 있는 이 서울 구석을 좋아한다. 집집마다 화분이 놓여져 있고 빨래가 널려 있다. 토요일 오후, 학교 운동장에는 사람들이 축구를 하고 있었다. 주변을 어슬렁거리다 우리와 마주친 한 학생은 로버트가 제일 좋아하는 학생이라고 했다. 학교의 파란색 페인트 벽 앞에서 사진을 찍는 그의 눈도 똑같이 파랬다. 사진기를 들이대자 정말 긴장하는 로버트의 어릴적 꿈은 의외로 연기자였다고 한다.

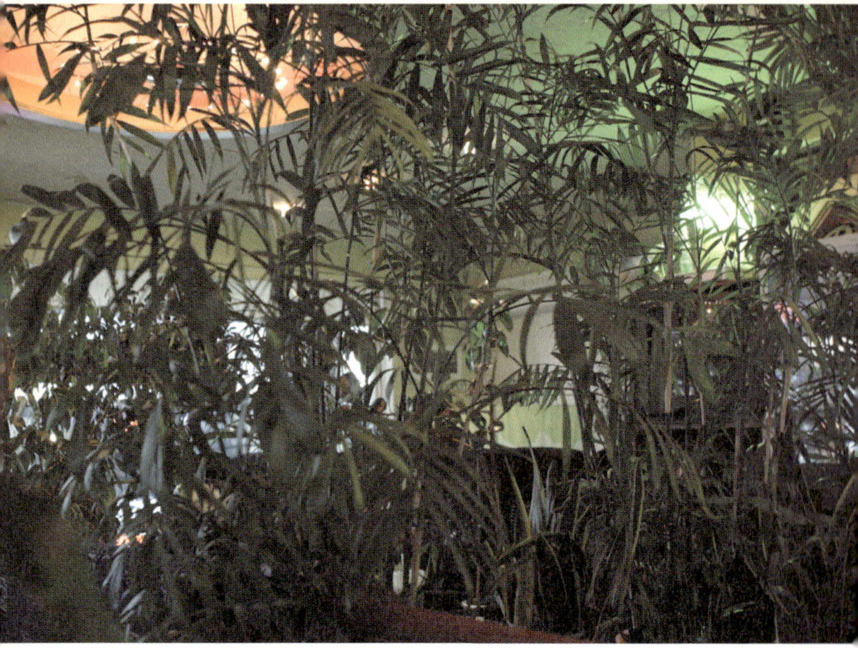

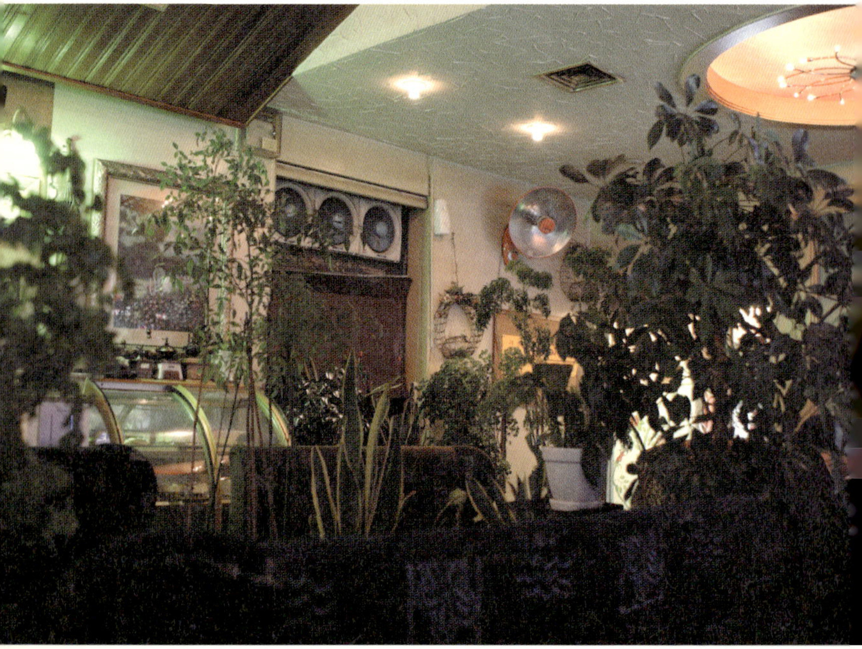

생각해보면 절대 못 갈걸요.
그냥 가는 거예요

여기 자주 오세요?

사실 주말에는 처음이라 이렇게 시끄러운 줄 몰랐어요. 주로 평일에 학교수업 마치고 집에 가는 길에 여기서 밥을 먹어요.

이제 한국 음식 좋아하나봐요?

네. 하지만 아직 멸치는 못 먹어요(웃음). 처음 여기 와서 길에서 파는 떡볶이를 보고 세상에서 제일 지저분한 음식이라고 생각했어요. 근데 이젠 떡볶이가 너무 맛있고 이렇게 한국 음식 먹는 게 편하지, 기름진 음식을 먹으면 배가 아파요. 서울 오기 전에 친구들이, 여길 모르니까, 음식이 지저분할 거라 추측하고 날 걱정했죠. 근데 이제 미국 음식 먹으면 배가 아파요. 피맛골 식당들도 좋아하고 신촌에도 자주 가는 식당이 있어요.

피맛골이 예전에는 큰 길로 다니지 못하는 낮은 계급 사람들이 지나다니던 골목이었어요.

아 그래요? 그래서 내가 거길 편하게 생각하는구나. 전 뉴욕의 뒷골목 출신이거든요(웃음).

처음 한국에 오게 된 이야기 좀 해주시겠어요?

서울 오기 전까진 한국이라는 곳에 대해 한번도 생각해본 적이 없어요. 그냥 가끔 라디오에서 여기 군대가 있다는 얘기, 북한이 있고, 또 남한 정부와는 좋은 관계에 있단 얘길 들었죠. 그러다 웹사이트 크레이

그스리스트(<u>www.craigslist.org</u>)* 라는 곳을 우연히 알게 됐어요. 영어 선생을 구하고 일자리를 찾는 사람들이 드나드는 곳이예요. 한국에서 영어 선생을 구하는 정보들이 쪽 나와 있더라구요. 그때가 금요일 밤이었고, 주말 내내 떠날 생각을 해봤죠. 당시 제가 굉장히 우울할 때였거든요. 한 한 달 정도 우울증이 계속되었죠. 그리고 이틀 후에 바로 결정했어요. '그래 가야겠다.' 플로리다의 어떤 사람이랑 1시간 정도 인터뷰하고, 한국에 있는 학원 담당자와 또 1시간 정도 인터뷰 하고, 일주일 후에 연락이 왔죠. 그러니까 결국 2주 만에 모두 결정이 난거죠. 지원하기로 결심한 월요일 아침 내가 일하던 은행 매니저한테 관둔다고 이야기했어요. 매니저가 "깊이 생각해보고 이러는 거야?" 그러기에 난 그랬죠, "생각해보면 절대 못 갈걸요, 그냥 가는 거예요."

하하. 난 그게 정말 맞는 말이라고 생각해요. 그리고 2주 후, 비행기에 올랐어요. 비행기 좌석에 앉자 정말 웃음이 나왔어요. 난생 처음 백인도 아니고 흑인도 아닌 동양인들에게만 둘러싸여 있던 거예요. 정말 신기한 경험이었어요.

---

* 크레이그스리스트 www.craigslist.org
영어 선생을 구하고 일자리를 찾는 사람들이 드나드는 곳.
집 정보와 벼룩시장, 커뮤니티 등의 도시별 정보들도 나와 있다.

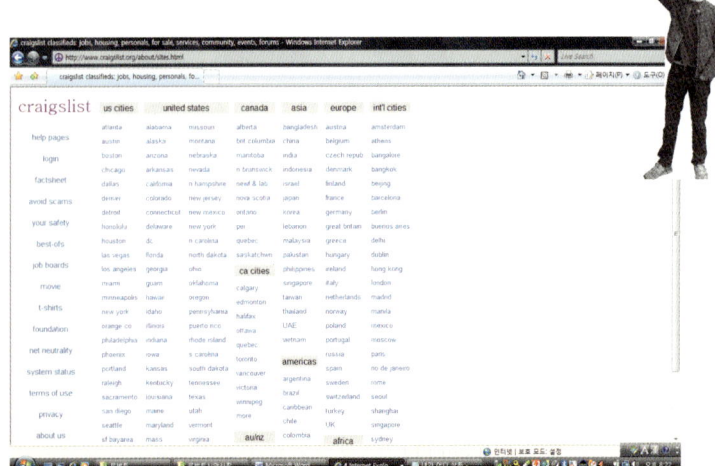

우울증이 오래 됐어요?

한국 오기 전까지 5년 동안 그랬어요. 이유는, 첫째는 은행 일이 너무 싫었고, 학교로 다시 돌아가고 싶었어요. 영문학 전공이니까 출판 쪽 일을 하고 싶었는데 9.11 이후 출판업은 정말 꽉 막혀 있었고, 스물 여덟이 넘어가면서 직종을 바꾸기엔 너무 나이가 늦었죠. 마지막으로 시도를 해본 적이 있긴 한데 결국 은행으로 다시 돌아왔죠. 그래서 이런 우울함이 늘 같이 있었던 것 같아요. 하루에 약을 11개나 먹을 정도였다니까요. 한국 오기로 결심하고 처음 했던 일이 700불 어치 약을 한꺼번에 사는 거였죠. 여기서 그런 약을 구하지 못할까봐, 보험 문제가 있을까봐 걱정했거든요. 근데 여기 와서 그 약들을 모두 버렸어요. 필요가 없어진 거죠. 모든 게 너무 새롭고 빠르게 변하니 가만히 앉아서 내 우울함에 관해 생각할 시간이 없어진 거예요. 살아남아야 하니까.

왜 그럴까요? 바뀐 직업 때문일까요? 아니면 서울이라는 환경 때문일까요?

가장 큰 부분은 아이들 때문인 것 같아요. 여기서 그다지 친하게 지내는 친구도 없고, 물론 알고 지내는 좋은 사람들은 많지만, 그렇게 가깝고 친한 친구는 없어요. 가르칠 땐 아이들과 있고……. 음, 잘 모르겠지만 그런 부분이 아주 좋아요. 물론 보통 오후가 되면 늘 피곤해지지만요. 가르치는 데는 정말 많은 에너지가 드니까. 그렇지만 저녁 때 집에 돌아가서, 다시 나만의 시간을 갖고. 어쩌면 여기서 내가 건강하게 살 수 있는 이유는 아이를 가르치는 일과 친구가 적다는 것, 사이의 조화가 아닐까요? 오후에 집에 돌아가서 조용히 나에게 집중할 수 있는 시간을 갖는다는 거. 그게 좋아요.

로버트 프리먼 Robert Freeman

11

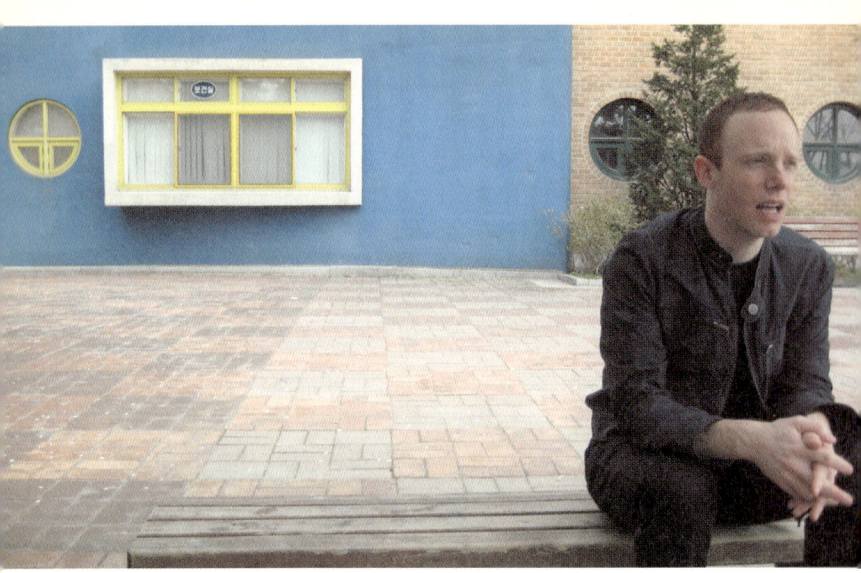

I am happy. Why?

그냥 가르치는 자체를 좋아하는 거예요? 아니면 영어를 가르치는 걸 좋아하는
거예요?

      둘 다 재미있어요. 내가 한국말을 하면 사람들이 못 알아들을 때
가 있거든요. 그런데 내가 서투른 한국말을 하면 재미있어해요. 또 긴
장하기도 하고. 그런 반응들이 재미있다고 할까요?

영어는 그 반대고요?

      네, 지난번에 얘기했죠? 애들이 막 달려와서 나한테 스스럼없이
말해요. "I am happy", 이러는 거야. 난 "why?"하고 묻죠. 그러면 대
뜸 "I don't know"(웃음). 내게 전화를 해서 이러는 친구도 있어요.

"Today you die." 영화서 보고 배운 걸 써먹는 거죠. 'Between' 이런 말을 배운 날은 그걸 막 사용하려고 하는 게 보여요. 그렇게 애들하고 친구가 되는 거 같아요. 재밌는 건, 이렇게 나랑 잘 어울리는 친구들은 학교에서 문제라고 불리고 한국 선생님들이 싫어하는 애들이예요. 근데 난 애네들이 제일 좋아요. 가끔 나쁜 말을 쓰거나, 잘 모르면서 욕을 하면 벌을 주기도 하죠. 벽보고 서 있기 같은……. 내가 하는 말 하나 하나가 이 아이들에게 영향을 주는 것, 이런 걸 느끼는 직업이겠죠? 선생님이란?

안타까운 건, 13살짜리 아이가 밤 11가 되야 집에 가는 거예요. 학원을 마치고, 그 장면이 얼마나 슬픈지 모르겠어요. 하루에 4시간씩 매일 밤 학원에서 시간을 보낸데요. 여기 사람들이 외국회사나 자본이 들어와 정체성에 위협을 느낀다는 말을 할 때마다, 난 이런 식의 교육을 통한 인성교육의 위협은 왜 느끼지 않는지 모르겠어요.

그냥 내 생각엔, 빌 게이츠나 스티브 잡스 같은 백만장자들도 그만큼 성공하기 전까지 꿈을 꾸던 어린 시절이 있었다는 거죠. 여기 학생들은 그런 시간이 없다는 생각에 슬퍼져요.

학교에서 학생들이랑 즐거웠던 얘기 좀 해주세요.

성수 여행 갔던 기억이 나요. 여행가서도 담임선생님들은 스트레스가 많아요. 하지만 난 담임선생이 아니니까 그냥 학생처럼, 친구처럼 아이들하고 놀다 왔죠. 소리를 지를 필요도 없고 3일 동안 그냥 즐거운 시간만 보냈죠. 왕들의 무덤이랑 산에도 올라가고……. 정말 아름다운 곳이었어요. 재밌었던 건 3일 내내 사진사 아저씨가 우리랑 함께 다녔는데, 마지막 날 아이들이 탤런트 쇼를 하는데 이 사람이 졸면서 사진을 찍는 거야. 졸다가 찍고 또 졸다가 찍고. 나한테 하는 말이 쇼를 보는 게 너무 지겹대요.

아마 그 사람은 똑같은 장면을 수도 없이 반복해서 찍었을 걸요.

맞아요. 그분 말이 그 달에만 벌써 다섯 번째 같은 곳에서 **탤런트**

로버트 프리먼 Robert Freeman

13

쇼 하는 장면을 찍었대요.

음……. 좋은 기억이라. 응암동 살 때 수업 후에 애들 열두 명 정도를 초대한 적이 있어요. 그 전에 추수감사절에 우리집 와도 되냐고 하길래 평일이라 일도 있고, 칠면조 요리도 하지 않을 거라 거절했어요. 아이들이 집으로 오는 건 남들에게 오해를 살 수도 있고 좀 조심스럽거든요. 그래서 대신 한국을 떠나기 전에 집에 정식으로 초대하겠다고 했죠. 크리스마스 가까운 겨울이었어요. 먹을 걸 잔뜩 차려놓고 아이스크림 파티를 열었어요. 금요일 저녁 7시부터 9시까지. 아이스크림을 엄청 사놓았는데, 애들은 배부르다면서 많이 먹지 못하더라고요. 버스정류장에 데려다주는데 애들이 너무 좋아하는 거예요. 그래서 기억이 나요. 그 반 애들은 좀 행운이었죠. 다른 반 애들은 초대하지 못했어요. 왜냐면, 그런 파티 한 번 하는 게 너무 힘들더라고요.

뉴욕에서도 아이들을 가르치는 상상은 해봤어요?

네, 가끔요.

뉴욕에선 친구들이랑 뭐하고 놀았어요?

우린 모여 삶에 대한 불평만 하곤 했죠(웃음). 한 달에 두 번 정도. 물론 술도 마시고 클럽에 가거나 하는데, 난 사실 클럽을 그다지 좋아하지 않아요. 가까이 지내는 친구들은 아주 어렸을 때부터 친한, 오래된 친구들이어서 서로 집에 잘 놀러가요. 가족들도 잘 알고. 금요일 저녁이면 친구들이 집에 와서 함께 커피 마시고 이야기 하다가, 영화 보러 가기도 하고. 그렇게 있다가 애들은 클럽에 가기도 하고. 난 집에서 책을 읽거나 하죠. TV도 별로 좋아하지 않고, 영화도 그다지. 책 읽는게 제일 좋아서 책을 많이 읽어요. 서점도 자주 가고. 내 전공도 그거였고.

한국에선 계속 이 주변에 살았어요?

네, 처음엔 일산에 있었고, 응암동에도 잠깐 살았고. 지금은 불광동에 살고 있고, 일 다니는 학교는 연신내에 있고.

재밌네요. 서울의 마지막 개발을 목격하는 루트 같은데요?

맞아요. 지난 2년간 이곳도 정말 많이 변했어요. 그래도 일산보다 불광동, 연신내가 좋은 이유는 사람들이 그동안 살아온 흔적이 더 오래된 것 같다는 느낌이 들어요.

서울의 물가는 어떤 것 같아요? 집값이 비싸다고 느껴지진 않아요?

집은 학교에서 빌려주는 거라 가격은 잘 모르겠어요. 음식은 싼 것 같아요. 여기서 만난 선생님들이나 다른 외국인들도 다들 비슷하게 생각하는 것 같아요. 미국에서 외식을 하면 보통 10불은 필요한데 여긴 5000원만 있으면 한 끼를 해결하잖아요? 거기다가 반찬도 나오고. 미국에선 반찬(사이드디쉬, sidedish)은 따로 주문을 해야 하니까요. 신촌에 좋아하는 식당이 있는데 한 사람당 15000원 이거든요. 그런데 같이 갈 만한 한국 친구를 찾기가 쉽지 않아요. 미국에서, 특히 뉴욕에서는 15불이면 괜찮은 가격인데 한국에서는 비싸다고들 생각하니까.
옷은 한국이나 미국이나 비슷한 것 같아요. 여기는 유니클로, 뱅뱅, ABC 마켓 같은 저렴한 브랜드에도 좋은 제품이 많고. 그렇지만 또 비싼 옷가게들도 많으니까 비슷하다는 생각이 드네요. 먹는 건 여기가 확신히 싸요.

도시가 변화하는 정도. 서울과 뉴저지를 비교하면 어때요?

마찬가지죠. 다 무너뜨리고 다시 짓고. 내 생각에 그래도 뉴욕은 되도록 보존하려는 노력은 하는 거 같아요. 내 고향인 뉴저지 역시 많이 변했죠. 뉴욕과 필라델피아 사이에 위치한 곳인데, 내가 어렸을 때만 해도 시골이었어요. 자전거 타고 한 시간 걸려 쇼핑몰에 가곤 했는데, 지금은 10분 거리에 스타벅스, 영화관 등이 잔뜩 들어섰죠. 미국은 모든 곳이 대도시화 되어가는 거 같아요. 내가 어렸을 땐 아무것도 없었거든요. 뉴욕도 비슷하겠지만, 특히 여긴 그 변화가 확실히 아주 빠른 거 같아요. 아직 구석구석에 조금씩 남아 있는 부분들은 있지만. 그래도 연신내는 서울 중심에 비하면 훨씬 편안한 느낌이, 아직은 있다는 생각이 들어요.

로버트 프리먼 Robert Freeman

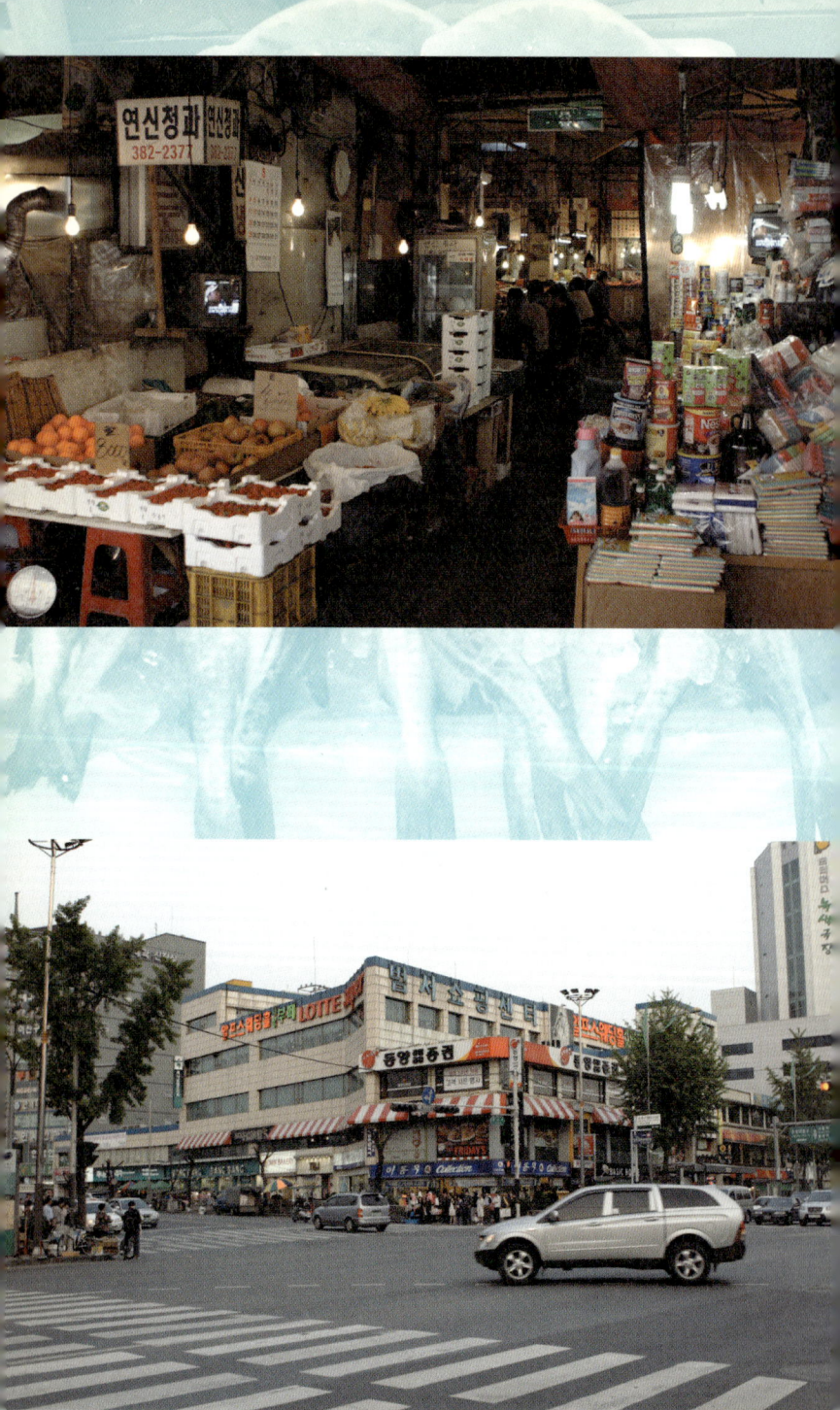

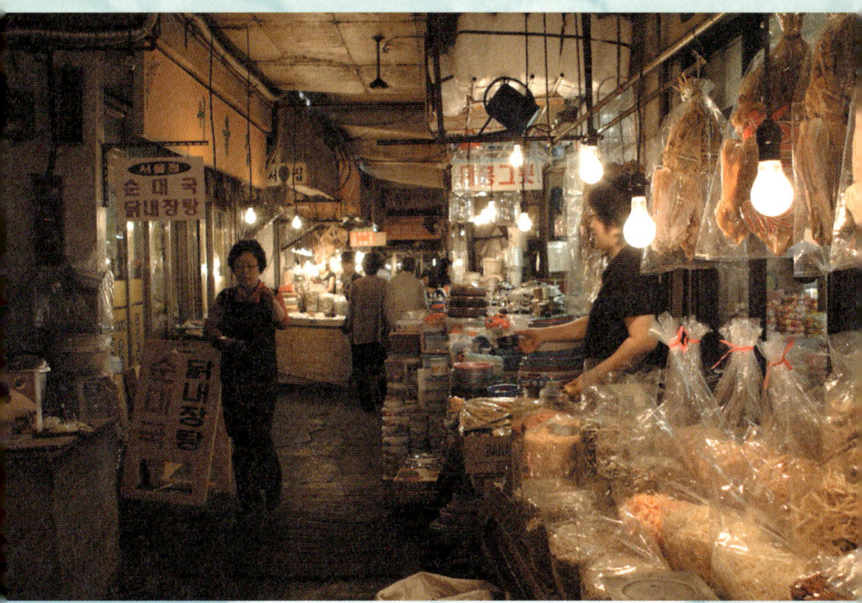

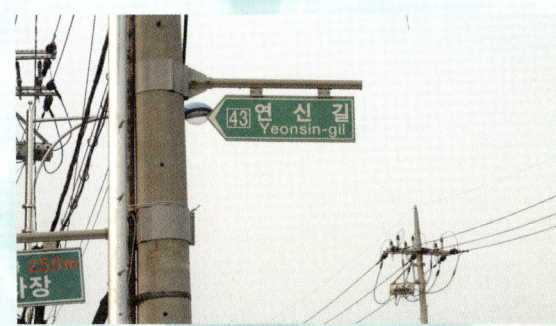

* 연신내 시장

한때는 서울 서북부 지역의 최대 시장이었다. 모든 재래시장이 그렇듯 옛 영화를 잃고 초라한 모습으로 명맥을
유지하고 있다. 손님도 전성기 때의 20%도 안된다고 한다. 새로 생긴 쇼핑몰 사이에서 간신히 자리를 잡고
있는 연신내 시장은 마치 시골 장에 온 느낌이다. 가판에 입을 쩍 벌리고 아무렇게나 놓인 생선, 내키는 대로
담아주는 야채, 막걸리에 족발, 순대 등 대낮부터 한잔 걸치시는 사람들. 근처 북한산에서 산행을 하고 내려온
등산객들이 삼삼오오 짝을 지어 판을 벌이고 있다.

로버트 프리먼 Robert Freeman

삶이란 결국
사람을 잃어가는 과정이죠.

글을 꾸준히 쓰고 있다고 들었어요. 여기 살면서 세상을 보는 것도 조금은
변했을 테고. 글도 달라졌어요?

　　네. 약간. 뉴욕에선 냉소적인 편이었죠. 글도 웃긴 걸 좋아했고.
근데 지금은 그런 게 싫어요. 좀 무서운 게 더 슬픈 글을 쓰는 것 같아
요. 지금이 전보다 덜 슬픈데 글은 더 슬퍼지네요. 요즘 집중하는 캐릭
터가 하나 있는데, 이 여자는 결혼했지만 남편이 일찍 죽었고, 삶에서
다른 모든 사람들과 분리 되어있는 여자예요. 아이들이 있지만 그렇게
까지 사랑하지 않고, 아니 그녀의 삶에 아이들이 크게 연관되지 않는
거죠. 그녀의 마음에 대해서 계속 묘사를 하는데, 이 여자의 깊은 곳에
선 이 우주 어딘가 자신과 연결될 곳이 있을 거라 계속 생각하는 거죠.
그런데 그녀가 꼭 내 마음 같아요. 나 역시 멋진 친구들이 있고, 주위에
좋은 사람들이 있지만, 뭔가 허전한 부분이 있거든요.

뭔가 삶의 슬픔을 더 들여다본다는 건가요? 좀 떨어진 위치에서?

　　그럴지도. 또 내가 여기 온 데는 내 가까운 이들을 남겨두고 온
부분이 있잖아요. 이 느낌은 다르게 이야기하면 꼭 사람을 잃어가는 과
정 같아요. 물론 '안전하게' 잃어가는 과정이겠죠? 왜냐하면 난 이들
이 자신들의 일상을 잘 살고 있다는 걸 알고, 한 달에 한 번 정도 긴 통
화를 하고, 혹은 이메일을 하고. 그래서 이들이 그렇게 계속 살아가리
란 걸 알지만, 한편으로 내게 되묻는 거예요. 혼자서 살아남을 수 있냐
고.

부분적으로는요. 그러니까 삶은 결국 사람을 잃어가는 과정인 것 같아요. 그런 걸 여기서 조금 더 강하게 느꼈다고나 할까요? 이제 난 이런 부분을 받아들이고 있고, 어쩌면 너무 잘 하고 있는 건지도 몰라요. 여기 처음 와서는 별 의미 없는 파티에 나가고, 누군가 떠나는 걸 보고, 그런 걸 계속했어요. 너무 많이 스쳐가고, 떠나가죠. 이제 그래서 허식 같은 작별인사도 싫어요. 그냥 "또 봐"하고 헤어지죠. 계속 새로운 사람들이 바뀌어가며 내 옆에 왔다가죠. 이제 차라리 가족이 한결같단 생각이 더 강해졌어요. 친구들은 계속 바뀌어 가고…….

몇몇 소수의 사람들과 깊은 관계를 맺는 타입인가봐요.

네, 그래요. 결국 마음 깊이 연결되지 못할 사람들과 시간을 보내고 싶지 않은 거죠.
낯선 곳에서 만난 비슷한 처지의 사람들끼리 아주 잠깐 동안 '너무 친한' 관계를 맺고 헤어지고 나면 뒤도 돌아보지 않는 경우를 봤어요.
한번 만나서 너무 친한 느낌이었다가, 다른 장소에서 만나면 뭔가 다른 사람을 만난다는 느낌? 여기 처음 왔을 때 사람들이 "외롭겠다"라고 자꾸 그러는데, 나 혼자지만 외롭진 않나,고 생각해요. 글 쓰는 걸 좋아하고. 물론 너무 혼자만 있으면 위험한 부분도 있지만, 자신을 좀 더 깊게 볼 수 있는 기회라고 생각해요.

서울 말고 다른 아시아 지역에 사는 걸 생각해본 적 없어요?

아니, 없어요. 절대로.

여기를 선택해서 온 것도 아닌데 왜 그렇게 생각해요?

처음 서울에 왔을 때 난 약간 화가 난 상태였던 것 같아요. 어항 밖으로 나온 금붕어처럼 너무 낯설고, 여기 사람들은 불규칙적으로 걸어다니는 것 같고. 근데 지금 와서 보면 도시 사람들은 그냥 비슷한 거 같아요(웃음). 적어도 여긴 외국인들에게 친절해요. 뉴욕 사람들은 그럼

로버트 프리먼 Robert Freeman

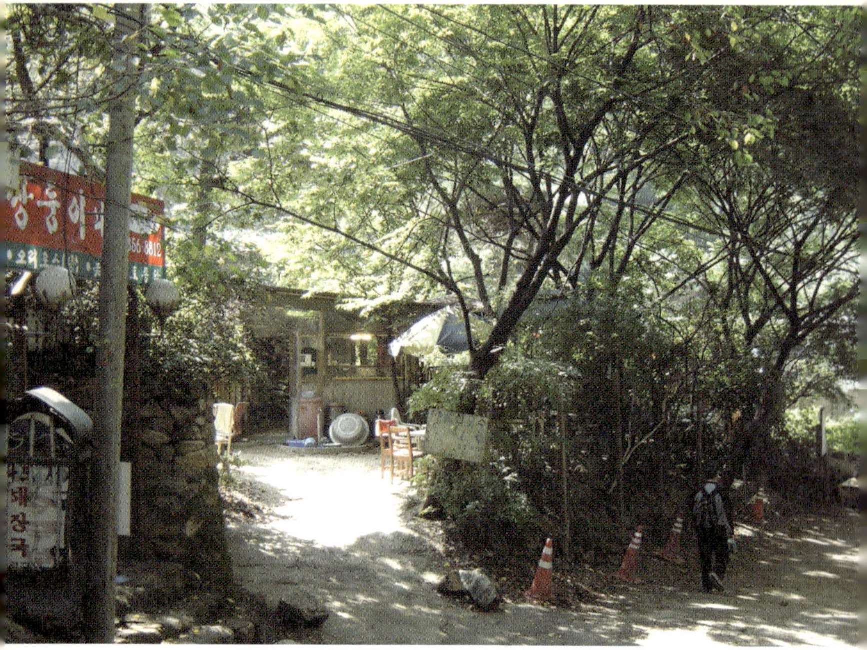

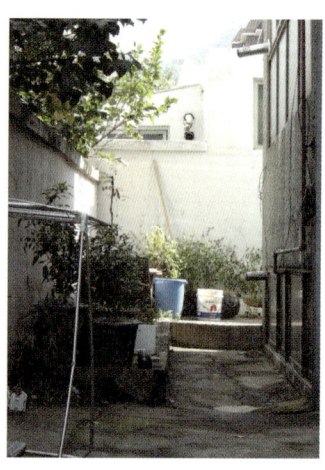

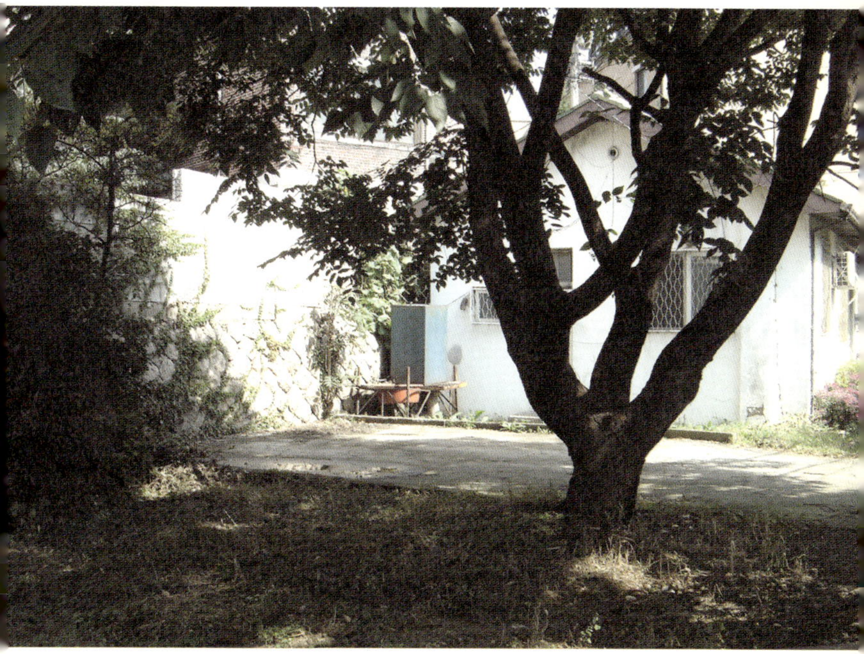

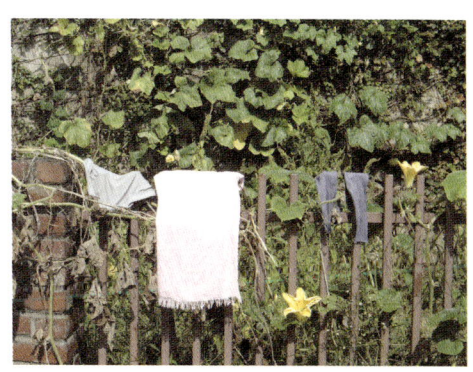

여기 사람들은 평화로워 보여요.
환경과 더 친해 보이고.
시간이 나면 등산을 가고,
그린 모습들을 일상으로 많이 보니까요.
여기 와서 자연에 관한 시를 읽기 시작했어요.

로버트 프리먼 Robert Freeman

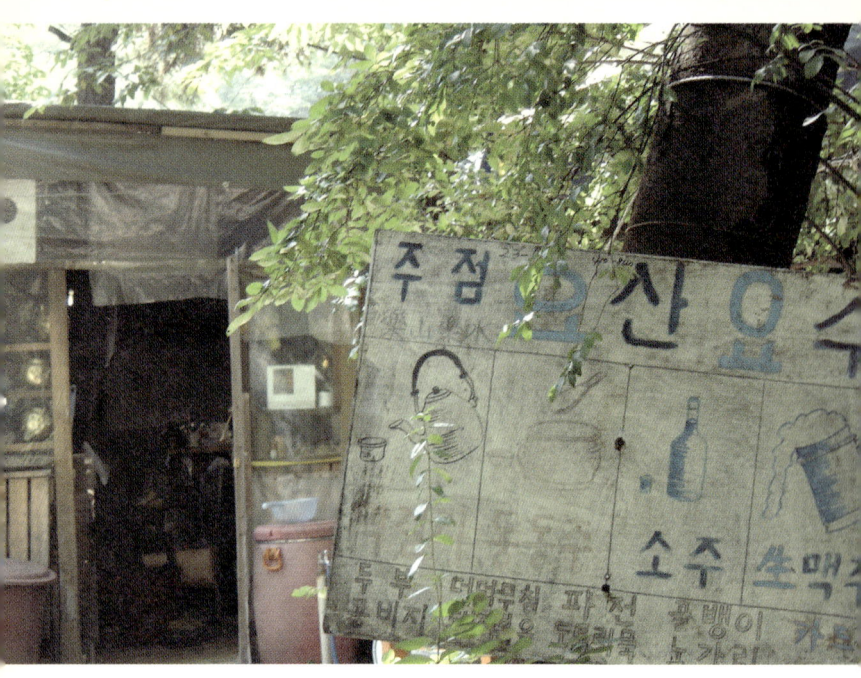

지 않거든요(웃음). 그리고 다른 나라로 가기 싫은 건, 웃기게 들릴지도 모르지만, 내가 처음 경험한 아시아의 나라가 한국이기 때문이예요. 유럽에선 스페인이 처음 경험한 나라고, 바르셀로나가 첫 도시고. 서울에서의 내 첫경험을 다른 곳과 비교하기 싫어요. 그냥 여기가 최고예요. 맨해튼도 그렇고. 난 약간 그런 쪽이예요. 첫사랑 이런 거 가슴에 담아두는.

로맨틱한 사람이군요(웃음). 뉴욕 친구들에게도 여기를 추천할까요?
　　네, 그럼요. 항상 친구들에게 여기 오라고 그래요. 친구들은 아직 아시아에 대해 잘 모르고. 그래도 그냥 얘기해요. 일단 와보라고. 대부분 낯선 곳에 가는 걸 두려워하는 거 같아요. 근데 와서 보면 그렇게 크게 힘든 일은 아니거든요. 왔다가 맘에 안 들면 짐 싸서 돌아가면 되죠.

그렇지 않아요? 어쨌든 난 항상 사람들에게 서울을 추천해요. 여기서 뭘 할 수 있냐고 물어보면 그러죠. 거기서 하는 걸 똑같이 하는 거야. 쇼핑 가고, 영화 보고, 사람 만나고. 전 세계 어딜 가도 비슷한 걸 하지 않나요? 사람들은.

자신을 좀 더 깊이 들여다보는 기회가 되었다고 했는데, 그게 도시 때문일까요? 아니면 낯선 곳에 혼자 사는 외국인이라서 그런 걸까요?

언어가 차지하는 부분이 있는 것 같아요. 영어를 조금 할 줄 아는 사람들은 많이 만날 수 있지만 진짜 대화를 할 만한 사람을 찾기는 정말 힘들거든요. 그래서 대부분의 시간을 혼자 보내고, 첫해는 그래서 화가 났을 거예요. 그래서 괜히 사람들을 함부로 만나기도 했고. 근데 그 후에 서울을 혼자 들여다보기 시작했어요. 많은 생각을 하고. 먹는 일, 돈을 버는 일, 나 자신과 미래, 그리고 조금은 긍정적으로 바뀐 것 같아요.

여기 와서 말투도 좀 달라졌나요?

미국에서는 "like" 나 "you know" 혹은 "just kidding", "You know what gets me?" 이런 말들을 많이 썼어요. 그런데 이런 말들 모두 필요가 없어졌죠. 천천히 말해야 하니까요. 그리고 사람들이 내 말을 알아들을 수 있도록 모든 언어에 최선을 다하게 되니까요. 한마디로 '장식'이 필요없어진 거죠. 한번은 영어캠프 선생으로 일하는데 미국 소녀를 만났어요. 나를 포함한 캠프 선생님들 모두 이 소녀들이 하는 말을 알아듣기 어렵다고 불평했거든요? 웃기게도 이 소녀들은 그런 장식적인 단어들, 속어, 은어 이런 말을 계속해서 썼었던 거죠. 네이티브 스피커나 혹은 영어가 아주 유창한 사람을 만나면 다시 전에 말하던 방식으로 돌아가곤 해요.

로버트 프리먼 Robert Freeman

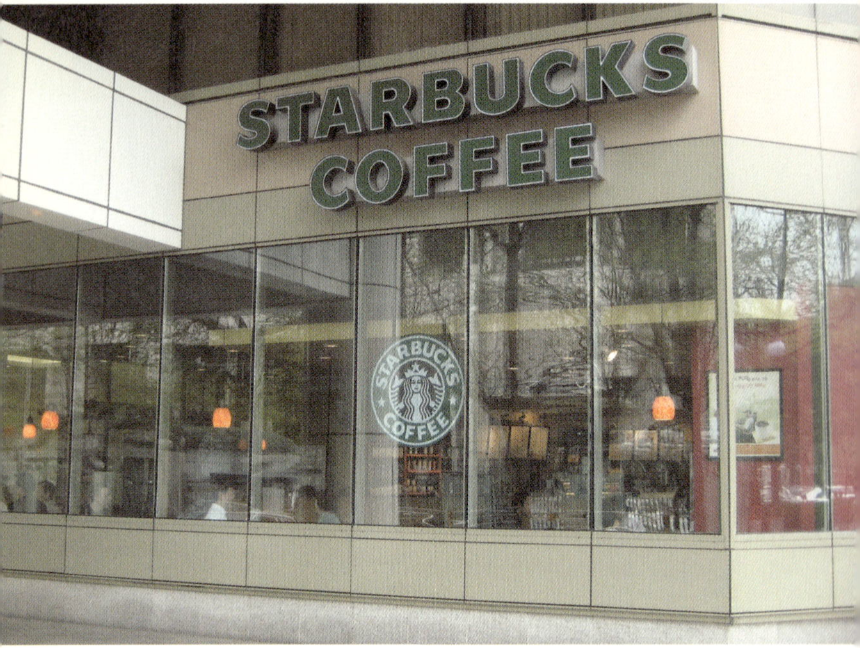
STARBUCKS
COFFEE
STARBUCKS
COFFEE

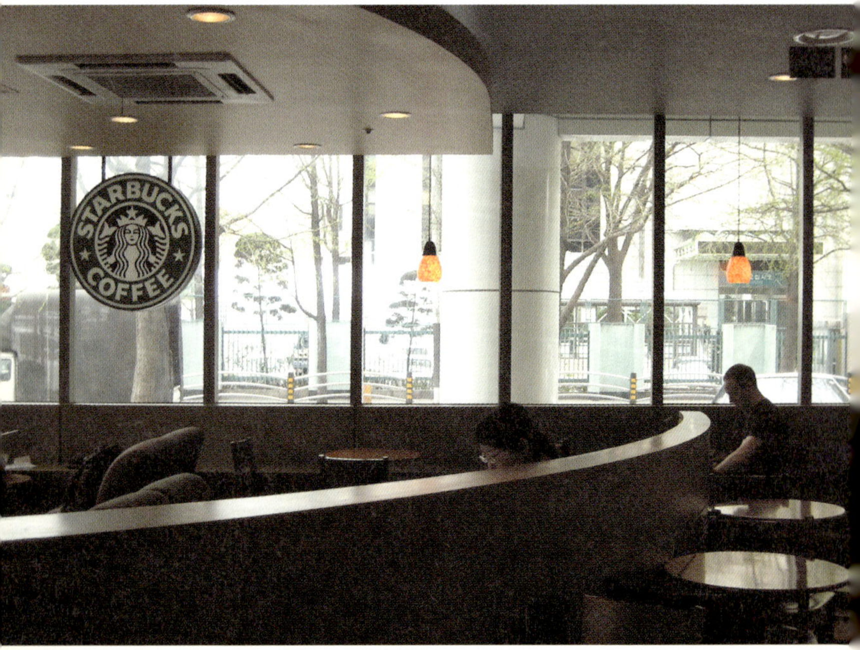
STARBUCKS
COFFEE

비 오는 날의
스타벅스와 연신내 시장 사이

오리엔탈리즘, 이런 방향으로 생각해본 적 있어요? 외국에 나가면 사람들이
낯선 나라의 이질감 자체를 즐기기도 하잖아요. 그 이질감, 뉴욕의 친근함과
다른 낯설음 자체가 매력적인 부분일까요?

　　네, 전 서울에 백오십 개가 넘는 스타벅스가 있다고 해서 마음 놓
고 왔어요. 지금도 스타벅스에서 많은 시간을 보내요. 비 오는 날 스타
벅스에 앉아 루이 암스트롱을 듣고, 커피를 마시고, 책을 읽고 있으면
그냥 맨해튼에 있는 거 같아요. 뉴욕에서도 그렇게 시간을 보내곤 하니
까요. 그런 친밀함을 여전히 찾고 있어요, 여기서도. 그런데 아주 단순
하게 아침에 사람들이 출근하는 모습들, 다들 똑같이 반짝이는 옷을 입
고 바쁘게 걷고, 시장에서 우산을 펴고 그 아래에 쭈그리고 앉아 야채
를 파는 아줌마를 매일 보고, 그런 낯선 모습들을 마주하면 난 당장에
이방인이 되죠. 시장엔 생선들이 널려 있고, 그 사이로 물들이 떨어지
고, 좀 지저분하다는 생각도 들지만 그런 장면들을 굉장히 즐기고 있어
요. 왜냐하면 낯선 경험이니까요. 엄마랑 통화를 하면서 그런 이야기를
했어요. 돌아가면 내가 어떻게 다시 거기 삶에 적응할 수 있을지 상상
할 수 없다고. 여기서의 경험이 지금 제게 아주 강렬해요. 빠르게 변하
고, 그래서 뭐든지 새롭고. 이제 이곳의 이질감 자체가 친근감이 된 것
같아요.

서울에서도 다른 곳을 꿈꾸는 사람들. 그런데 우리가 꿈꾸는 다른 곳의 사람들
역시 또 다른 데를 꿈꾼다는 거네요.

　　뉴욕에 사는 사람들도 〈섹스 앤 시티〉를 보며 영화 속 삶을 꿈꾸
는 걸요.

로버트 프리먼 Robert Freeman

글에 서울이 등장한 적 있어요?

　서울을 쓴 적은 없어요 아직. 전 뭐든 끝이 나야 거기에 대해 쓸
수 있는 것 같아요. 일기장에 물론 매일 적지만, 소설로는 아직 없어요.
지금 이 모두를 정리하기엔 너무 이른 것 같아요. 그런데 하고 싶어요.
미국, 할리우드는 전 세계를 돌아다니며 러브스토리를 만들어내는데,
주로 파리가 무대가 되고, 동경도 있었지 참. 난 서울도 이런 배경이 될
수 있다고 생각해요. 이곳에서 어떤 사람들이 만나든 간에 그런 이야기
가 필요해요. 한국인들이 영화를 만들면, 미국인들에게 직접 소통하기
엔 너무 다른 느낌이 있더라고요. 아무리 다니엘 헤니가 나와도. 난 그
게 싫어요. 그래서 내가 직접 여기를, 미국 사람들이 좀 더 잘 이해할
수 있는 이야기로 쓰고 싶어요.

한국에서 외국인으로 살아가는 건 어떤 거예요?

　미국에서 난 은행에서 일했거든요. 아주 아주 피곤하고 지루한 표
정을 하고 앉아서 사람들을 마주하죠. 뉴욕에도 외국인들이 아주 많잖
아요. 뉴욕에서 돈을 벌어 자국의 가족들에게 보내려 은행을 자주 찾
죠. 나를 포함해 함께 일하던 동료들은 그런 외국인들을 탐탁지 않게
생각했어요. 미국의 돈을 외국으로 보낸다는 생각에. 그런데 이젠 여기
서 내가 은행에 가고, 옛날 내 얼굴과 똑같은 표정의 사람들이 거기 앉
아 미국으로 돈 보내는 걸 도와주는 거죠. 무료한 목소리로, 늘 같은 질
문과 대답을 서로 하죠. 뒤바뀐 경험을 하고 있는 것 같아요.

같은 영어 선생님 말고 다른 외국인과 만나기도 해요?

　네, 한번은 친구의 한국 친구 집에 놀러갔는데, 그 집의 필리핀
가정부 아줌마를 그 친구의 어머니로 오해했던 적이 있어요. 그 한국
친구가 아주 기분 나빠했어요. 크리스마스 때 한국 친구가 여는 파티에
간 적이 있는데, 외국인이라곤 나와 파키스탄 사람 두 명 뿐이었거든
요. 그런데 모든 사람들이 내겐 너무 친절하게 이야기도 하고 관심을
갖고 하는데, 그 파키스탄 사람에게는 아무 말도 걸지 않고 궁금해하지

도 않는 거예요. 금방 거기를 떠나더라고요. 한국은 나 같은 백인이 살기엔 편한 나라 같아요.

외국에 사니 이런 다른 외국인들이 더 잘 보이는 걸까요?

　　그럼요. 뉴욕에서 만났던 친구들 중에 폴란드계, 인도 사람, 말레이시아……. 그런데 그 친구들을 만날 때 단 한번도 그들 나라에 대해 궁금해한 적이 없었어요. 그냥 영어를 쓰니까 미국 사람, 이렇게 대했던 것 같아요. 지금 와선 그 부분이 제일 미안해요. 그 친구들의 고향, 언어, 이런 걸 물어봐주지 못한 게 말이죠. 우리 아버지는 가게에서 일을 하는데 뉴욕에 사는 외국인들을 자주 대하죠. 지난번에 잠깐 가족들 보러 미국에 갔는데, 아버지가 영어를 못하는 사람이 가게에 와서 너무 화가 났다는 거예요. 영어를 못 배운 걸 탓하면서. 제가 그랬어요. 다른 나라에서 한번도 살아보지 않은 사람이 새로운 언어를 배우라는 말을 그렇게 쉽게 하면 안된다고. 한국에 온 첫해 동안 "Do you speak English?"를 하루에 몇 번이나 외쳤는지 몰라요.

한국인들은 당신에게는 친절한 사람들이군요?

　　그리고 여기 사람들은 평화로워 보여요. 환경과 더 친해 보이고. 봄이 오면 벚꽃을 기다리고. 그런데 뉴욕에선 그냥 나무는 나무죠. 단풍나무도 그냥 나무예요. 캐나다 국기에 그려진 게 단풍인 건 한국 와서 알았을 정도니까요. 봄이 오면 나무를 심고 화분을 가꾸고 그런 모습들이 여기서는 보인다는 거죠.

서울에 산이 많아서 그런 건 아닐까요?

　　맞아요. 뉴저지에도 산이 있지만, 이런 모습은 아니예요. 여긴 산이 아주 가깝게 있잖아요? 대부분의 사람들이 시간이 나면 등산을 가고, 그런 모습들을 일상으로 많이 보니까요. 여기 와서 자연에 관한 시를 읽기 시작했어요. 뉴욕에선 더럽고 거친 것들만 생각나거든요. 근데 여기서는 아름답고 평화로운 것만 생각하게 돼요. 그렇다고 여기가 아

Write Love

Robert Brantley Freeman

I know I should be old enough
To know the difference between
Fact and fiction.

Yet as I sit and try
To retell our story . . .
My! How differently you appear on the page!

사랑을 쓰다

충분히 나이가 들어야겠지
사실과 소설 사이의
차이점을 알기에는.

아직도 난 앉아서 노력해.
우리의 이야기를 다시 말할 방법들에 관해서.
아, 매 단락 마다 넌 얼마나 다른 모습으로 나타나는지!

주 깨끗하다는 건 아니지만. 사람들이 굉장히 차분하고 폭력적인 모습이 없어요. 출퇴근 시간이 1시간, 1시간 반이 걸려도 이에 관해 크게 불평을 하지 않아요. 뉴욕에선 5분만 지연이 되도 무슨 큰일이 난 것처럼 야단법석을 떠는 사람들이 많은데. 여기 사람들이 더 포용력이 있는 것 같아요.

이상하네요. 전 오히려 여기 사람들이 폭력적으로 돌변하는 모습을 보고 깜짝 놀란 적이 여러 번 있는데요.

글쎄. 그렇다고 해도 전 그 폭력을 직접적으로 느끼지 않는데요. 가령 어떤 사람이 아주 심하게 고함을 지른다던지 그런 모습.

뉴욕엔 항상 경찰들이 주변에 있겠죠? 그리고 총이 있고. 아마 그 총기 소지가 여기와 미국의 다른 모습을 지정해주는 걸까요?

맞아요. 저도 그렇게 생각해요. 할머니가 총기사고로 돌아가셨어요. 1986년에. 저희 아버지는 공화당 지지자인데, 총기소유를 옹호하는 입장이예요. 이 부분에 대해선 꽤나 여러 번 아버지와 싸웠어요. 전 그래요, 친구가 총을 맞고 죽었다고 생각해보라고요, 어떻게 총기 사유를 옹호할 수 있냐고. 아빠는 제게 되물어요. "미안하지만 우리 어머니가 총으로 죽었단다 얘야." 아차, 했어요. 전 그 부분을 잊고 있었거든요. 어렸었고, 그 때 할머니 소식을 들었을 땐 뭐랄까 신문이나 뉴스에서 나올법한 다른 사람의 총기사고 소식을 듣는 기분이랄까? 미국이 그래요. 우리 형만 해도 한참 혈기왕성할 때 싸움질 하고 그랬거든요. 무기라는 인식도 없이 집에 있는 칼을 집어들고 나가더라고요. 사용하려고 한 것 같진 않고 그냥 자기를 지키겠다는 마음에 그걸 가지고 나가 싸우고 돌아왔는데. 물론 사용하진 않았고……. 미국에선 이런 일들이 난무하고, 그래서 가족 일이 신문에서 쉽게 볼 수 있는 그런 이야기랑 막 뒤섞이는 거예요. 어느 가족이든지 이런 스토리는 하나씩 가지고 있을 걸요. 난 총기소유를 정말 반대해요. 왠지 알아요? 사람 목숨을 살리는 일에는 정말 많은 노력이 필요한데, 죽고 죽이는데, 그것도 총으로 하는 건 너무나도 게으른 폭력이기 때문이예요. 단지 그 이유예요.

폭력 이야기가 나와서 말인데, 여긴 그래요. 술에 취해 사람들이 소리지르고, 싸우고, 다투고 해도 그건 어떤 일상의 한 장면 같은데. 미국에선 십대 소년들이 소녀 하나를 끌고 가서 때리고 성폭력을 행사하고 그걸 비디오로 찍어서 인터넷에 뿌려요. 이런 일들이 아주 쉽게 일어난다는 거죠. 300불만 있으면 인터넷에서 총을 살 수 있는 거예요. 아직 십대인데도. 이건 정서적으로 아니 정신적으로 문제가 있다는 거예요.

한국에서도 그런 일들이 점점 더 생겨나고 있어요. 미국 문화는 영화, 텔레비전 이런 매체들을 통해 우리 정서를 많이 지배하잖아요. 뭐 대부분 도시들이 그렇겠지만, 한국도 마찬가지고요.

그래요, 내가 안타까운 부분은 그거예요. 한국 사람들 미국 드라마 좋아하잖아요. 특히 〈프리즌 브레이크〉, 난 정말 그거 못 보겠던데요. 뭐 물론 구성이나 긴장감 등은 내가 글 쓰는데 도움이 되는 부분도 있어요. 그런데 그거 말고 너무 폭력적인 언어들이 난무하고, 정말 뉴욕 뒷골목에서나 들을 수 있는 쓰레기 같은 단어들인데, 그런 드라마를 한국에서 그렇게나 환영한다면, 그런 드라마를 보고 큰 아이들에게 시간이 지나서 좋을 건 없죠.

왜 스타벅스에서 글을 써요?

우선 제일 편해요. 거기 커피가 제일 익숙하기도 하고, 스무 살

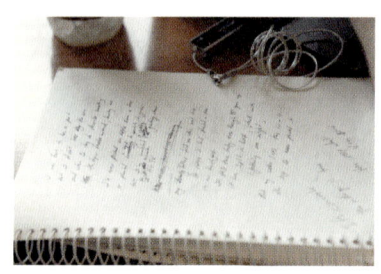

때부터 마셔온 걸요. 난 서울 시내 중심에 있는 스타벅스 위치를 다 기억해요. 하하 주로 홍대, 경복궁, 신촌 스타벅스를 가죠. 글은 경복궁 근처 스타벅스에서 많이 쓰고. 아파트에서는 쓸 수가 없어요. 음악 듣고, 화장실 갔다가, 낮잠도 자고, 차 마시고, 산만해지는 것 같아요. 집에서 일하면 잘 돼요? 난 이렇게 밖에 있어야 자신에게 뭔가를 하게끔 몰아갈 수 있는 것 같아요.

그러면 다른 브랜드는 안돼요?

난 의리가 있거든요.

로맨틱한 데다가요? (웃음)

거기 말고 가끔 가는 다른 카페들은, 홍대 가면 aA(www.aAdesignmuseum.com)*라는 곳이 있고, 인사동에서는 mmmg(www.mmmg.net) 를 가죠.

한국 음악은 뭐 들어요?

비, 뭐 이런 가수는 알아요. 목소리가 좋다고 생각한 적두 있어요. 근데 한국 가수늘 많이는 잘 몰라요. 뮤직비디오는 자주 보는 편인데, 항상 총을 든 스펙타클한 드라마가 펼쳐지잖아요? 근데 유심히 보진 않은 것 같아요. 비를 보고 잘생겼다고 생각해요. 그냥 미국 팝 아이돌과 같다고 생각해요. 리움에서 목요일 저녁마다 있는 무료 음악회는 되도록 자주 가려고 해요. 그거 정말 좋아요!

그림 좋아해요?

그림은 잘 모르지만 인사동이나 삼청동 갤러리들은 자주 가요. 뉴욕보다 여기 갤러리들이 좋은 점은 사람들이 되게 편하게 드나든다는 거죠. 뉴욕에선 갤러리에 들어가면 거기 있는 사람들이 날 보며 '무얼 살까' 하고 기대를 해요. 그거 아주 불편한 시선이거든요. 여긴 그런 게 없는 거 같아서 좋아요.

어디서 살든 꼭 들고 다니는 물건 있어요?

물건은 없어요. 음. 아이팟? 근데 내 아이팟*에는 음악보다는 단어공부 파일이 들어있거든요. 난 소설가가 꿈인 사람이고. 그래서 좋은 단어들에 관한 욕심이 많은데, 여기 와서 쉬운 단어들만 사용해 어린이들을 계속 가르치다보니, 내 단어의 수준이 자꾸만 줄어들고 있다는 불안한 느낌이 많아요. 어려운 단어들을 편안하게, 정말 체화해서 사용하고 싶은 욕심 같은 거요.

재미있는 대답이네요. 물건이 아니네요 (웃음).

'긍정적으로 생각하기' 이런 것도 들어있어요. 들으면서 긍정적으로 생각하려고 노력하죠. 잘 안되지만(웃음). 오디오 북 같은 거요. 한국 오기 전엔 난 모아놓은 돈도 없고, 미래에 관한 계획도 없고. 근데 내가 바뀌긴 했나봐요. 내 아이팟에는 주식배우는 것도 들어있어요. 하루 종일 편한 영어를 하다보니 어려운 영어, 아카데믹한 영어 이런 욕구가 더 강해지는 모양이예요. 근데 어휘력이 많이 줄어든 거 같아서 뉴욕으로 다시 돌아간다면 그 부분이 조금 걱정돼요.

화려한 단어나 수식어는 줄었을지 몰라도 생각이 성숙하면 언어도 성숙하지 않을까요?

맞아요. 어쨌든 사람들은 잘 모르는 단어를 고민하지 않고 사용하며 살아가곤 하니까요.

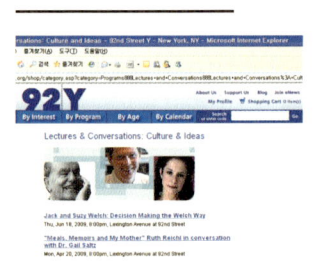

* 92nd St. Y http://www.92y.org
뉴욕에 있는 문화교육 센터. 여러 무료 강연이 열린다. 거기서 시 쓰는 수업을 들었는데 서울 와서부터 좀 적극적으로 쓰기 시작했어요. 재미있는 건 아주 옛날에 쓴 시를 아직도 고치고 있어요. 그게 시의 재미인거 같기도 하고. 아직 별로지만 어쨌든 즐기고 있어요.

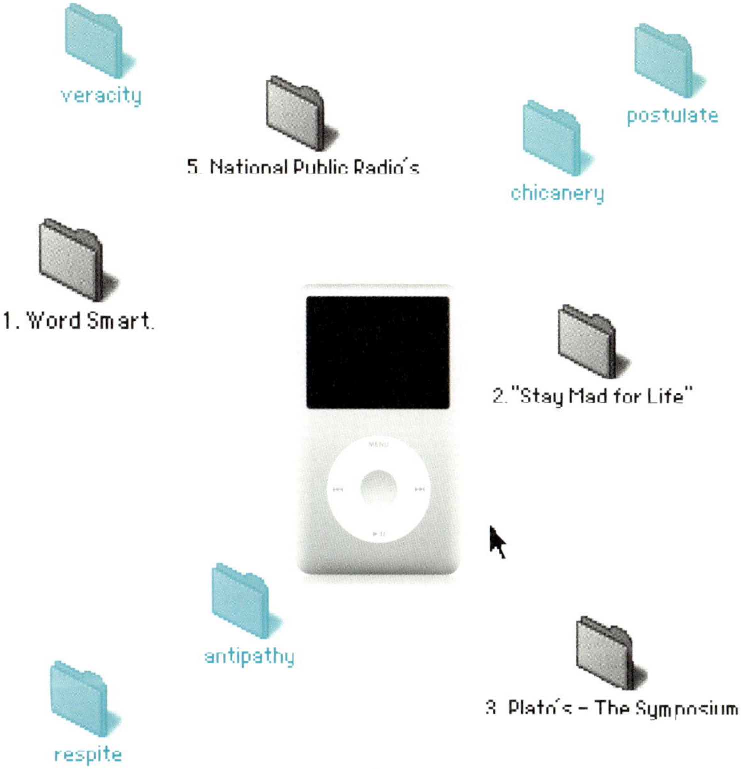

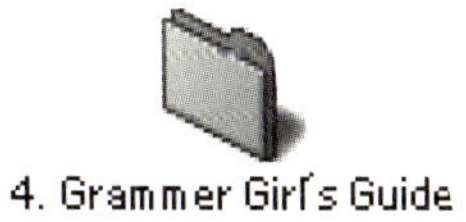

veracity

5. National Public Radio's

postulate

chicanery

1. Word Smart.

2. "Stay Mad for Life"

antipathy

3. Plato's - The Symposium

respite

4. Grammer Girl's Guide

---

* 로버트의 아이팟

내가 꼭 가지고 다니는 것은 물건이라기 보
다 아이팟에서 다운받은 파일이예요. 단어공
부파일, 주식 배우는 파일. 하루 종일 편한
영어를 하다 보면 아카데믹한 영어 이런 거
에 관한 욕구가 더 강해지는 모양이예요.

1. The Princeton Review Word Smart.
: SAT(미국의 수능)과 GRE(대학원 시험)에서 많이 사용하는 단어정리집.
2. Jim Cramer's <Stay Mad for Life> :주식 투자 배우기
3. Plato's <The Symposium> : 플라톤의 〈향연〉
4. Grammer Girl's Guide
5. National Public Radio's <This American Life> (라디오 쯔로그램)
: 미국의 오래된 라디오 프로그램. 논픽션을 위주로 하는 프로그램이지만 종종
에세이와 짧은 단편도 소개된다.

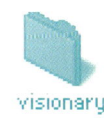

visionary

로버트 프리먼 Robert Freeman

책은 어디 가서 사세요?

영풍문고를 주로 가요. 영어책은 교보에 비해 영풍이 나아요. 대학에서 시를 공부했었는데, 그땐 그렇게 즐기지 못했어요. 그때 교과서를 여기 가져왔는데, 지금 와서야 아주 즐기면서 공부하고 있어요. 시는 참 어려운 장르라는 생각이 부쩍 들어요. 굉장히 정확해야 하죠. 단어 선정은 물론이고, 줄을 바꾸고, 리듬이 있고. 모든 것에 공식 같은 게 있다고 할까요?

한국 시는 읽어봤어요?

책이 한 권 있기는 해요. 재미있게 읽은 것도 있어요, 기억나진 않지만. 난 이제껏 시를 싫어했거든요? 근데 지금은 아름답다고 생각해요. 정확하게 이해했다는 의미는 아니고요. 이 시가 제가 처음으로 밑줄을 그은 시예요. 파블로 네루다의 시, 아르헨티나 사람. 이 시가 좋은 이유는 아주 개인적인 시라고 느껴져서 그래요. 단순한 시들을 좋아해요. 그런 시들을 담아두고 그냥 일상을 살다가 문득 떠오르면 생각해보고. 제가 시를 쓰는 법도 그런 쪽이예요. 심각하게 고민을 하기 보단, 삶에 가까이 두고 조금씩 고쳐나가는 식. 보여줄까요? 십대 때 만났던 사람에 관해 쓴 시인데, 조금 지저분하긴 해요.(웃음) 훌륭한 시는 아니지만 그게 제 솔직한 표현이어서 그냥 종종 읽어봐요. 그 사람이 바로 이 시를 썼어요. 시인이었거든요? 저한테 큰 영향을 준 사람이예요.

일기 같네요

네. 그런 셈이죠. 뉴욕에 '92스트릿 Y (http://www.92y.org)'* 라는 곳이 있는데, 무료 강연이 있거든요. 거기 다녔는데, 한번은 내 시를 낭독해야 하는 시간이 있었어요. 그 중에는 유명한 시인도 있고, 전문 글쟁이도 있고, 아마추어도 많고. 근데 내 바로 앞에 앉은 사람이 너무 근사한 시를 읽고 있는 거예요. 난 내 시를, 이 엉망인 시를 그 사람 바로 다음에 읽어야 한다는 생각에 어쩔 줄 몰라 하다가 그냥 교실을 나와 버렸어요. 그 후로 돌아가지 않았어요. 아! 지금도 생각하면 식은땀이 나요.

다시 그 자리에 돌아가도 또 도망갈 거예요?

　　네. 그럴 거 같아요. 글쎄, 제 시를, 다른 누군가가 읽어준다면 도망가지 않을 수도 있어요. 근데 내 시를 내가 낭독한다는 건 참 힘든 거 같아요. 사람들이 내 시를 들으며 내 얼굴을 보면 많은 걸 상상할 테니까요. 그리고 또 내 시는 검증되지 않았으니까, 그런 부분에서 자신이 없는 것 같기도 하고요.

서울 와서부터 좀 적극적으로 쓰기 시작했어요. 재미있는 건 아주 옛날에 쓴 시를 아직도 고치고 있어요. 그게 시의 재미인거 같기도 하고. 아직 별로지만 어쨌든 즐기고 있어요. 뭐든지 그냥 하고 싶은 건 하는 게 차라리 나은 거 같아요. 그런 생각이 들어요. 그냥 머리 속에 떠다니는 생각들을 메모해 뒀다가 고치고 또 고치고 하는 거죠. ●

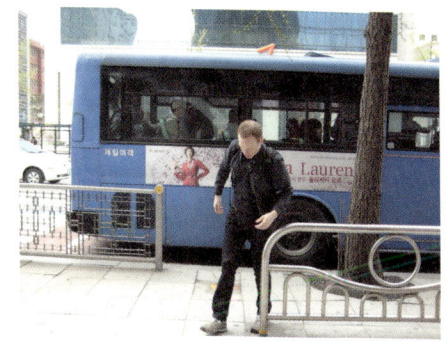

로버트 프리먼 Robert Freeman

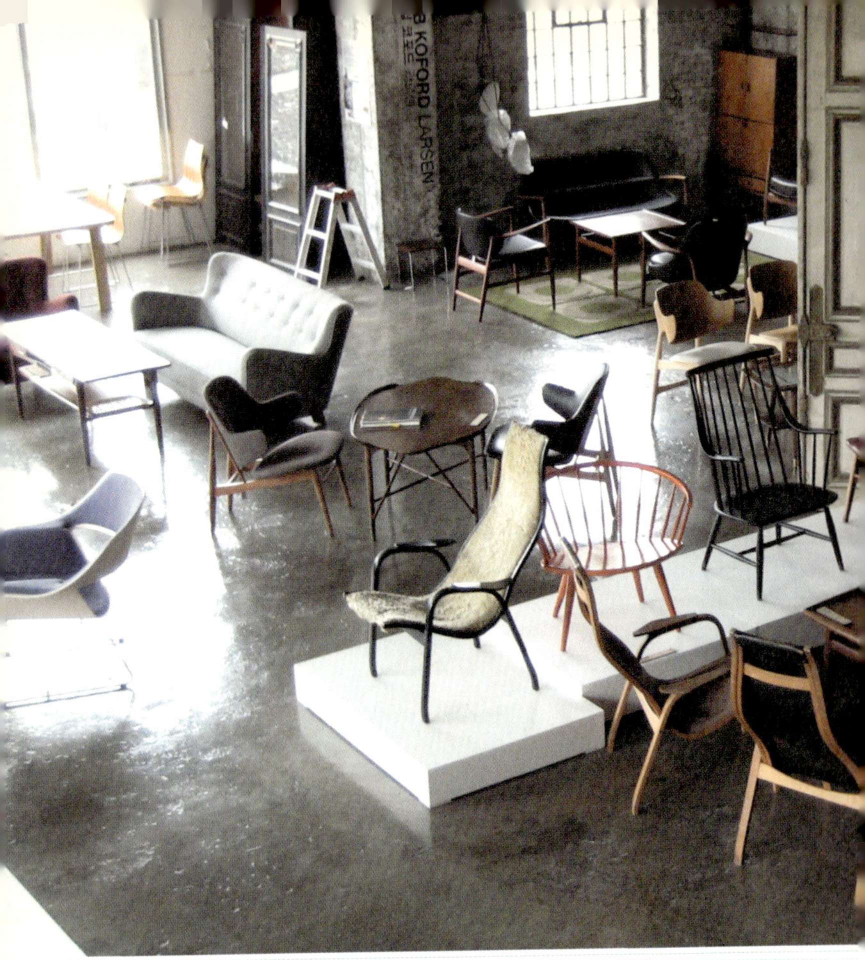

로버트 프리먼의 장소
Robert Freeman's the place

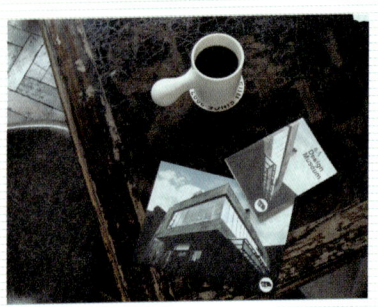

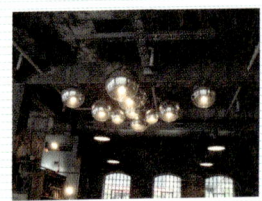

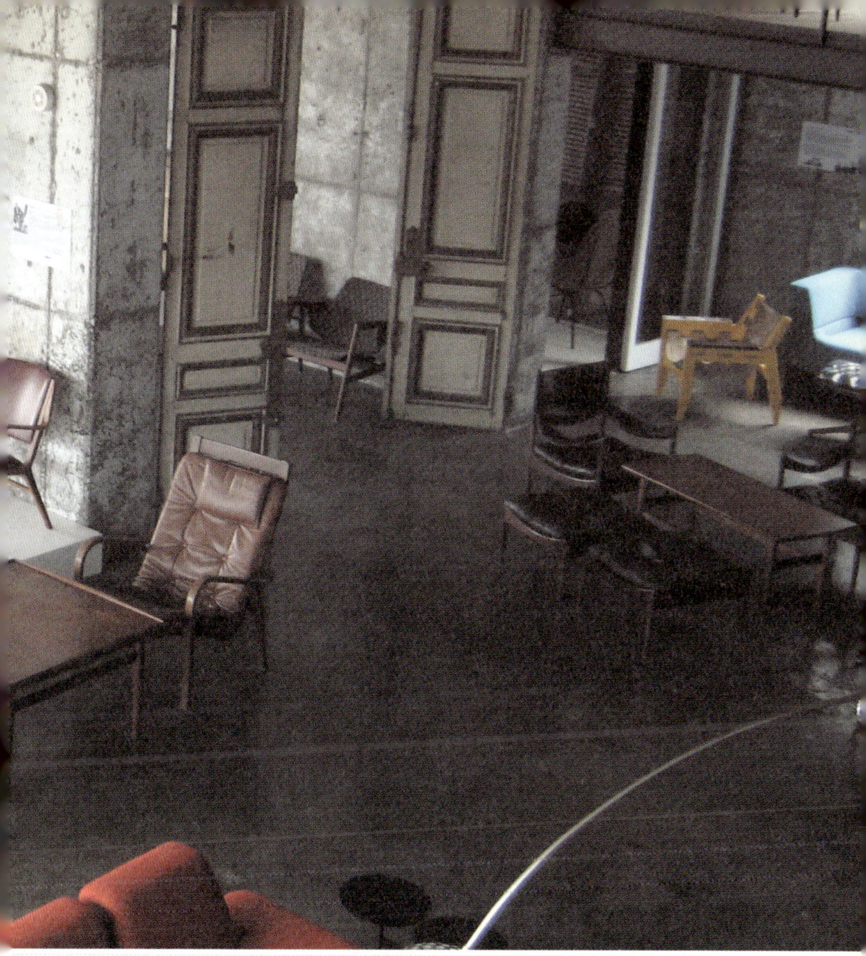

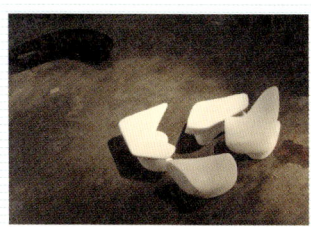

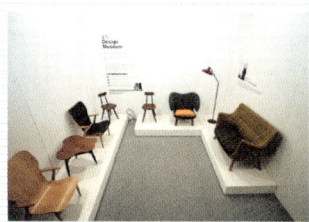

aA 디자인뮤지엄 www.aAdesignmuseum.com

한국에서 그동안 볼 수 없었던 디자인 제품, 그 중에서도 특히 가구를 중심으로 한 전시장과 쇼룸,
카페 등의 복합 문화 공간. 여러 디자인 관련 전시와 강연도 열린다.

마포구 서교동. 02-3143-7312.

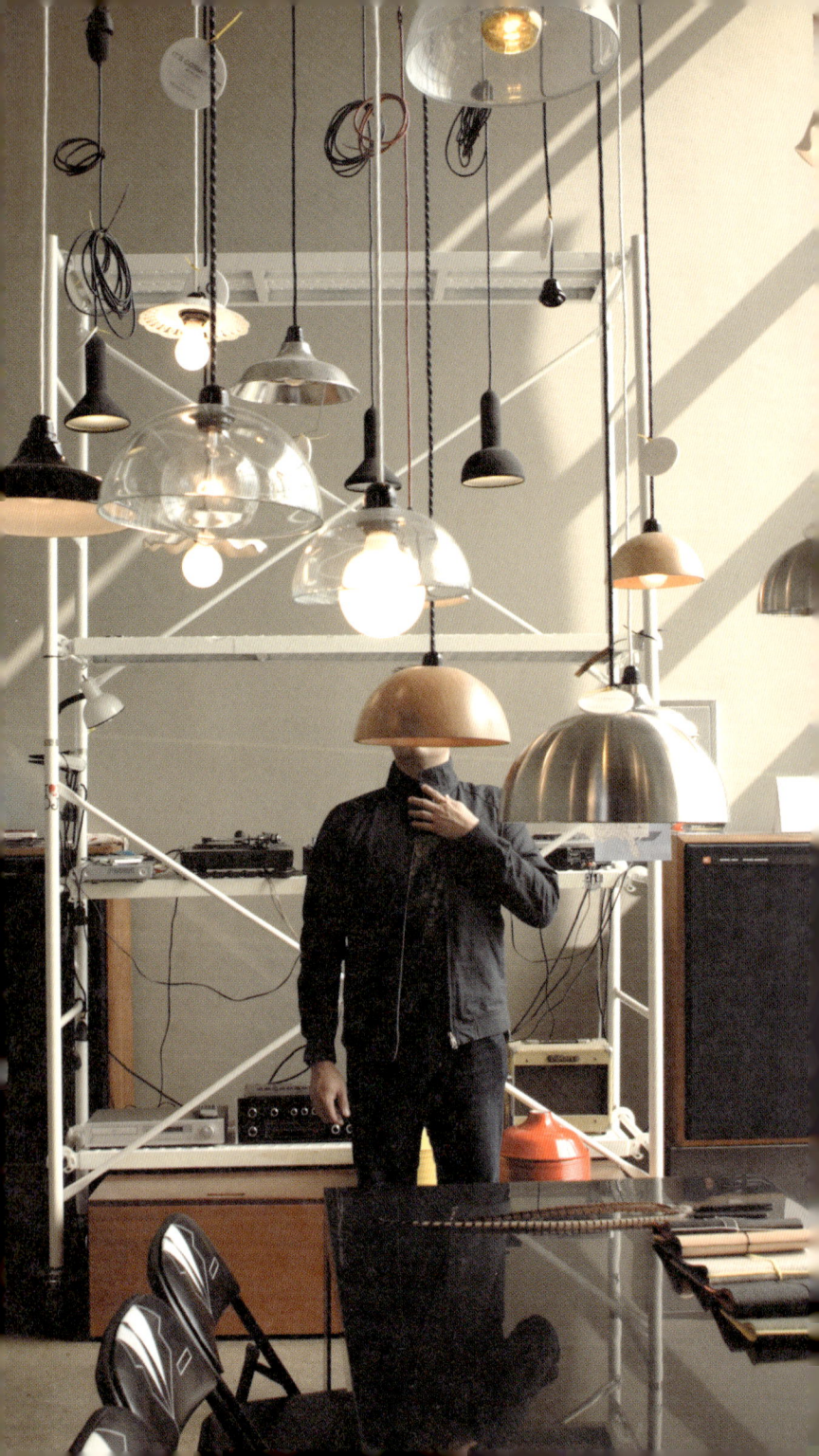

"매일 새로운 일이 일어나 심심할 틈이 없어요"
전방위 에너자이저

에밀 고 Emil Goh

이 사람은 모든 게 궁금하다. 서울에 관한 것이라면. 쌈지 레지던스 프로젝트로 서울에 거주하는 전방위 아티스트 에밀 고는 지금 서울에 대한 수수께끼를 풀고 있는 중이다. 롯데 삼강에서 나온 '대롱대롱' 아이스크림에 감탄하고, 짬짜면, 탕볶면을 보며 한국의 문화를 사색하고, 자갈매트의 원리를 궁금해하고 종로 화분시장에 놀란다.

"어떻게 도시 한복판에 이런 게 있을 수가!"

그의 눈에는 양은 도시락도 이태리타월도 젓가락도 어느 하나 무심코 지나칠 수 없는 아이디어의 원천이 된다. 매일매일 주변 사람을 괴롭히며(?) 즐겁게 일하는 통에 그의 곁에 있는 이들은 모두 에밀을 모를 수가 없다. 서울의 지하철이라는 일상적인 공간은 그가 찍은 사진과 함께 뉴욕의 잡지에 소개됐고, 젊은이들의 인터넷 문화인 싸이월드 방은 아티스틱한 프로젝트로 탄생했다. 애정과 호기심이라는 저렴한 도구를 가지고 에밀은 지금 서울의 거리를 '있어 보이게' 색칠한다. 그를 아는 사람들은 모두 이렇게 말한다.

"에밀, 외국인이 아닐지도 몰라."

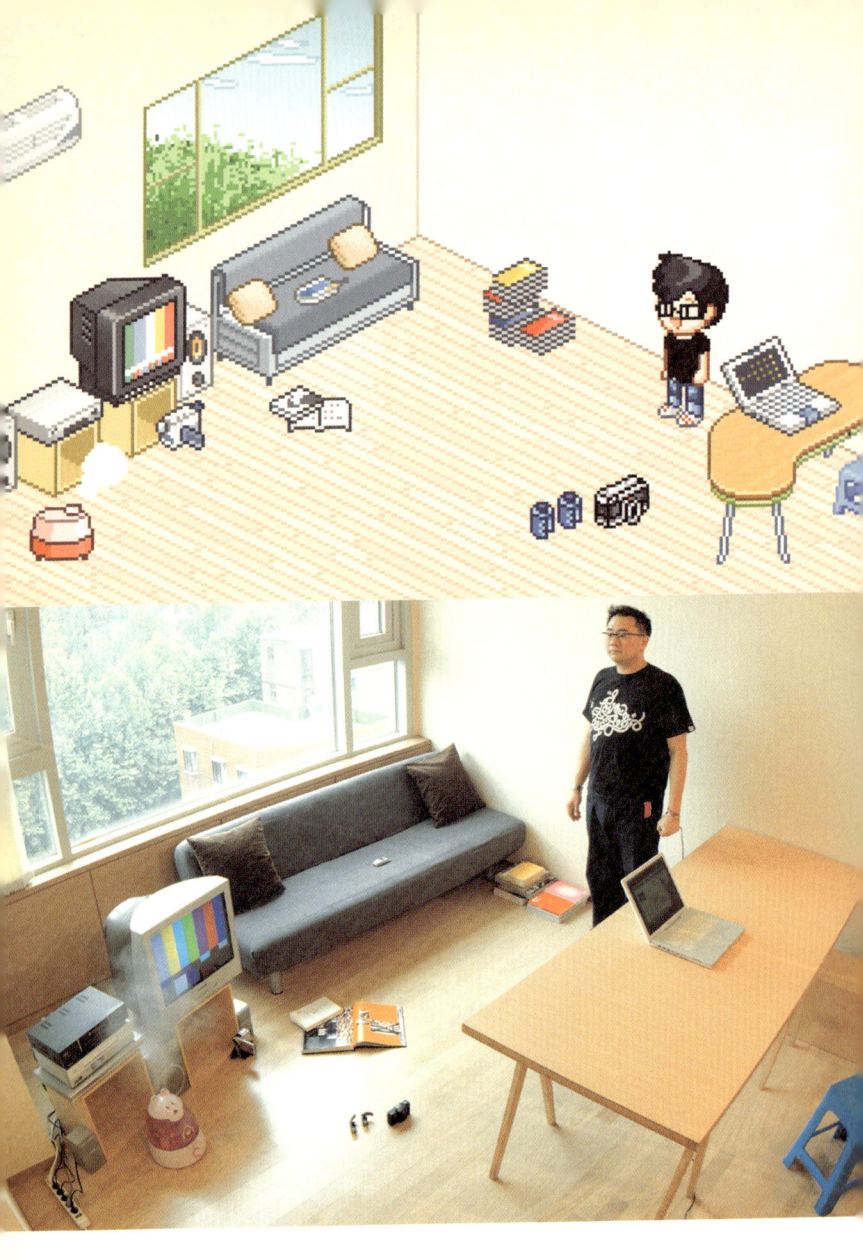

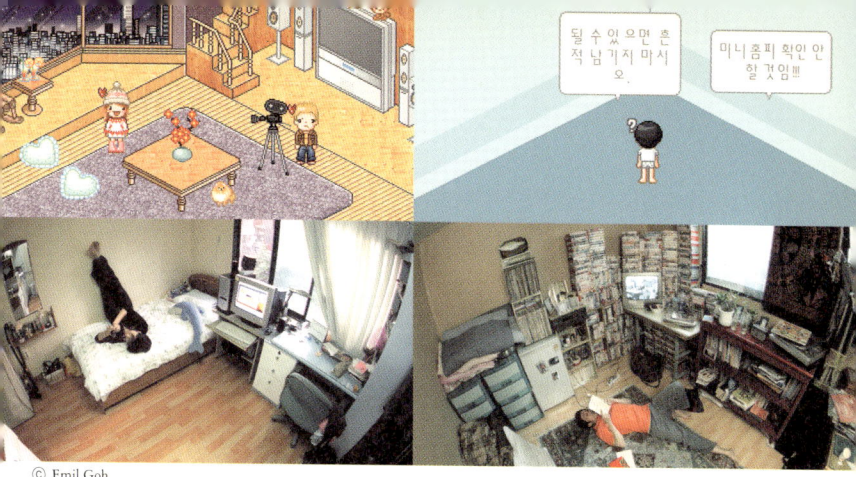

© Emil Goh

서울,
그 다양한 얼굴

'싸이월느 프로젝트'라는 아주 재미있는 작업으로 알려져 있어요.

　　한국은 젊은이들이 사는 주거 스타일이 다양해요. 고시원, 빌라, 아파트, 하숙집. 오피스텔 등. 이 프로젝트를 통해서 관찰하게 됐죠. 싸이월드에 있는 그림 그대로 제 방에 똑같은 실제 공간을 연출했어요. 그림에 있는 것과 똑같은 물건을 사고 의자는 포장마차에서 가져와서 내부를 꾸몄어요. 다행히 창문, 에어컨 같은 집기는 제 방과 같은 위치더라고요. 친구 집까지 빌려 다른 방도 만들었죠. 삼면을 화면에 담아야 하는데 집이 좁아서 화각이 안 나와서 카메라는 미국에서 구입해왔어요. 슈퍼 와이드 앵글로요.

누구나 즐거하는 일반적인 싸이월드를 아트 프로젝트로 만들 생각을 하신 세기가 궁금해요.

에밀 고 Emil Goh

한국의 스무 살에서 스물아홉 살의 99 퍼센트의 사람들이 싸이월드 사용자예요. 자주 포스팅은 안하더라도 계정은 다 가지고 있죠. 젊은이들은 누구나 가지고 있는, 핸드폰만큼이나 중요한 것이죠. 전 이게 일종의 주거 형태의 하나가 아닐까 싶어요. "명함 없어요?" 하고 물어보면 실제로 "싸이월드가 있는데요" 하는 친구들이 많아요. 미국도 블로그를 하지만 싸이월드 같은 커뮤니케이션의 수단은 없어요. 이건 한국 젊은이들을 볼 수 있는 일종의 다큐멘터리 같은 거죠. 웹을 통해서 매일매일 자신을 프리젠테이션 하듯 표현하는 거죠. 외국인들에게 이런 한국적인 특징을 알려주고 싶어서 도전했어요.

맞아요. 싸이월드야말로 한국적인 젊은이들의 문화죠. 외국인으로 금방 포착하기 힘든 현상인데요.

쌈지 레지던스 과정에 선발되어 한국에서 거주하게 되면서 한국 문화를 알게 됐어요. 쌈지 레지던스는 외국인이나 한국인 구분 없이 신진 작가들에게 작업을 할 수 있도록 작업실과 숙소를 제공해주는 프로그램이예요. 지원 단체는 아시아링크이고요. 서류 보낼 때 홍콩, 도쿄, 타이완, 서울 중 한 곳을 지원해야하는데 저는 서울을 선택했어요.

왜 하필 많은 도시들 중 서울을 택하신 건가요?

전 어렸을 때부터 외국 생활을 많이 한 편이예요. 부모님이 모두 중국 국적이시고 전 말레이시아 태생이죠. 어머니는 화가시라 예술적인 부분을 물려받았나봐요. 또 아버지가 한국의 KT 같은 정부 소속 엔지니어셔서 아버지 일 때문에 어릴 적부터 여러 곳으로 이사를 다녔어요. 15살 때 싱가폴 고등학교로 동생과 유학 가서 3년 동안 기숙사 생활을 했습니다. 다시 돌아왔다 호주로 가서 학부로 심리학과 드라마를 전공했는데 드라마 전공하면서 예술 분야에 대한 관심이 생겼죠. 그 길로 사진과 조각을 배우러 시드니로 갔습니다. 시드니에서 정부 장학금 받아서 석사과정을 밟으러 런던으로 갔지요. 1년 과정이었는데 견문을 넓히고자 2년 더 있었어요. 그리고 거기서 쌈지 레지던스 과정을 신청

했는데 합격한 거예요. 서울과의 인연은 그렇게 시작됐어요. 도쿄만 해도 가이드북이 엄청나지만 서울은 전무하죠. 새로운 도전, 발견의 기쁨이 있는 도시라고 생각하니 모험심이 더 발동하더라고요.

서울의 첫인상은 어떻던가요? 탐험을 할 만큼 재밌는 도시였나요?

그 전엔 한국 사람들을 알 수 있는 기회가 별로 없었어요. 한국인을 사귈 기회가 없었으니까요. 그런데 서울 도착하고 처음부터 사람들에 대한 이미지가 아주 좋았습니다. 공항에서 쌈지 레지던스에 가야하는데 택시기사님이 거기를 못 찾더라고요. 근처에 내려서 식당 종업원에게 길을 물었는데 저는 한국어를 못하고 그 분은 영어를 못했어요. 그런데 그 분이 가게 문을 닫고서 거의 1킬로미터나 되는 거리를 걸어서 안내해주셨어요. 기대도 안했던 친절이었죠. 시작이 좋아서인지 그 후에도 계속 이 도시에서 전 아주 행운아였죠.

정세가 불안정하다고 서울에 정착하는 걸 꺼려하는 외국인들도 많아요.

매일매일 그런 걸 생각하고 산다면 너무 스트레스를 받아서 못 살 거예요. LA나 도쿄는 지진이 심각한데도 다들 거기서 잘 살잖아요. 그리고 서울은 아주 안전하기까지 하죠. 예를 들면 테이블 위에 물건을 놓고 가더라도 잃어버릴 걱정이 없어요. 다시 찾을 수 있죠. 런던은 1초만 고개를 돌려도 물건이 없어져요. 매번 도시를 옮기면서 살 때 저만의 철학이 있는데 바로 '그 도시 자체의 좋은 점만 보자'예요. 최대한 그 도시를 즐길 수 있도록 긍정적이 되자는 거죠. 서울은 매일매일 새로운 일이 발생하는 도시예요. 친구들과 함께 어울리다보면 그런 정보를 나눌 수 있죠. 서울이 다른 도시에 비해서 아주 발전한 도시는 아니라고 생각해요. 그렇지만 아주 거대한 도시죠. 경제적으로도 안정적이어서 문화적인 흐름이 원활하고 그래서 재미있는 일도 많이 일어나죠.

서울의 매력을 제대로 발견하신 거군요.

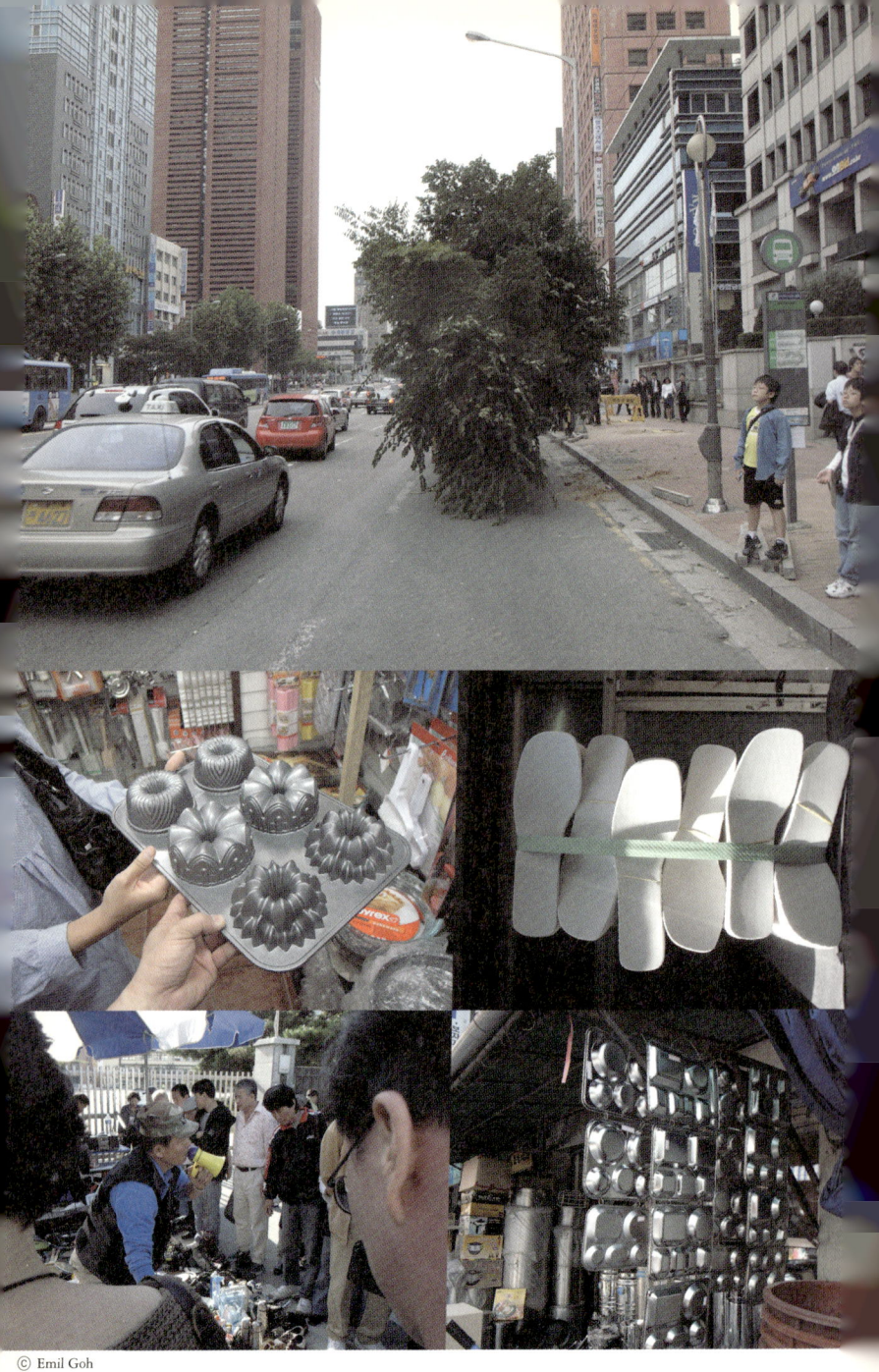

© Emil Goh

제가 산 도시만 해도 서른 개가 넘어요. 비엔나, 홍콩, 파리, 시드니…… 그 중에서 전 서울이 가장 독창적인 도시라고 생각해요. 충무로, 을지로, 종로로 이어지는 서울의 거리는 도시가 산업적으로 팽창하기 이전의 흔적을 그대로 간직하고 있어요. 대도시 한복판에서 이런 옛 정취를 발견하기가 쉽지 않죠. 평범하지만 이 도시는 그걸 지켜가고 있어요. 바로 옆이 명동 쇼핑가잖아요. 이렇게 서로 다른 성격이 공존하는 게 쉬운 일이 아니예요. 서울의 가장 큰 매력은 바로 이런 거죠.

최근 들어 그런 모습들이 많이 변해가고 있어요. 제가 어릴 적 살던 서울과 지금의 서울은 천차만별이죠. 불과 1~2년 사이에도 새로운 건물들이 들어서고 있으니까요.

　　전 그래서 청계천 공사 때 기분이 썩 안 좋았어요. 이제 청계천에 트렌디한 커피숍과 레스토랑이 넘쳐나요. 그런데 바로 옆이 유서 있는 거리잖아요. 스타벅스나 커피빈이 홍대나 압구정에 생기는 것과는 전혀 다른 의미예요. 너무 큰 서울을 만들려고 하는 욕심 때문에 정작 서울의 참 모습, 매력은 살리지 못하는 거죠.

이런 현상은 비단 서울에만 국한되는 건 아니죠

　　맞아요. 중국도 마찬가지예요. 요즘은 전통을 파괴하는 게 일종의 트렌드처럼 되어버렸어요. 그건 외국인 입맛에 맞춘 도시일 뿐이에요. 외국 관광객에게 사랑받는 도시보다 서울에서 생활하는 '우리'를 먼저 생각할 필요가 있어요. 런던이나 파리 같은 유럽의 도시들은 500년 된 술집들이 그래도 전통을 지키고 있어요. 그런데 서울은 전통 있는 재래시장 대신 이마트나 월마트 같은 외국 대형마트를 선호하죠. 이건 아메리칸 스타일일 뿐이에요. 재래시장을 잃어버린다면 자신의 스타일을 잃는 거죠. 물론 아직도 서울만의 특성을 간직한 곳들도 있어요. 을지로 지하상가 같은 곳은 중국이나 한국이 아니면 찾아볼 수 없는 곳이에요. 런던이나 파리 같은 체계적인 곳에서는 보기 힘든 자연스런 서울의 색깔이죠. 얼마 전에 여길 없앤다는 이야기를 들었어요. 너 이상의 환경 파괴를 그만했으면 좋겠어요.

그런 의미에서 에밀 씨는 한국의 전통적인 공간들을 일부러라도 즐겨 찾으실 것 같아요.

그러려고 노력해요. 전 조그만 슈퍼마켓을 즐겨 찾아요. 여기서는 똑같은 음료수를 한 병 사더라도 대형 체인에서의 '소비'가 아니라 이야기와 정을 교환하게 되죠. 거창한 게 아니에요. 이런 작은 것들이 한국의 전통을 지켜내는 것이에요. 파스타, 햄버거, 커피가 이른 바 지금의 먹거리 트렌드예요. 그렇지만 이들 음식은 한국 음식보다 몸에 좋지 않아요. 유럽과 미국은 오히려 최근 들어 '파머스 마켓(Farmers Market)' 같은 곳이 성행하고 있어요. 농장에서 생산해서 소비자에게 직접 판매하는 것이죠. 옛 형태의 시장이 다시 돌아오는 현상이죠. 정점에 달하면 다시 내려오는 것, 이게 바로 '균형'이에요. 전통과 트렌드를 적절히 혼합해 균형과 조화를 이루는 것이야말로 도시 생활의 핵심 포인트죠.

새겨 두고 지켜야 할 것들이라는 생각이 드네요.

제가 가장 이해가 안 되는 건 한국 사람들은 서양의 문화가 '쿨하다'고 생각하고 모든 것을 무분별하게 따라하는 것이에요. 그런데 막상 서양 사람들은 아시아 음식이 웰빙 음식이라고 좋아해요. 서로 다른 문화를 동경하게 마련입니다. 지금은 별 차이 없어 보이지만, 한국적인 것이 지켜지지 않고 5년이 지나고 10년이 지나면 고유의 문화는 사라지고 말죠. 아까 얘기한 시장만 봐도 대도시에서 자란 십대들은 재래시장보다 대형마트가 더 익숙하죠. 이런 건 학교나 미디어 차원에서도 교육이 필요한 부분이에요.

싸이월드,
DVD방,
이태리타월,
커플룩,
떡볶이,
한국적인 너무나 한국적인

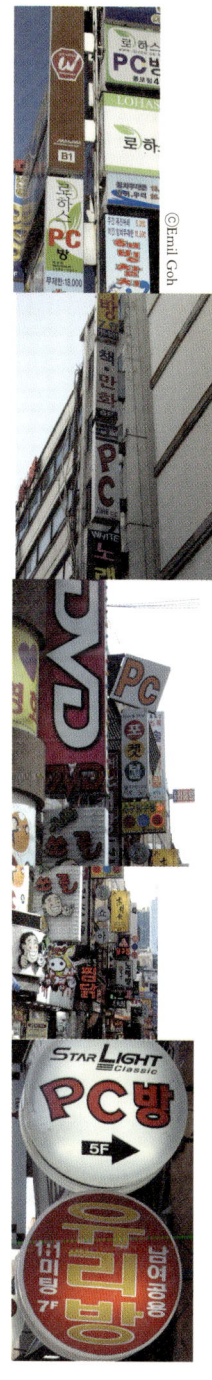

©Emil Goh

아티스트로서 에밀 씨가 해석하는 서울이 궁금한데요.

　아티스트인 제 역할은 서울을 모르는 사람들
에게 이해하기 힘든 이 도시를 설명하는 거죠. 거
창한 게 아니라 아주 평범한 것부터요. 예를 들면
DVD방이나 이대리타월 같은 거요. 하이엔드 디자
인이 국제적인 추세지만 개인적으로 저는 평범한
게 매력적이라고 생각해요. 제 프로젝트 중 '원나
잇 스탠드'(2003)라는 것이 있어요. 하루 동안 홍
대에 있는 DVD방을 빌려서 6명의 아티스트들이
각각의 방을 인테리어 하는 프로젝트였어요. DVD
방은 전 세계를 통틀어 한국에만 있는 문화예요.
소박하고 평범한 공간이지만 아티스트들의 손길로
소통의 공간으로 탈바꿈 될 수 있어요. 하루 동안
진행했는데 다양한 연령대의 사람들이 여기를 찾
았어요. 특히 인상적이었던 건 아줌마들의 호응이
좋았다는 거죠. DVD방은 보통은 젊은 사람들의

에밀 고 Emil Goh

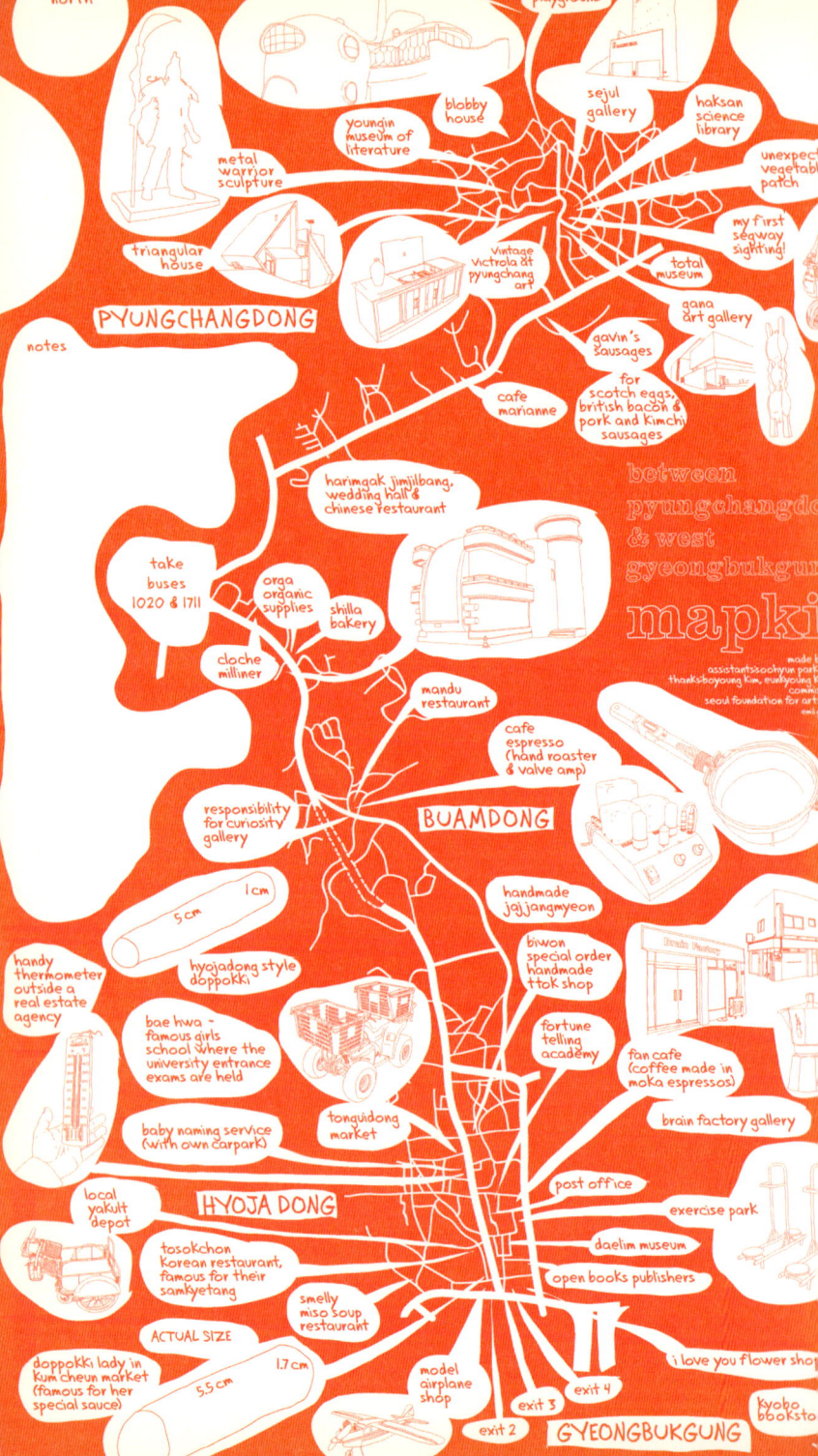

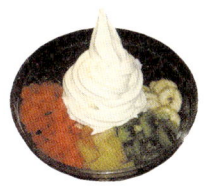

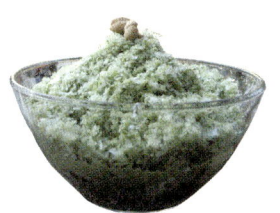

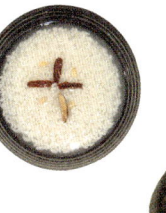

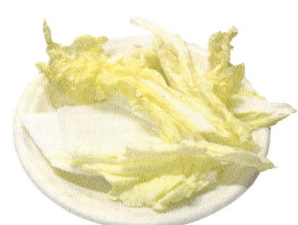

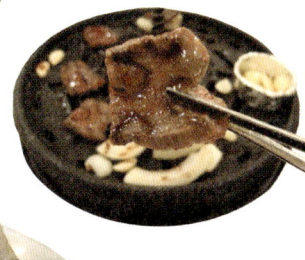

왕갈비,
전주비빔밥,
팥빙수,
설렁탕,
식혜,
그리고 떡꼬치……
좋아하는 한국 음식을 나열하자면 끝이 없어요.

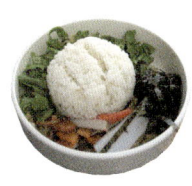

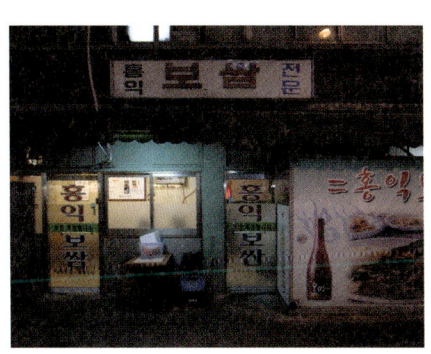

에밀 고 Emil Goh

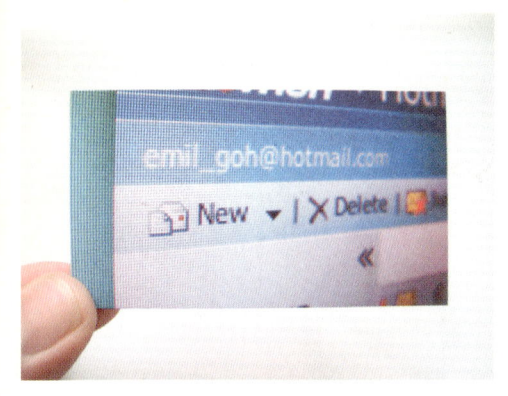
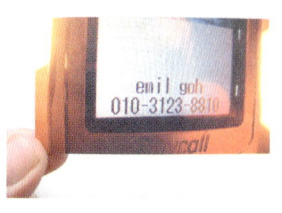

공간이라고 인식되지만, 오랜만에 남편과 같이 젊은 시절의 기분을 다시 느끼는 거죠. 모든 세대가 모일 수 있는 공간이 되어서 기분이 좋더라고요.

싸이월드 프로젝트도 방을 소재로 했고, DVD방도 그렇고 한국의 방문화에 관심이 많으신가봐요. 한국의 방문화는 대중적이긴 하지만, 퇴폐적인 의미도 지니고 있어요.

전 이것이 나쁘다, 좋다의 판단을 할 수 있는 게 아니라 자연스러운 현상이라고 생각해요. 한국문화와 정서는 방문화예요. 독서실만 보더라도 왜 굳이 그렇게 답답하게 막힌 공간에서 공부하나 싶잖아요. 그런데 독서실은 시끄러운 집을 피할 수 있고 친구끼리 서로 자극을 주는 공간이죠. 이런 방의 특성을 알면 이 도시의 정서와 생활을 알게 돼요. PC방, DVD방 같은 집 밖의 공간은 집이 아닌 곳에서 커뮤니티가 가능하게 해 주는 문화적인 공간이에요. 한국에만 있는 문화죠. 서양 같은 경우 이런 밀폐된 공간이 있다면 기물파괴로 이어지는 게 다반사일 거예요(웃음). 한국 사람은 깨끗하고 올바르다고 생각해요. 그래서 이런 방들이 유지될 수 있는 거죠.

관찰력이 대단하세요. 서울의, 한국의 특성이 에밀 씨의 작업에 고스란히 드러나는군요.

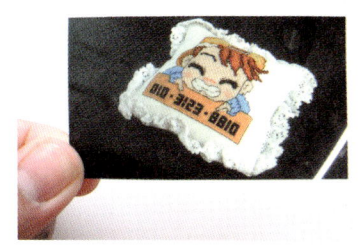

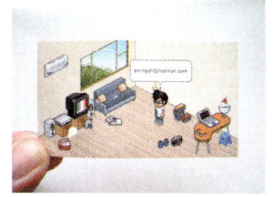

© Emil Goh

　한국에 와서 제일 처음으로 한 프로젝트는 '명함 프로젝트'였어요. 명함 앞면은 싸이월드 방에 이메일을 넣고, 뒷면은 십자수로 수놓은 전화번호를 사진 찍어 만들었어요. 이 두 가지가 한국, 서울을 대변하는 가장 상징적인 것이라고 생각했어요. 싸이월드 방은 요즘 젊은이들의 미니홈이 가지는 이미지 때문이에요. 타인에게 자신이 생각하는 가장 이상적인 공간을 보여주고 표현할 수 있는 가능성의 공간이죠. 싸이월드 방과 달리 십자수 핸드폰 번호는 조금 다른 의미를 가져요. 다른 나라의 사고방식으로 보자면 그렇게 공개적으로 전화번호를 남기는 건 스토킹 당할 일이예요. 한국은 그렇지 않죠. 아주 작은 것 하나하나에 한국의 모습이 반영돼 있는 거죠.

무심코 흘려버릴만한 것들, 혹은 한국인들이 부정적으로 생각하는 것도 굉장히 긍정적으로 해석하시네요. '에너자이저' 같다는 생각이 들어요.

　일상적이고, 이미 보편화된 것들에 아이디어가 숨어 있어요. 한국 사람들이 즐겨 입는 커플룩이 특히 그래요. 보통 사람들은 커플룩이 각자의 개성을 잃는 거라며 아주 혐오하죠. 그러나 왜 그렇게 생각하죠? 이건 '개인'이 아닌 '우리'의 스타일을 대변해요. '우리의 사랑'을 뜻하죠. 서양식 개념으로 보면 이건 아주 미친 짓이지만 한국인의 정서로 볼 땐 가능한 거예요. 전 커플룩이 아주 스위트한 상징물이라 여겼고, 제주도에 가서 커플룩을 입은 커플들을 촬영했어요. 사진에 둘 다

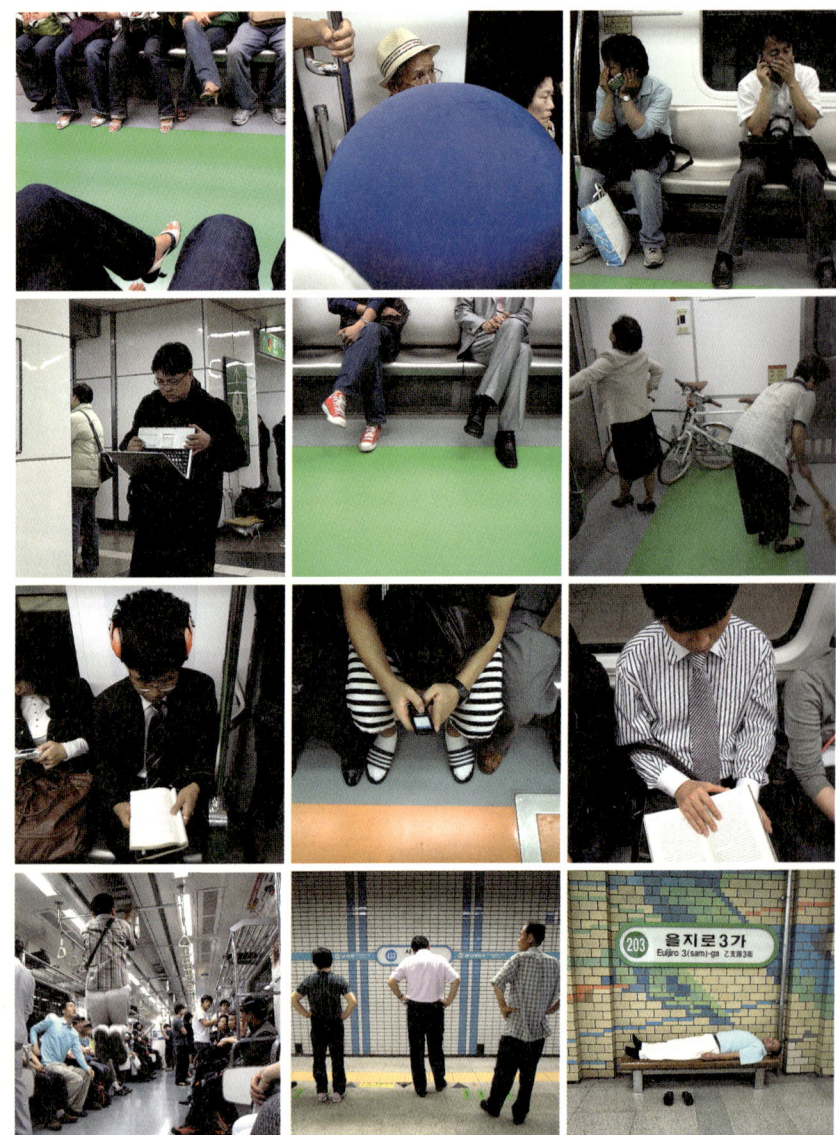

© Emil Goh

똑같은 옷을 입은 '퍼펙트 커플', 색깔을 맞춰 입은 '세미룩 커플', 전통적인 커플룩 스타일인 '앤티크 스타일 커플'이 보이죠. 연출한 게 아니라 실제 사진이예요(웃음). 이 사진을 얻기 위해서 커플들이 모일 때까지 4시간쯤 이 자리에서 기다린 것 같아요. 2003년에 오스트리아에서 전시도 했어요.

이야기를 듣다보니 지금껏 제가 동전의 앞면만을 보고 있었단 생각이 드네요.

　　모든 건 해석하기 나름인 거예요. 얼마 전에 〈여기보다 서울〉이란 잡지에 실린 지도를 만든 적이 있어요. 여러 도시를 거치면서 저만의 방식으로 그 도시를 해석하게 되죠. 그래서 흔한 지도지만 전 서울의 개성을 보여줄 수 있는 색다른 지도를 만들어 보고 싶었어요. 전형적인 관광가이드가 아니라 실제로 그 도시에 사는 사람들이 아는 특이하고도 유명한 집들을 지도에 표시해 주는 거예요. 예를 들면 지도에 효자동에서 맛있기로 유명한 떡볶이 집을 표시하는 거예요. 떡볶이를 자로 가로세로 길이를 재고 똑같이 그렸어요. 'CI for Food'라 할까요? (웃음) 점성술 집도 표시하고요.

떡볶이를 좋아하지만 그걸 창작활동에 활용할 생각은 미처 못 했어요.

　　떡볶이는 외국인들이 보기에 아주 한국적인 특이한 음식이예요. 생각해보면 이렇게 아주 작은 것 하나에도 한국의 스타일이 있어요. 젓가락을 예로 들어보죠. 다들 개성에 따라 이 막대기를 활용해요. 젓가락 사용의 정석이 있지만 때로 이걸 포크처럼 사용하는 사람들도 있죠. 젓가락과 포크가 합쳐진 이른바 퓨전 스타일이 되는 거예요. 한국 사람들의 아이디어는 이런 데서 나와요. 디자인은 표면적으로 그저 예쁘게 보이는 것이 아니라 그 속에 아이디어가 번득여야 하죠. 나무 위에 빨래를 걸어 말리면 옷에 빨래 자국도 안 남고 식물은 수분을 공급 받아요. 문화상품권도 한국에만 있는 획기적인 아이디어 상품이예요. 또, 음……저기(카페의 창밖을 가리키며), 인터넷 쇼핑몰 때문에 요즘은 홍대 거리에서 사진 많이 찍죠. 한마디로 공짜 오픈 스튜디오예요. 세심하게 살펴보면 굉장히 이곳이 독특하다는 것을 느낄 수 있을 거예요.

에밀 고 Emil Goh

전 그런 걸 발견하면서 행복함을 느끼고요.

주변에서는 이토록 호기심 충만한 에밀 씨를 이상하다고 생각하기도 하겠어요.

대부분의 사람들은 'Why' 라는 반응이죠. 그런데 다 그런 건 아니예요. 두 가지 타입의 친구가 있어요. 말하자면 창의적인 아티스트들의 부류요. 꼭 예술계에 종사하지 않아도 창의적일 수 있는 거죠. 그런 사람들은 뭐든 잘 받아들여요. 작은 부분에 신경을 쓰고 그래서 저와 서로 말이 잘 통하죠. 전 모르는 거, 혹은 신기한 게 있으면 항상 사진을 찍어뒀다가 주변에 물어봐서 궁금증을 풀어야 직성이 풀려요. 모든 걸 이해하고 싶은 욕심이 있거든요. 저 같은 아티스트들은 물질적인 요소가 중요하고 그게 작업을 할 때 컨셉을 잡는데 영감을 줘요. 서울은 다른 도시에 비해서 이 컨셉을 잡기가 쉬워요. 제가 살았던 호주나 런던, 말레이시아 같은 경우 다문화 사회예요. 인종이 다양하니 문화도 가지각색이죠. 그런데 한국은 단일 민족이라 그 민족만이 가지는 독특한 특성이 있어요. 모두가 트렌드를 따라하죠. 유행이 만들어 질 수 있는 도시예요. 이런 도시는 극소수예요. 다문화 사회가 아니기 때문에 가능한 서울만의 특성이예요. 재미있는 도시죠.

이 도시에서 에밀 씨가 포착한 매력들은 어떤 것들인가요?

전 새로운 걸 발견하면 그걸 기록으로 남겨요. 성남에 가선 롯데 삼강 대롱대롱을 사먹었어요. 서울에선 이런 옛날 아이스크림 찾기 힘들죠. 모란 시장도 좋아하는 곳 중 한 곳이에요. 강의 없는 날 리서치 차원에서 혼자도 가죠. 수수부꾸미도 먹고요. 명동 다방도 가봤어요. 스타벅스 같은 커피숍이 아니라 옛 정취를 그대로 간직한 다방이요. 정말 한국적이었어요. 촌스러운 공간이지만 매우 흥미로운 탐험이었죠. 종로 5가도 자주 가요. 거기의 트랜지스터라디오는 정말 아름다워요. 그냥 트랜지스터일 뿐인데 배열을 일자로 하지 않고 예술적으로 해 놓아요. 그저 늘어놓는 게 아니라 추상적인 배열을 하는 거죠. 하나하나가 모두 예술이요. 전 이런 데서 영감을 얻어요. 신사동이나 강남 같은 하이클래스 문화보다 이곳이 더 재밌죠.

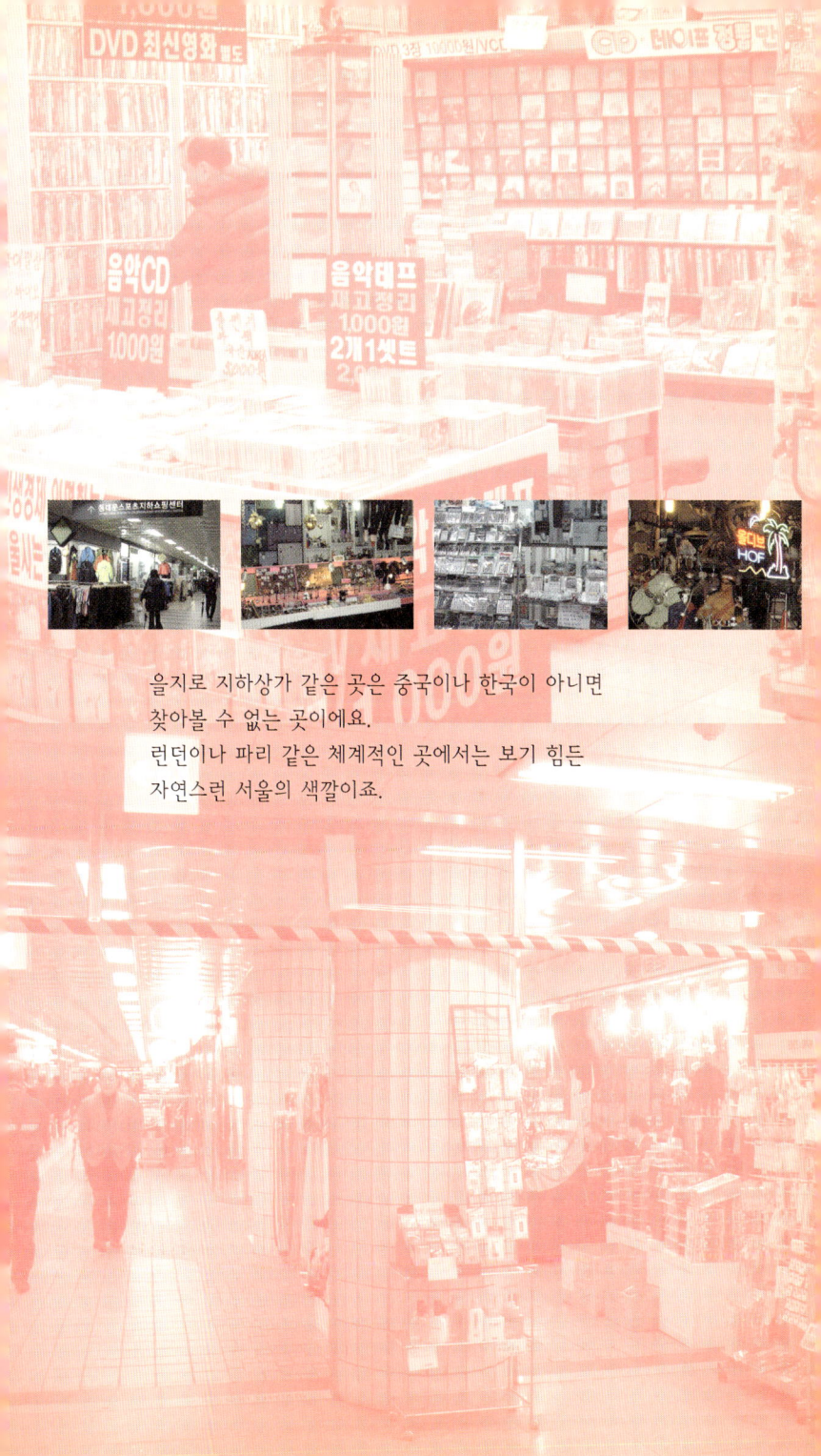

을지로 지하상가 같은 곳은 중국이나 한국이 아니면
찾아볼 수 없는 곳이에요.
런던이나 파리 같은 체계적인 곳에서는 보기 힘든
자연스런 서울의 색깔이죠.

자갈매트,
은색 식판,
양은 도시락,
짬짜면, 번데기,
서울을 말하는 오브제

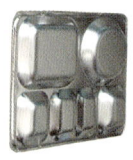 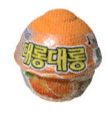  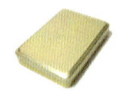

서울 사람들은 오히려 강남을 트렌디한 것, 새로운 것들을 경험할 수 있는
관문이라 여겨요.

　　전 오히려 강북 쪽이 그렇다고 생각해요. 동대문에서 종로까지 이
어지는 거리는 정말 놀라운 곳이에요. 길거리에 쌓아놓고 파는 병만 보
더라도 그 자체가 훌륭한 작품 같아요. 따지고 보면 아무것도 아닌데도
말이죠. 식판 같은 것들도 그렇고요. 은색 식판이 한 곳에 쌓아져 있는
걸 보면 마치 아름다운 아파트 같죠. 자갈매트는 보기에도 예쁘게 생겼
지만 이 조그만 매트 안에 한의학 원리가 다 들어가 있는 획기적인 상
품이에요. 종로의 화분 시장도 재밌어요. 도심 한가운데에서 자연의 숨
결이 느껴지는 것 같아요. 전 화분을 잘 못 키우는 편이라 이런 곳에 가
서 구경하면서 대리만족해요.

독특한 관찰력이네요(웃음). 또 어떤 것들이 있나요?

　　자세히 들여다보면 아주 과학적이고 실용적이에요. 양은 도시락
은 오래된 것이지만 요즘 다시 복고 트렌드와 맞물려 많이 팔아요. 친
구가 그러는데 예전엔 이걸 난로 위에 놓고 데워서 먹었다고 하더라고
요. 다 섞어 먹는 컨셉이 그만이에요. 일종의 '도시락 칵테일 쉐이킹'
이라고 할까요? 그냥 비벼먹어도 되는데 이렇게 함으로써 재미를 배가
시키는 거죠. 뻥튀기도 훌륭해요. 설탕을 제외하고 이 음식에 화학적인

건 전혀 없는 거죠. 이렇게 좋은 음식을 싼 가격에 먹을 수 있다니 즐겁죠.

아주 한국적이었던 개인적 경험을 꼽으라면요?

경원대에 출강 중인데 자장면 배달을 해먹어요. 음식을 배달시키면 오토바이가 언덕을 올라와서 배달을 해줘요. 그리곤 자장면 집에서 가져온 돗자리를 가져와서 캠퍼스에 중국집을 차려주는 거죠. 자장면은 집에서도 많이 시켜먹는 편이예요. '짬짜면', '탕볶' 이런 거 정말 스마트해요(웃음). 한국적인 아이디어예요. 다른 나라에서도 이런 거 하면 바로 히트할 거 같아요.

식습관은요? 서울의 식문화는 쉽게 적응할 만하던가요?

압구정에 있는 전통 한식집이나 보쌈 집에서 외식하는 걸 좋아해요. 왕갈비, 전주비빔밥, 팥빙수, 설렁탕, 식혜, 그리고 떡꼬치⋯⋯. 좋아하는 한국 음식을 나열하자면 끝이 없어요.

호기심이 많으시니 음식도 거침없이 시도하실 거란 생각이 들어요.

말레이시아는 중국, 인노, 말레이인들이 함께 사는 다민족, 다문화 국가예요. 음식 역시 인도, 중국, 동아시아의 여러 가지가 섞여 있어요. 손으로 먹는 인도 음식부터 서민 음식, 고급 음식까지 다양하죠. 어린 시절을 말레이시아에서 지내다보니 전 새로운 것을 시도하는 것에 익숙해요. 오스트리아에서는 캥거루, 악어, 애벌레도 먹었어요. 벌레를 말려서 파우더로 만들어서 먹죠. 캥거루는 맛있었고, 중국에선 개구리도 먹었죠.

그럼 한국에서 경험해 본 엽기적인 음식을 꼽으라면요?

한국에 와서 처음 시도해본 것은 번데기예요. 냄새는 고약하지만 맛은 괜찮더라고요. 보신탕도 괜찮았어요. 그리고 한국 음식점들에 관한 나만의 비밀은 전 기사식당을 즐겨 찾는다는 거예요. 맛있는 음식을 아주 싼 가격에 먹을 수 있는 최고의 곳이죠.

에밀 고 Emil Goh

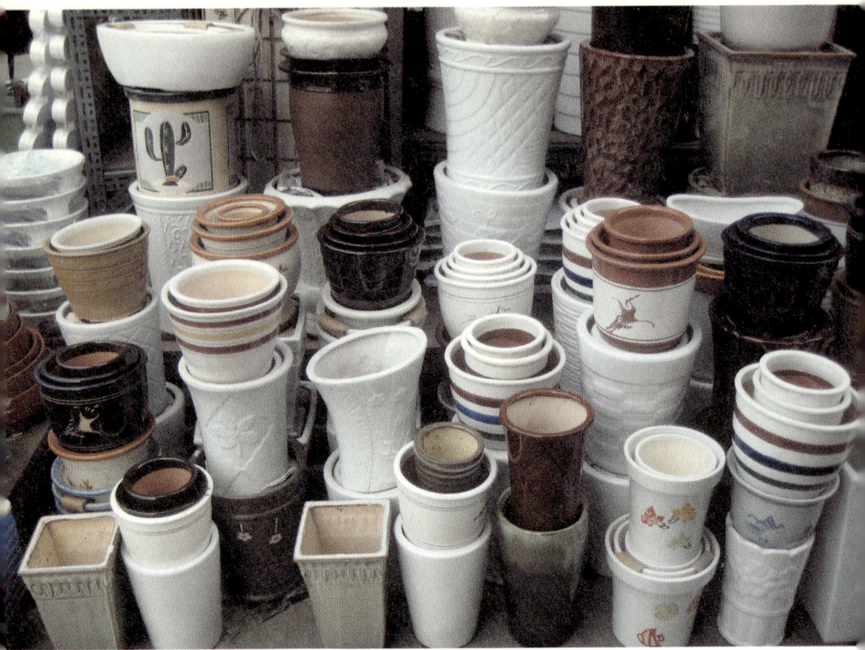

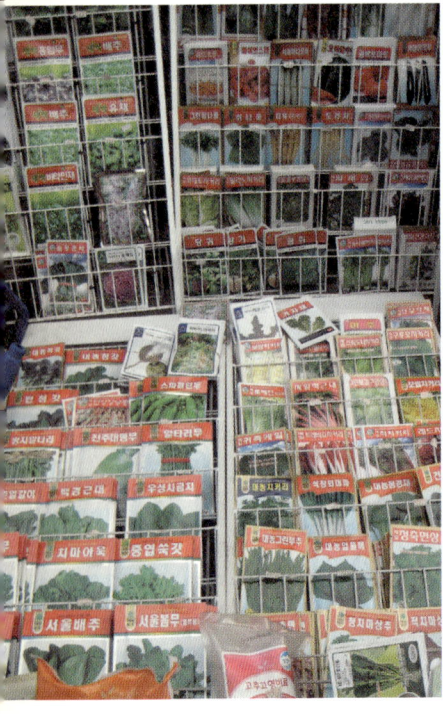

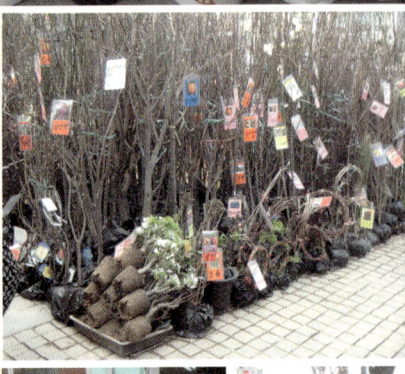

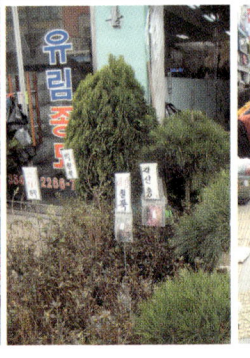

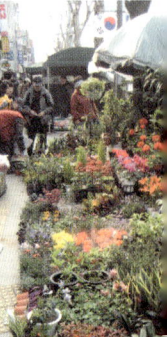

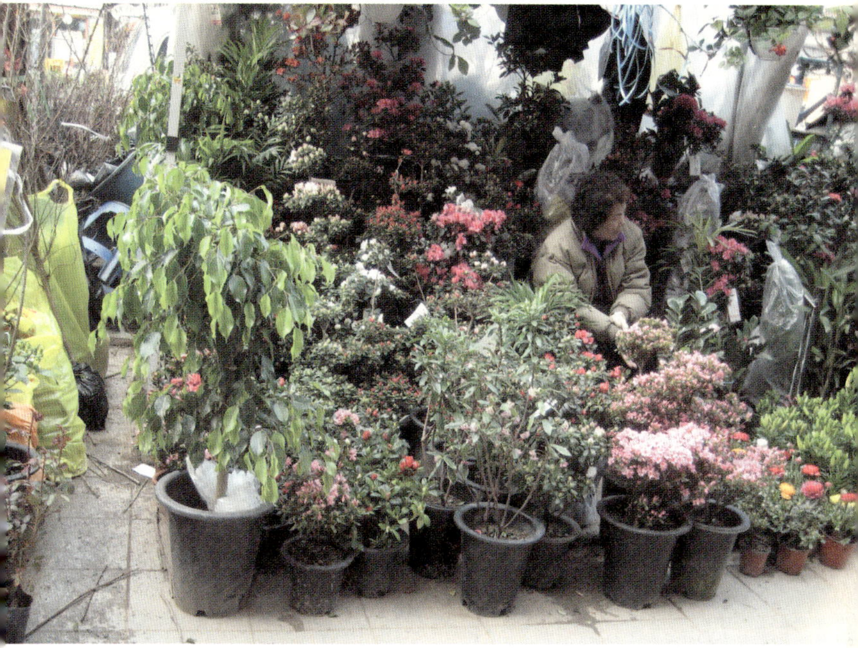

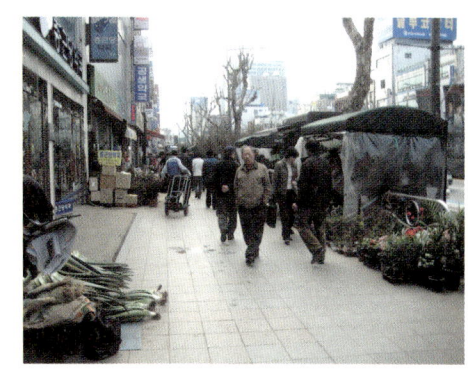

종로 화분 가게

종로 4가 광장시장에서부터 동내문 사이. 섬포 형태로 되어 있는 가게들은 물론 노점 형태의 화분 가게들도
들어서 있다. 구근류부터 시작해 야생화, 할미꽃 등 다양한 화분과 묘목, 씨앗을 싼 가격으로 살 수 있다.
복잡한 도심 한가운데서 자연을 느낄 수 있는 곳.

에밀 고 Emil Goh

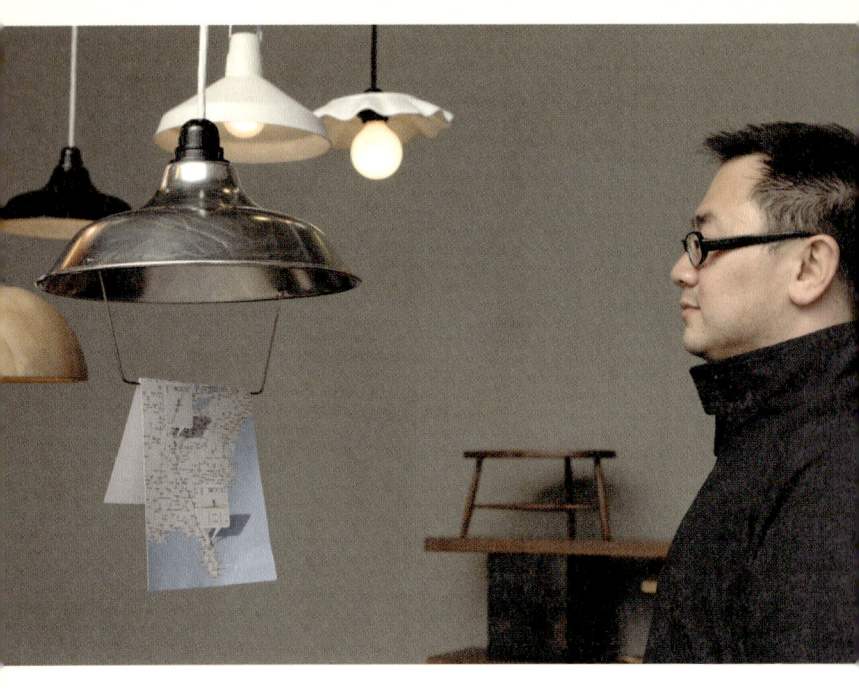

쌈지 스페이스에서 스튜디오를 제공해줬으니 경제적으로 도움이
된 건 사실이죠. 사실 물질적으로 아주 큰 도움이 된 건 아니죠. 그렇
지만 작업을 하는데 정신적으로 꽹장히 의지가 된 건 사실이에요. 처음
서울에 도착해서 아는 사람도 없을 때 여기를 통해 아트, 디자인 커뮤
니티에 속한 사람들을 만났어요. 전시회 등에 참가하다 보면 자연스럽
게 네트워크가 형성되니까요. 낯선 도시에서 편하게 지낼 수 있는 방법
중 한 가지는 좀 더 큰 커뮤니티의 사람들을 많이 접하고 만나보는 거
예요. 쌈지가 그런 것들을 가능하게 해주었죠.

어느 도시에 있건 아티스트로 살아가는 게 힘든 건 사실이에요.
그러나 서울에서 좋은 점이 있다면 작업하는데 비용이 비교적 적게 든
다는 것이에요. 서울에 있는 동안은 이 조건을 활용해서 더 좋은 작업
을 하려고 노력하고 있어요. 개인 작업 외에도 홍익 대학교에서 회화과
강사로 일하다 지금은 경원대 산업디자인과에 출강하고 있어요. 가끔
건국대에 초빙강사로 나가기도 하고 평론을 하기도 하는 등 다양한 활
동을 하고 있어요.

얼마 전에 국제 갤러리 전시를 다녀왔는데요. 아시아에서 가장 다
양한 갤러리 씬이 있는 곳이 서울이에요. 중국은 워낙 나라가 크니 비
교하기 힘들지만 한국도 이제 외국인들이 많이 거주하면서 갤러리들의

에밀 고 Emil Goh

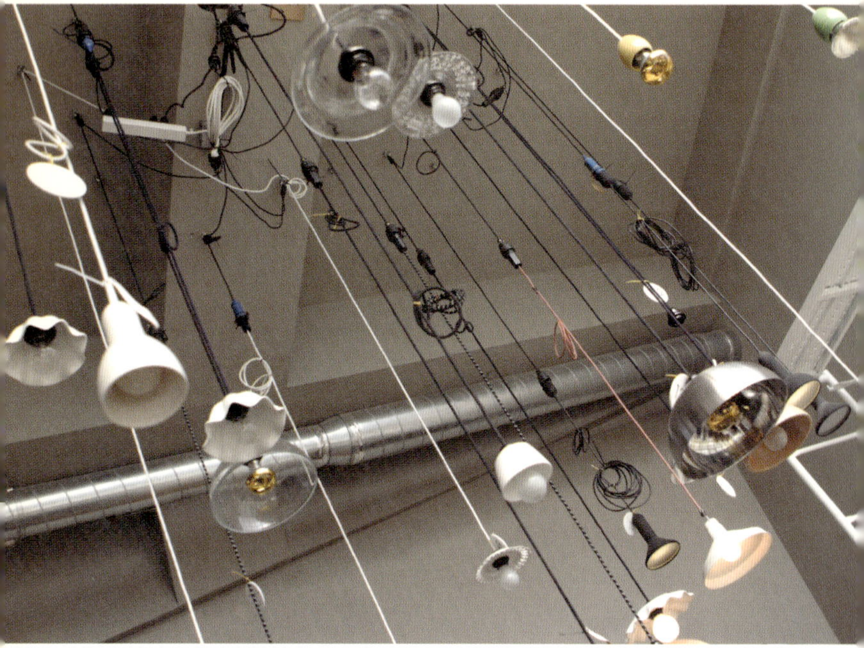

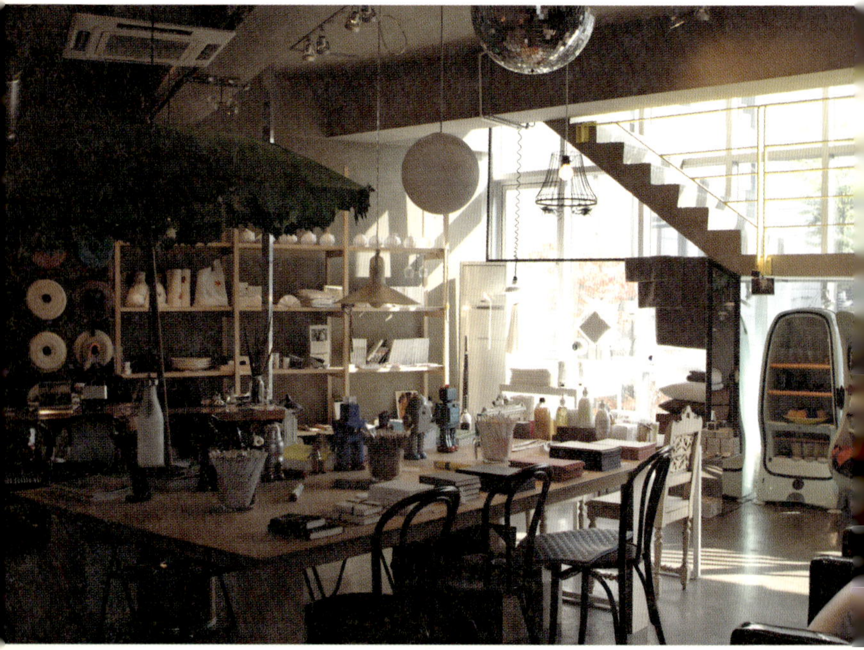

사정이 좋아졌어요. 시간 날 때마다 삼청동 평창동 홍대, 국제갤러리, 쌈지, 현대, PKM, 갤러리2, 아라리오 갤러리 등을 찾아요. 갤러리2도 제가 진짜 좋아하는 곳이죠. 이곳에 가면 전시장 한 켠에 탄산수, 천연수, 맥주가 벽면에 쌓여있어서 마실 수 있어요. 웨이터도 테이블도 필요 없는 '하이컨셉, 로코스트', 이런 곳은 합리적인 유러피언 컨셉의 갤러리죠.

에밀 씨는 서울의 담장을 바꾸는 프로젝트에도 참여했어요. 공공미술의 일환이잖아요. 최근 들어 서울도 공공미술에 관심을 두고 있는데 이 도시의 미술 수준은 어느 정도인가요?

공공미술이 발전하려면 지속적으로 부유한 환경이 뒷받침되어야 합니다. 매우 탄탄한 기반이 필요하죠. 한국 같은 경우 현대미술의 역사가 짧은 편이죠. 한국의 모던 디자인은 아직 덜 발전된 상태라고 볼 수 있죠. 도시는 역사에 대한 관심이 있어야 하는데 한국은 오랫동안 가난했고 디자인이 발전할 겨를이 없었어요. 디자인적으로 보면 젊은 도시, 어린 도시에 불과합니다.

그렇다면 성장은 굉장히 요원한 일이 될 수 있겠군요.

그렇지만 기준이 똑같이 적용되는 건 아니에요. 모든 도시는 그 나름의 특별한 면모를 가지고 있어요. 서울의 매력은 비주얼적인 것보다 하루하루 다변화하는 일상에 있어요. 아시아의 다른 나라들이 무조건 서구화를 추구하고 서양적인 것들을 적용하려 하는 반면, 서울은 아직도 묵묵히 자신의 것을 지키려는 동네들이 존재하죠. 도시의 비주얼적인 측면을 살펴볼 때 가장 중요한 것은 전통을 어떻게 현대에 접목시켜 이을 수 있는가예요. 깊은 이해와 애정이 필요한 작업이죠. 더 발전하기 위해서는 지금보다 매니아층이 많아져야 합니다. 디자인뿐만 아니라 여러 분야에서 말이죠. 그런 요소들이 통합되고, 또 전통을 계승하는 고민들을 통해서 새로운 것도 나올 수 있는 것입니다.

서울이 미학적 측면에서 발전을 꾀하려면 넘어야 할 가장 큰 산은 무엇이라고 생각하세요?

한국인들은 단일민족이라 트렌드가 있으면 모두 똑같이 따라하죠. 그게 제가 말씀드린 것처럼 창작활동을 하는데 좋은 점도 있지만 한편으로는 그 틀을 깰 필요도 있어요. 여러 분야로 파고드는 그룹도 필요하다고 봐요. 가구나 건축물 디자인을 보고 "저건 프렌치하다, 미국적이다" 하는데 그런 걸 판단하는 것보다 중요한 건 그런 것들을 어떻게 접목해서 우리 것으로 만드느냐예요. 지금의 한국은 그걸 고민해야 할 시기이고요. 비단 아티스트나 디자인 분야에만 적용되는 게 아니죠. 모든 분야에서 제품을 만드는 과정에 대한 정확한 이해가 필요해요. 대부분 미술이나 그래픽 같은 것들은 표면적인 거라 생각하고 "나도 저 정도쯤은 할 수 있다"며 무시하는 경향이 있는데 그런 생각이 전체적인 발전을 저하시키는 거예요. 예술 교육은 사회의 다양한 분야의 혼합적인 결과물이에요.

아티스트로 에밀 씨가 추천해주고 싶은 서울의 공간은 어떤 곳인가요?

상수역의 '포스트 포에틱스(Post-Poetics)'란 숍을 알려드리고 싶어요. 이곳은 사진집, 디자인북, 텍스처북. 출판인들과 인맥 셀렉션을 하는데 매우 까다로운 원칙을 가지고 운영하는 곳이예요. 인디펜던트 매거진 같은 것들, 아주 독특한 책들도 판매하죠. 구하기 어려운 아트북들을 이곳에 가면 접할 수 있어요. 이런 컨셉의 숍은 아시아를 통틀어도 아마 여기 밖에 없을 거예요. 문구용품 전문 mmmg도 좋아하는 곳이에요. 여기 디자인엔 뚜렷한 자기만의 컨셉이 있죠. 최근 비슷하게 mmmg를 카피한 제품들이 많이 나오는데 그건 컨셉 없이 무조건 따라하는 것에 불과해요. 사람들이 한국 디자인의 현재를 물어보면 전 mmmg에 대해서 말해요.

서울의 어디를 자주 가요?

주로 홍대 주변을 많이 찾는 편이예요. 이리 까페, 다방, aA 같은 곳들도 자주 가고요. 로보는 자주 가는데 이곳은 홍대에 있지만 강남 분위기를 느낄 수 있는 곳이예요. 찾는 사람들이 대부분 25살 넘는 사람들이 많아 차분해서 좋아요. 영국 VJ가 와서 브이제잉을 한 적도 있어요. 가로수 길도 가끔 가요. 특히 '머그 포 래빗'이라는 까페를 좋아하죠. 2층짜리 건물에 와인과 커피를 같이 팔아요. 특히 전 이곳의 와사비 라떼를 좋아해요. 우유에 와사비를 조금 넣어서 맵지 않고 깔끔한 맛이 나죠. 그 맞은편에 있는 '블룸 앤 구떼'의 녹차빙수도 너무 좋아요. 그 밖에도 너무 많아요. 신사동의 페이퍼 가든. 효자동의 MK2도 정말 좋아하죠. 모두 혼자만의 시간을 즐길 수 있고, 여러 감상을 불러일으키는 공간이죠.

카페 문화에 대해서는 좀 부정적인 편이예요. 한때의 트렌드처럼 무분별하게 기하급수적으로 늘어나고 있죠.

중요한 건 균형이예요. 홍대에 있는 카페가 지금 200개는 될 거예요. 그런데 제대로 손에 꼽을 수 있는 곳은 한 열 개 정도 밖에 안되죠. 가로수 길도 마찬가지예요. 그렇지만 사람들이 여기에 대해 가지는 부정적인 시선처럼 값만 비싸고 무조건 외국 것만 따라하려는 곳들도 많지만 찾아보면 괜찮은 곳들이 꽤 많아요. 장난감 숍 '마이 페이버릿' 같은 곳은 주인이 만화책이나 장난감에 대한 지식이 엄청나요. 이렇게 제대로 알고 운영하는 가게들이 있다는 거죠.

주거환경도 궁금해요. 어떤 곳에서 사시나요?

당산동 오피스텔에 살아요. 한국 친구의 도움으로 집을 구했는데 벌써 2년 반째 이곳에서 살고 있어요. 처음 한국에 왔을 땐 쌈지 스페이스에서 6개월간 살았어요. 최소한의 가구를 이곳에서 제공해줬고요. 이후에는 친구가 살던 아파트를 비워줘서 공짜로 살았어요. 아파트는 한국 가족들이 거주하는 가장 대표적인 주거형태잖아요. 그걸 경험해서 정말 좋았어요. 이후에 인터넷에서 찾은 2층 단독주택에서도 살았어요. 저 말고 다른 외국인들과 같이 집 하나를 빌려서 방 하나씩을 나눠서 쓰는 형태였죠. 역시 한국형 주거형태를 경험할 수 있는 기회였죠.

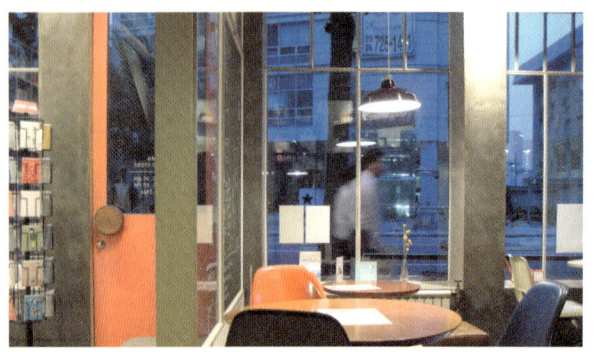

매우 다양한 곳들을 경험하셨군요. 혹시 주민으로써 힘든 점은 없던가요?

한국인들은 정말 조용하다고 생각해요. 제가 여러 곳을 살았지만 단 한 번도 이웃 간에 심각한 문제가 있었던 적이 없었어요. 매번 이사할 때마다 주변도 조용하고 사람들도 좋아서 늘 즐겁게 지낼 수 있었어요.

문제는 다른 아시아 지역에 비해서 한국의 집값이 너무 비싸다는 거죠.
특별히 이상적이라 생각하는 주거 형태가 있으세요?

제가 살고 싶은 곳은 옥상 위에 집이 있는 형태예요. 보통 옥탑방과 조금 달라요. 옥탑방은 너무 싼 자재로 만들다보니 여름에 덥고 겨울에 춥지만 이건 조금 제대로 만든 옥탑방이라고 할 수도 있죠. 집 앞에 벤치와 정원이 있고, 옥상이다 보니 주변 경관도 볼 수 있죠.

마지막 질문이예요. 결국 서류 작성 때 빈 칸에 '서울'이라고 써넣은 것이
아티스트 에밀 고에게 도움이 된 건가요?

런던이나 시드니 같은 세계 대도시가 제게 주는 영감은 저의 창작활동에 매우 중요한 것들이예요. 따라서 어떤 도시에 있느냐, 혹은 그 도시가 가지고 있는 것이 무엇이냐 또한 중요할 수밖에 없지요. 서울은 매일매일 새로운 걸 접할 수 있게 된 첫 도시였어요. 당연히 이곳에 와서 제 작업에도 큰 변화가 있었지요. 서울에 와서 서울에만 있는 것들을 중심으로 작업했어요. 프로듀싱부터 변화했죠. 서울은 제게 영감을 주는 도시예요. ●

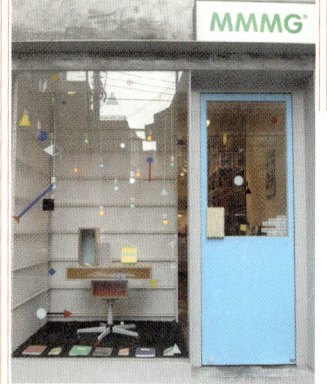

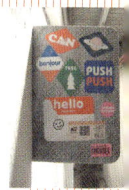

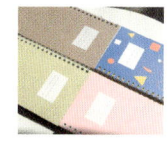

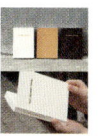

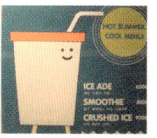

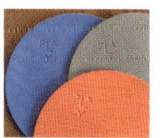

밀리미터밀리그램 mmmg
www.mmmg.net
문구제품들로 유명한 mmmg의 오픈숍.
카페 기능을 겸하여 쇼핑도 하고
전시도 보고 물건도 구입할 수 있다. 또
직영매장에서 열리는 해피마켓에서는
구상품 중 일부의 상품들을 싼
가격으로 구입할 수 있다.
종로구 안국동 153 02-3210-1604
(명동, 압구정, 가로수길 등에 직영매장이 있다.
그리고 도쿄, 파리, 타이페이, 코펜하겐
뱅쿠버에도 해외매장이 있다)

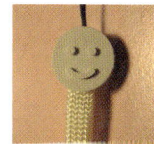

에밀 고 Emil Goh

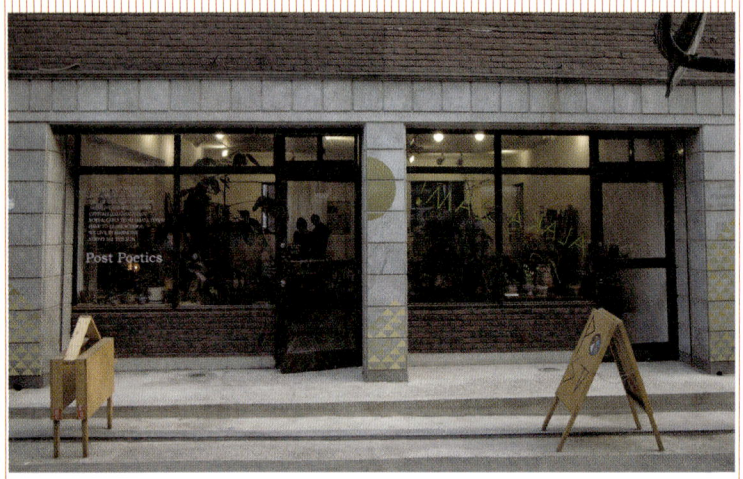

포스트 포에틱스 Post Poetics
http://ppoetics.egloos.com
특별한 취향으로 선정한 독립 잡지와
독립 음반 등을 판매하는 곳.
스위스 · 스웨덴 · 프랑스 · 영국 · 일본 등
여러 나라의 잡지사와 직거래를 통해
국내에서 보기 힘든 잡지들을 갖추고
있다.
마포구 상수동 337-4번지 1층 / 02-322-7023

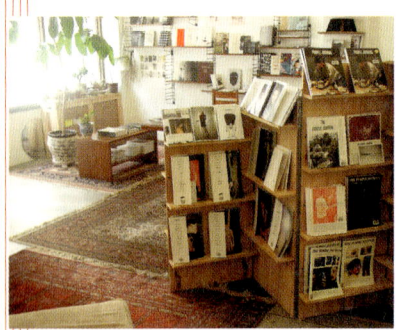

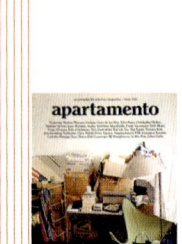

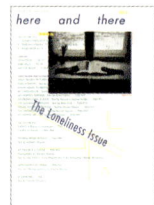

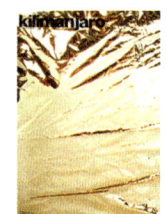

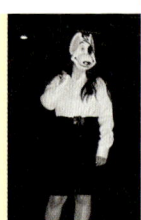

머그 포 래빗 mug for rabbit

와사비 라떼, 진저 라떼 등 독특한 메뉴를 소개하는 귀여운 카페. 가로수길에서도 제일 활짝 오픈된 테라스로 유명하다. 서양식 해장 방법인 해장 커피와 컵케이크도 인기가 있다.

강남구 신사동 534-25 1층 / 02-548-7488

불룸 앤 구떼 Bloom & Gouter

영국에서 활동하던 플로리스트와 프랑스에서 활동하던 파티셰가 함께 꽃과 케이크가 있는 카페를 만들었다. 꽃집을 겸하고 있고, 넓은 테라스와 매일매일 새로운 디저트 케이크로 마니아들 사이에 유명하다.

강남구 신사동 545-24 / 02-541-1530

이리 카페 http://yricafe.com

다양한 문화 행사들로 유명해진 이리 카페는 주인의 컬렉션인 여러 아트 북들과 해외 잡지 등을 언제든 접할 수 있고, 전시, 공연, 시낭송 등 다양한 행사가 열리는 문화공간이다.

마포구 서교동 337-20 지하 1층 / 02-323-7864

MK2

가구 카페. 빈티지 가구 수집가로 유명한 주인이 모은 가구들에 앉아 차를 마시고 이야기를 나누다가 맘에 들면 구입할 수 있다. 그래서 매번 카페의 탁자와 테이블, 가구들이 바뀌는 점이 재미있다. 주인이 직접 만든 케이크와 초콜릿도 맛이 있다.

종로구 창성동 122-2 / 02-730-6420

다방 Davant
http://www.d-avant.com
커피와 음료, 팬케익과 와플, 디저트를 판매하는 다방은 사람을 만나고, 작업을 하고, 차를 마시고 책을 읽을 수 있는 다목적방이란 뜻의 '다방' 이다.

마포구 서교동 411-16 / 02-325-5510

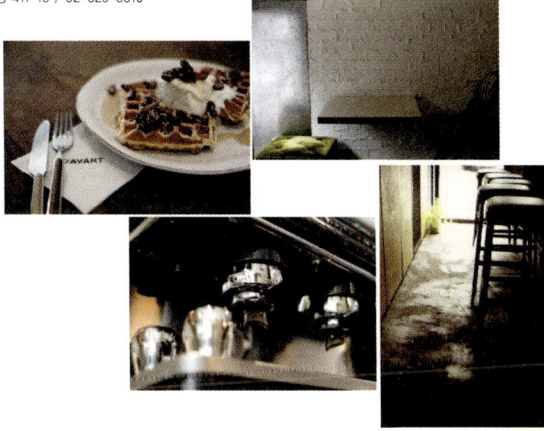

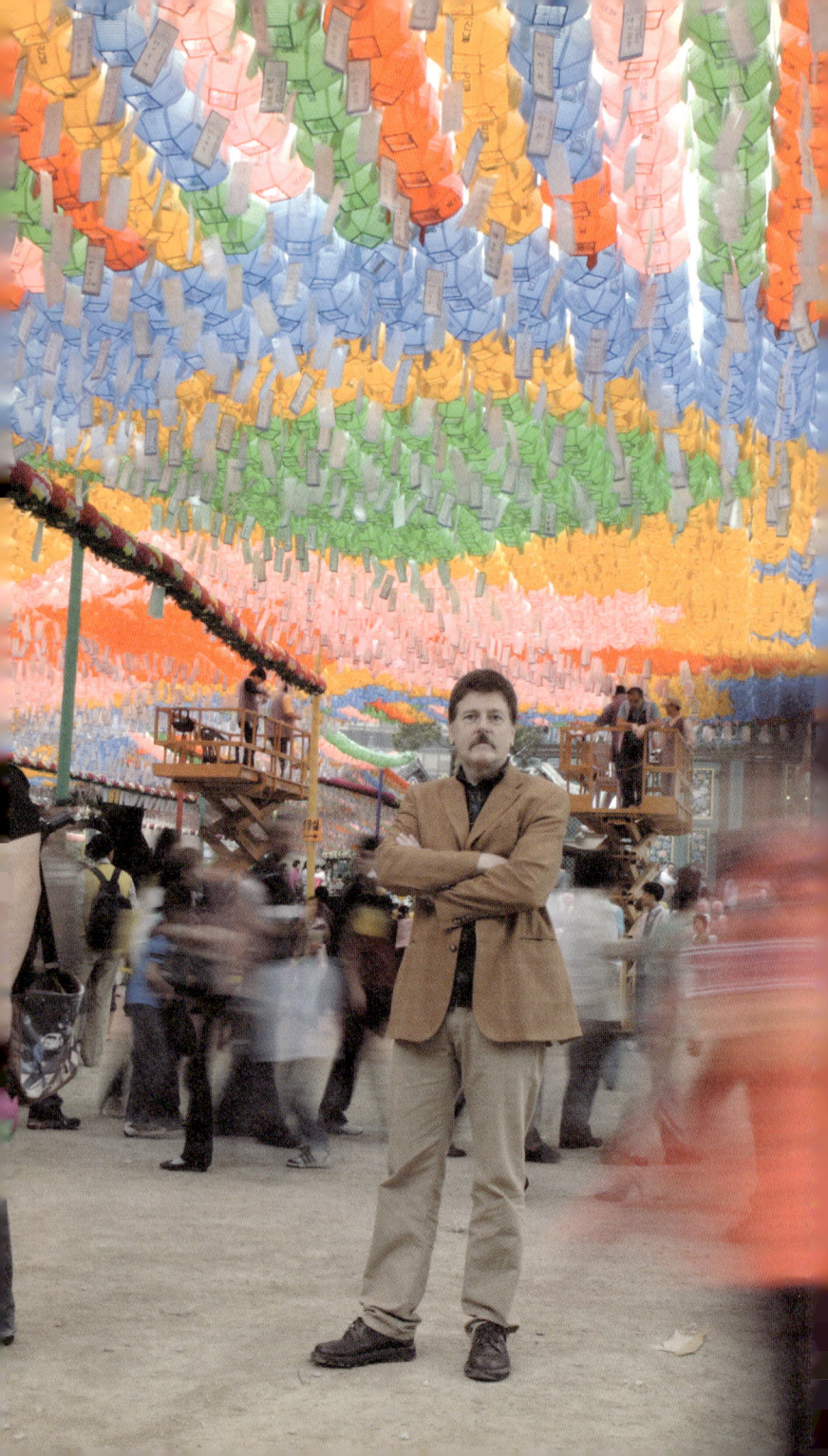

젠 아이비 Zane Ivy

아티스트이자 영어 강사, 배우이자 시인인 젠은 말 그대로 종합예술인이다. 97년부터 한국에서 작품 활동을 하고 있으며, 서울 아티스트 네트워크의 코디네이터로서 한국의 많은 예술 분야에 관여했다. 그의 시는 여러 나라에서 번역, 출간되었으며 그림도 일본, 한국, 미국, 영국의 미술관에 소장되어 있다. 음악적인 면에도 두각을 나타내 직접 작곡과 연주를 한다. 재연 드라마 〈서프라이즈〉 외에 여러 드라마에 출연한 배우이기도 하다. 고려대에서 영어 강사로도 일하고 있다.

젠을 처음 만난 날 어느 골목을 지나는데 초등학생쯤 되어 보이는 아이들이 수군거리는 소리가 들렸다. "서프라이즈 아저씨다!" 그리고서 그를 다시 보니 어쩐지 낯이 익었다. TV에서 본 것 같기도 하고. 자기를 알아보는 아이들을 적절하게 대응하는 그 사람은 정말 이방인이다. 생김새부터 삶을 살아가고 읽어내는 방식까지도. 아이들은 TV를 통해 그에게 동화되었지만, 그는 이곳에 크게 동화되지 않은 채 자신의 삶의 패턴을 구준히 유지하는 그런 사람이었다.

텍사스-시애틀-도쿄-자카르타-리야드-서울, 10여년의 긴 여정

이 책은 서울에 살고 있는 외국인들을 인터뷰하고 그들을 통해 서울을 다시 들여다보는, 혹은 서울의 다른 면을 보고자 기획되었어요.

그렇군요. 당신이 보기에 서울은 어떤가요?

글쎄요. 겉으로 보기엔 어딘가의 중간쯤에 위치한 듯한. 세계화가 되는 길목에 있고, 아시아 안에서는 일본과 다른 아시아 국가들 사이에 위치한 어쨌든 약간 어중간한 도시.

제 생각에는 서울이 일본보다도 더 서양화가 된 곳입니다.

한국엔 언제 오셨나요?

한국에 제일 처음 온 것은 1975년입니다. 일본에 학생으로 있었는데 잠깐 여행을 왔었죠. 그 다음 해에 또 왔구요. 지금은 1996년에 들어온 이래 쭉 여기 살고 있죠. 올해로 12년째 되는 거네요.

그 동안 여행은 자주 다니셨어요?

물론이죠. 동남아 쪽으로도 가 봤고, 일본도 갔어요. 1996년 이래로 미국은 딱 한 번 갔죠. 일본은 세 번쯤 갔는데. 그러니까 여기 아시아에 계속 있었던 거죠. 얼마 전에 중국 여행을 다녀왔어요. 기자로 일하는, 중국을 잘 아는 친구를 따라갔지요. 오랫동안 아시아에 살았지만 중국은 처음이었어요. 그 느낌이 신기하더군요. 왜냐하면 난 아주 젊었을 때 일본에 처음 왔고, 그땐 중국이 문화혁명 그 전후의 시기였고, 들리는 얘기들은 중국을 아주 강력한 공산주의 국가로 보게 할 만한 것들이었죠. 그리고 한국에 쭉 살아왔기 때문에 은연중에 중국에 대한 이미지는 강한 공산주의와 '마오' 같은 혁명가들 이미지로만 생각하고 있었어요. 그런데 막상 가보니 그렇지 않더군요. 거대한 자본주의 국가로 변해가는 단계에 있는, 그런 모습을 목격했지요. 그리고 엄청난 정보들이 흘러들어가고 나오는 모습 또한 놀라웠어요. 정말 모든 사람들이 핸드폰을 손에 쥐고 다니더군요.

왜 아시아에 그렇게 오래 사셨어요?

우선은 금전적인 이유라 할 수 있죠. 처음에도 돈 벌러 온 거고. 그러다가 계속 머무르게 됐죠. 이젠 정말 떠나고 싶으면 떠날 수 있는 상황이지만 한국 여성과 사귀고 있어요. 그래서 그냥 떠나긴 어려운 상태랄까? 어쨌든 한국에 들어오기 전에 일본에서도 살았고 남아라비아에서도 살았고. 그런데 여기를 정한 건 아주 오래전부터 한국 문화에 계속 관심이 있었고, 좋아했기 때문이겠죠. 그냥 돈을 벌기위해서만 오진 않았겠죠. 돈만 벌려면 중앙 아시아나 다른 나라에도 갈 수 있었어요. 여기에 더 좋은 무언가가 있으니 이곳을 선택했겠죠.

70년대 이곳에 오셨을 땐 어떤 사람들을 주로 만나셨나요?

제가 만났던 대부분의 사람들은 학생이였어요.

그 전엔 무얼 공부하셨나요?

일본어와 일본문학이요.

일본에 오기 전에 미국에서는 무얼 전공하셨죠?

미국에서는 미술과 인류학을 전공했어요. 그러다가 전공을 아시아학으로 바꿨지요. 일본에서 삼 년간 머물렀는데, 일본어와 일본문학을 공부했죠. 반은 학교에서, 반은 학교를 벗어나 지냈죠. 학교에서는 다양한 사람들을 만날 기회가 많이 없다고 생각했거든요. 그래서 학교를 우선 떠났고, 동경에 조금 살다가 삿뽀로로 갔어요.

처음에 학생으로 오고, 지금처럼 계속 살기 전에 다른 목적으로 한국을 방문한

1982년에 군인으로 왔어요.

네, 그때가 광주민주화운동 바로 직후였죠. 그러니까 한국에서 내가 별로 환영받지 못할 시기라고나 할까요? 별로 좋은 경험은 아니었지요. 그리고 다시 미국으로 돌아갔는데 한국에 다시 오고 싶은 마음이 생기더라고요. 올 때마다 정말 재미있는 사람들을 많이 만났거든요. 당시가 박정희 대통령 시대죠? 그 때 한국 사람들은 정말 적극적이었어요. 그리고 그 때는 한국 밖 소식을 접할 기회가 많지 않아서인지 바깥 세상에 대해 궁금해하는 것이 정말 많았지요. 그래서 많은 사람들이 내게 먼저 다가와 진지한 이야기들을 꺼내곤 했어요. 난 그 점을 정말 좋아했고요. 그리고 특히 일본에서의 경험한 일본인들과 비교해서 한국인들이 훨씬 열려있다는 느낌을 받았어요. 요즘은 어떤지 모르겠어요. 지금의 일본인들은 또 달라졌을지도 모르니까요. 하지만 당시 난 한국인들과의 대화가 더 편했어요.

음……, 일본에서 일본어와 일본문학을 공부할 때도 난 근대사보다는 고전 쪽에 관심이 많았어요. 그때 관심가진 건 한반도에서 일본으로 흘러들어온 문화의 역사라든지, 어떻게 동양에서 문화가 서로 영향을 주고받았는지에 대한 부분이죠. 그러니까 당시 난 조선시대와 일제강점기, 광복 후에 한국전쟁이 반발하는 한국의 근대사에 관해 많이 알지 못했어요. 지금도 한국의 현대정치나 사회사에는 큰 관심이 없어요. 내 관심사는 늘 고전 쪽에 머물러 있지요. 또 한편으로 생각해보니 당시 난 군인의 신분으로 한국에 있었고, 군인들은 정치적이거나 사회적인 소식에 무지한 편이죠. 당시 광주민주화운동에 대해서도 거의 알지 못했어요. 그리고 미국에 돌아가서 아시아사를 공부할 때도 전체 아시아에서 한국은 아주 조그마한 나라에 불과하거든요. 아시아사를 배울 때 중국이나 일본에 중점을 둔 커리큘럼이 대부분이고, 동남아시아사를 조금 다루지요. 그곳은 유럽 식민지 하에 있던 나라들이 많으니까요. 미국은 베트남전쟁을 치루기도 했고. 개인적으로 인도사에 관심이 많던 때이기도 하고. 당시의 난 한국에 관해서 많이 알고 있진 않았어요.

한국은 오히려 당신의 주변에만 머물러 있던 곳이네요?

한국이 처음 내게 인식된 것은 굉장히 어렸을 적이에요. 난 마샬아트(동양무술)을 좋아했고, 가라데를 좋아했었죠. 1960년대 말부터일 거예요. 한국의 태권도가 막 들어오기 시작한 때죠. 그리고 전쟁에 참여했던 군인들이 본국으로 들어오던 시기이고, 당시 태권도를 하는 한국 사람들을 조금 알았어요. 그리고 고등학교 때 한국계 여자친구를 한 명 사귀었고, 한국과 내 관계는 그 정도겠네요.

십대 때 한국에 관해서 쓴 책을 한 권 정도 읽었는데 그 책을 통해서 조금 알게 됐고, 한글도 혼자서 조금 공부한 적도 있었어요. 그리고 뭐 한국정부에서 만든 자료 같은 것도 조금씩 읽긴 했었고, 그런 게 선전용 책자이긴 했지만요. 어쨌는 그런 상태에서 한국에 처음 왔을 때 조금 놀랬어요. 왜냐하면 내가 경험했던 일본인들은 굉장히 닫혀져 있고 부끄러움이 많은데 한국 사람들은 그렇지 않았거든요. 굉장히 쉽게 친해지고 열려 있는 사람들이에요. 난 그 점이 참 좋아요. 멕시코를 약간 떠올리게도 하고, 난 늘 멕시코를 좋아해왔거든요.

미국 어디 출신이세요?

고향은 텍사스지만 자란 곳은 워싱턴 주예요. 시애틀, 타코마가 있는 곳. 초등학교 5학년 때 친했던 친구가 일본계 미국인이였는데, 그 아이 집에 놀러 가면 일본 물건들이 많았고, 난 그 물건들에 관심이 많았죠. 그리고 그 친구가 가라데를 했고 우린 자연스럽게 흥미를 공유할 수 있었어요.

젠 아이비 Zane Ivy

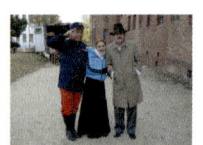 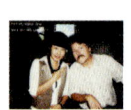 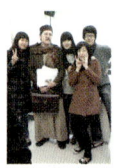 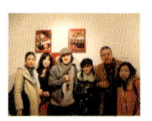

한국에 군인으로 계시다가 다시 미국으로 돌아갔나요?

네. 아리조나에 가서 기술자가 되었어요. 당시 고민은 내 관심사가 무엇인지. 앞으로 무얼하며 먹고 살 것인지 등에 관해서였죠. 그래서 대학원을 영어 교육과로 가고. 미국 밖에 나가 영어 선생님을 하며 살아야겠다는 결론을 내렸어요. 일본은 한 번 살아봤기 때문에 다시 시작하기 편안한 곳이었고 그렇게 일본으로 돌아갔어요. 일본에서 5년을 살았고, 인도네시아로 갔다가, 한국에 온 것이죠.

한국에 와서 처음 가진 직업은요?

학원에서 일했고 이화 어학당에서도 일했어요. 윤선생 영어교실에서도 일했어요. 거기서 교재개발과 교사교육을 했어요. 한국인 선생님들을 가르치는 일이었죠.

아. 그때가 언제쯤인지 알 것 같아요. 영어회화를 배우는 것이 유행처럼 번지기 시작할 때 였죠. 윤선생 영어교실은 이를테면 그런 영어회화 교육 붐의 첫 세대라고나 할까요.

내가 그 일을 하면서 흥미로웠던 건 그 사업체가 기독교 계통 여호와의 증인 계열회사였던 거죠. 창업자와 주주들이 그 종교를 중심으로 모인 사람들이었어요. 중앙 기독교에서는 급진적인 종교라고 치부하는……. 그 사람들을 겪었던 경험이 재미있었어요.

종교를 중심으로 사업을 하기도 하죠. 통일교처럼요. 한국은 또 일본이랑 다른 모습이죠.

맞아요. 일본에서도 비슷한 종교 집단들이 있긴 한데. 불교랑 비슷해 보이는 신흥종교를 만들고. 정치도 하고. 일본에는 그런 종교정치 색을 띠는 그룹들이 많더라고요. 한국도 비슷한 면이 있긴 하지만.

말씀하신 윤선생 영어교실에서도 그런 종교적인 부분을 경험하셨나요?

그 회사 간부들은 다 그 종교와 연관된 사람들이었어요. 그리고 아주 보수적인 사람들이기도 했고. 그들의 종교적인 면과 보수적인 면이 만나 좀 이상한 모습들을 보이기도 했어요. 저는 아니었지만 다른 직원들과 문제를 만들기도 했었고.

영어를 여러 곳에서 가르치셨는데, 비교하면 어떤가요?

한국과 사우디아라비아를 비교하자면, 사우디 사람들은 비교적 영어로 말하는 건 빠르게 습득해요. 놀라울 정도지요. 반면 쓰기와 읽기는 정말 어려워하고요. 이유를 생각해보면 아마도 거기는 문자가 한국에 비해 보편화되지 못한 까닭일거예요. 아랍어는 정말 배우기 어렵고, 코란을 제외하면 별 교과서도 없는데다 코란마저도 보편화된 것은 아니고. 또 거기엔 외국인들이 많이 들어와 살기 때문이 아닐까 생각이 들어요.

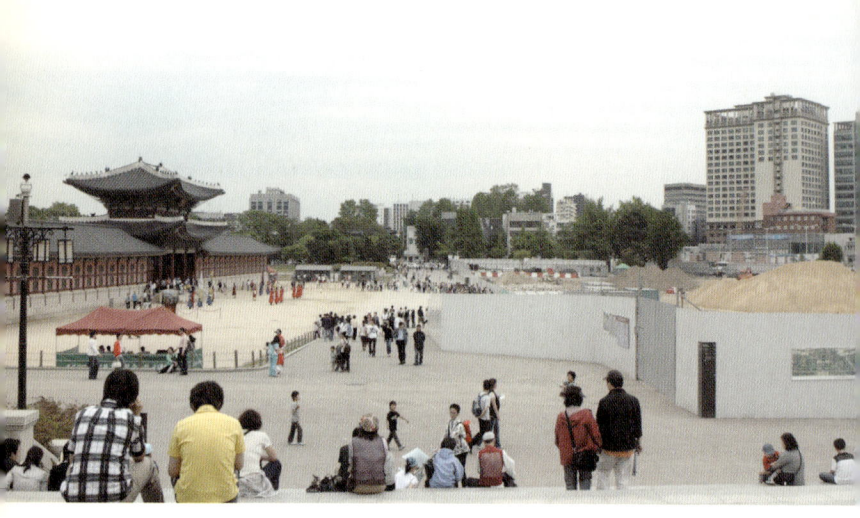

서울 1975년,
1982년,
그리고 1996년에서 지금까지

여기에 오래 사셨잖아요. 서울이 많이 변했나요? 이제 여길 떠날 때가 되었다고
하셔서요.

　　음, 많이 변했지요. 제 생각에는 여러가지 면에서 여기의 '매력적
인' 부분들이 사라져가고 있다고 느껴요.

이런 변화들에 어떤 터닝 포인트 같은 게 있었나요?

　　처음 서울에 살기 시작했을 때 전 홍대에 살았었고 또 홍대를 즐겨 찾았어요. 당시 거기선 많은 일들이 일어나고 있었죠. 그런데 그 시절의 어떤 거리, 지역 하나가 이제는 그냥 통째로 사라져버린 거예요. 뭔가 거칠지만 에너제틱한 느낌이랄까, 그런 매력적인 것이 어느 날 사라져버린 거예요. 지금 홍대를 오면 '젠체하는(Pretentious)' 듯한 느낌이 있어요.

어떤 사람들은 같은 부분을 놓고 '개발'이라 부르기도 하죠.
　　그 '개발'이라는 것이 뭡니까?

'개발'이 뭘까요? 기준에 따라 다르겠지요? 대부분은 '경제'를 축으로 이해되고 있긴 하지요. 그 기준이 '서양' 혹은 '서양화된' 것이 되기도 하고요. 한편으론 서울이 가진 특화성 같은 것이 무너지고 있지요.
　　네, 사람들이 점점 물질적이 되는 걸 느껴요. 특히 사람들은 무엇을 입느냐에 큰 관심을 가지지요. 요즘의 패션을 과거와 비교해 보면 일본이나 서양과 많이 유사할 것 같고요. 이런 서양화되는 모습이 대부분 표면적이기도 하구요. 이건 한국만의 문제는 아닐 거예요. 전 세계가 마

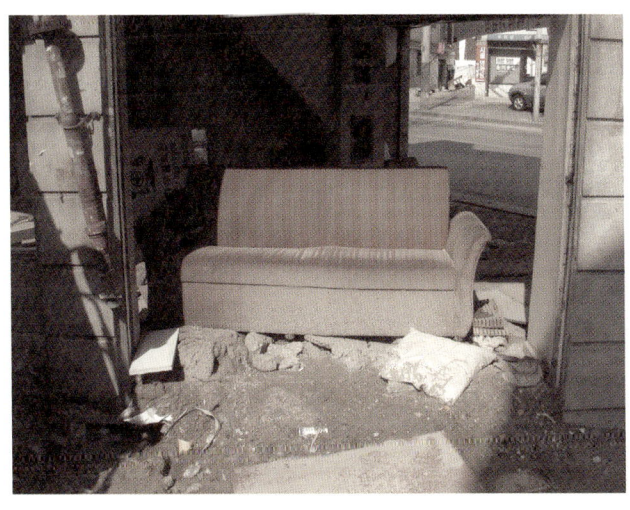

젠 아이비 Zane Ivy

79

주하고 있는 세계화에 관한 문제겠지요. 슬픈 거지요.

자신만의 모델을 만들어 내는 게 이슈겠지요.

그럼요. 그 모델을 미국에 두느냐 혹은 영국에 두느냐는 결국 경제적인 이분화를 만들고, 정말 가난한 사람이 많이 생기게 되는 너무 당연한 결과를 만들어 낼 거예요.

동시에 사람들은 동등한 위치에 관한 욕망도 분명히 있거든요.

그래요. 많은 사람들이 평등을 주장하고, 그러고 싶어해요. 지금 현재 한국에서 일부 기업이나 노동자들 사이의 차이, 빈부의 차이는 미국이나 영국에 비하면 정말 아무것도 아니지요. 하지만 이제 시작이라고 보면 되요. 지금 사람들이 따라가는 정책이라든지 추구하는 것들은 결국 미국과 영국이 현재 만들어낸 부의 차이를 향해 가는 거지요. 사람들은 깨닫지 못하고 있겠지만, 영국이나 미국이 지금 처해 있는 모습들을 봐야 해요. 빈곤층이 끝도 없이 생기지요. 또 중산층과의 차이는 얼마나 벌어져가고 있는지. 영국도 마찬가지예요. 가정이 붕괴된지도 한참 되었지요.

살다 보면 사람들은 매일매일의 생활이나, 일상적인 장면들에 무뎌지게 마련인데, 당신은 서울에 살면서 이런 모습들을 어떻게 읽어내나요?

도시에 사니까 그 '개발'이라는 걸 지켜보지요. 사람들이 사회를 만들어가는 방향을 본다고 할까요? 정치가들이 무슨 이야기를 하는지도 들어보려 하고. 텔레비전에 뭐가 나오는지도 보고, 대학에서 가르치면서 학생들이 무슨 생각을 하는지도 물어보고. 이 학생들은 아직 넓은 시각을 가지고 있지 못해요. 고등학교에서 입시 공부만 하고 바로 대학으로 들어왔으니. 학생들의 주된 관심은 뭐 삼성이나 현대에서 일하는 데만 집중되어 있죠. 그런 게 도대체 뭘까? 이런 생각을 해요. 한국이 전통적으로 가져왔던 가치라든지, 이런 것들과 전혀 상관이 없는 거잖아요. 결국 사람들은 손으로 일하는 것보다 마음과 머리를 이용해서 일하는 세상을 만들고 싶어하는 것 같던데, 사실 가만히 보면 인성이나 가치가 '개발' 된 그런 모습을 전혀 볼 수가 없거든요. 만약 돈이 그 가치의 전부라면, 굉장히 메스꺼워지는 거죠, 그렇죠?

미국에 사실 때도 이런 삶의 가치라던지 하는 부분들을 생각해 보셨나요?

　　도시에 살지 않았기 때문에 아주 똑같진 않지만, 시골에 살면서도, 시골에 살 수 있는 여건은 점점 열악해져 가는 걸 목격했죠. 도시화가 되어가니까요. 우리 가족은 모두 노동자 계급이었어요. 건설현장에서 일하고, 숲에서 일하고, 농장에서 일하고. 나 역시 고등학교에 입학은 했지만, 시골의 농업은 대규모 농업 비지니스 형태로 바뀌어 가는 추세였죠. 그래서 난 '여기서 살 수 없고, 이렇게는 살 수 없다' 라는 걸 강하게 느꼈어요. 내 스스로 '도시로의 이동' 을 만들어내야겠다 생각했지요. 그래서 대학을 갔고, 내게는 다른 선택의 여지가 없었던 것 같아요. 중산층에 진입하기 위해서 교육이 유일한 수단이었죠. 하지만 지금 우리가 이야기하고 있는 이런 것들에 관해서 크게 자각하고 있진 않았어요. 머릿속에 큰 그림을 그려놓고 이런 저런 생각들을 하진 못했었죠. 그땐.

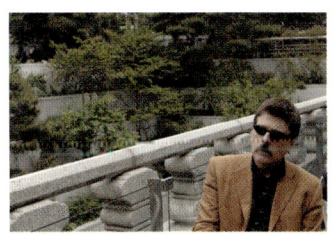

젠 아이비 Zane Ivy

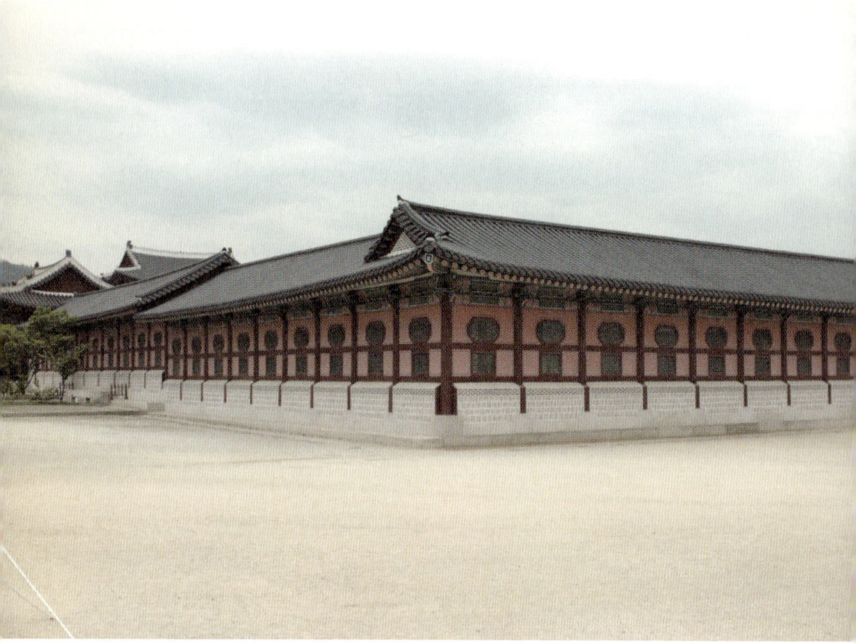

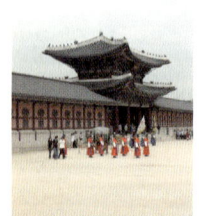

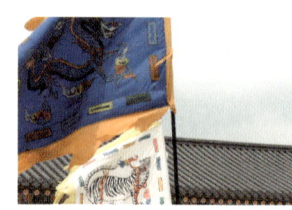

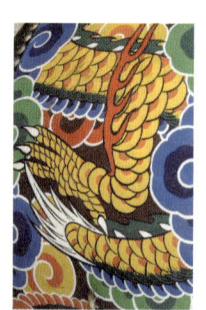

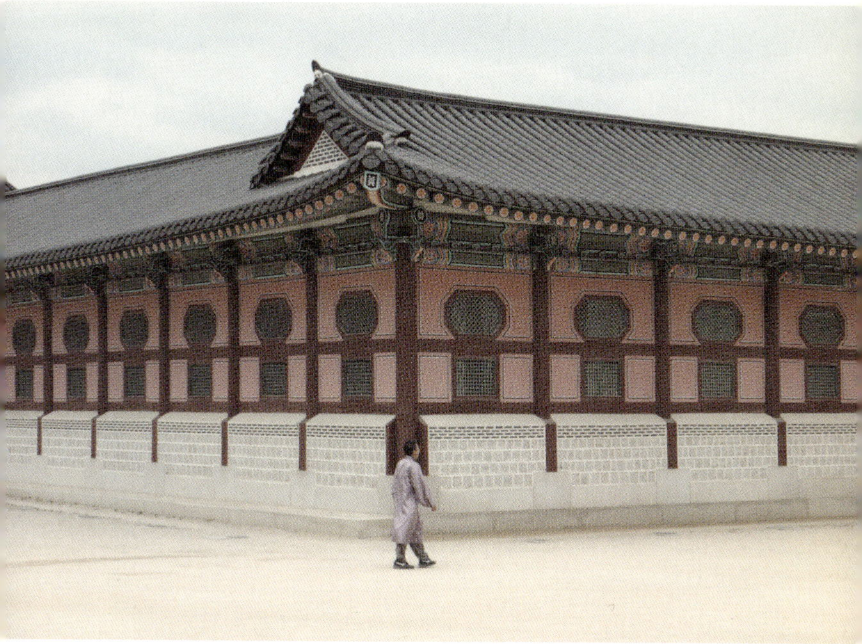

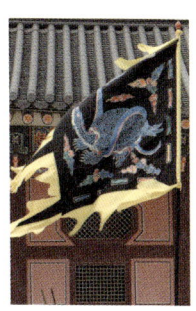

한국은 색을, 일본과 비교해서 대담하게 사용해요.
중국이랑 비교해봐도 한국 색에서 가장 에너지가
넘치는 걸 느껴요. 대담하죠.

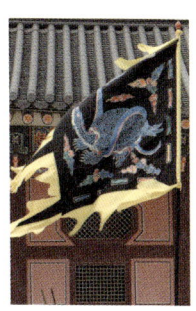
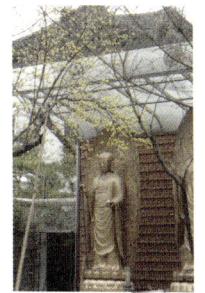
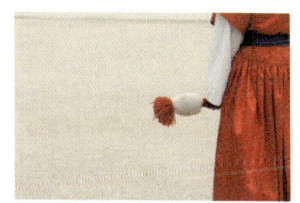

젠 아이비 Zane Ivy

한국의 대담함,
다이내믹,
광기

90년대에 한국에 처음 왔을 때, 다른 나라는 생각해보지 않으셨나요?

물론 했죠. 내가 다른 나라로 가서 '영어선생님'을 해야겠다고 결심했던 때였으니까. 기본적으로 내가 어디서 더 가치가 있을까 이런 생각을 했고, 당시 유럽은 미국사람들이 옮겨가서 일하기에 점점 어려워지던 때고. 그러다 보니 아시아로 눈을 돌리고, 아시아에서는 결국 대만, 일본 아니면 한국이거든요. 중국은 흥미는 있었지만 월급이 너무 적었고, 중앙아시아 쪽에도 자리가 몇 군데 있긴 했었어요. 1991년에 사우디아라비아에 잠깐 갔었는데, 살기에 척박한 것 같았고, 정치적으로도 불안정하고 해서 다른 곳을 찾았죠. 한국에 관해서 항상 관심이 있어왔기 때문에 자연스럽게 이곳에 온 것 같아요.

일본 사실 때 동아시아의 문화의 흐름을 볼 수 있었고 그게 재밌었다 하셨잖아요. 흔히들 이야기하는 중국-한국-일본을 통한 흐름이요. 사이에 한국은 항상 끼어 있는 국가였고, 그래서 흥미를 가진 사람은 적지 않나요?

그렇겠죠. 우선 서양에서 아시아라는 대륙에 대한 진지한 관심이 생겨난 건 얼마 되지 않으니까요. 미국에서는 아시아와의 접촉이 주로 서해안의 무역을 통해 이루어져 왔죠. 아시아의 여러 나라들 중에서 일본이랑 가장 먼저 관계를 만들어온 거고. 물론 미국의 역사를 이야기할 때 유럽에서 건너온 사람들이 있으니 유럽 역사가 항상 연관되어 있겠죠. 영국 역사만 보자면 중국, 인도와 오래 전부터 접촉을 해왔고, 미국 역시 유럽과의 연결고리 안에서 중국과 마약 무역을 했었죠. 그러니까 한국이라는 나라는 1980년대까지는 정말 닫혀져 있던 곳이에요. 그

전에도 물론 미국이나 유럽을 왕래하는 사람들이 있었겠지만 많은 수는 아니었지요.

네, 제가 처음 외국에 나갔을 때 경험했던 큰 충격 중에 하나는 사람들은 한국이란 나라에 대해서 그다지 신경을 쓰지 않는다는 사실이에요. 언어, 문화, 역사 할 것 없이 이 나라 자체에 관심이 없는 거죠. 그러니까 그 반대로 한국에 관심을 가지셨단 게 재미있기도 해요.

대학에서 선택했던 과목 중에 하나가 아시아 미술사예요. 그리고 일본에서 공부를 할 때 교토와 나라를 자주 갔었어요. 그곳에서 절을 둘러보고 문화재들을 보다보면 다 한국에서 온 것들이었어요.

그러니까 일본, 교토나 나라를 가서 거기의 전통 문화를 보며 한국과 중국을 거슬러 본 것이군요? 많은 사람들이 쉽게 일본에 매혹되죠. 일본은 자국 문화에 대한 이해를 위한 교육과 홍보에 많은 시간과 노력을 쏟아 왔고, 그런 무수한 자료들을 통해 지금은 일본하면 아주 매력적인 것이 되어 있고.

네, 그 시간은 아주 오래전으로 거슬러 올라가야 해요. 이미 15세기 16세기부터 일본은 서양과의 교류를 시작했으니까요. 그리고 그 노력은 일본인들에 의해서 뿐만 아니라 오히려 일본 밖에서도 만들어졌지요. 미국 캘리포니아와 뉴욕에서 비트문화가 있었죠? 이 비트문화에 심취한 사람들 중에 일본의 절에 가서 수도를 하고 영감을 얻은 이들이 있어요. 일본에서 경험을 하고 미국으로 돌아와 그에 관해서 글을 쓰는 거예요. 그러니까 미국 소설가나 미국인들을 통해서 일본이 더 드러나 보였던 거죠. 한국은 그나마 태권도가 자국을 미국에 알리는 데 큰 계기가 되었어요.

일본의 전통문화를 보며 한국을 궁금해 하셨잖아요. 한국에서만 느낄 수 있는, 어떤 이곳만의 특성에는 어떤 것이 있을까요?

음, 내게 있어서는 '색의 사용'이에요. 한국은 색을, 일본과 비교해서 대담하게 사용해요. 그 색을 사용한 예가 무엇이든 건물이든, 배

젠 아이비 Zane Ivy

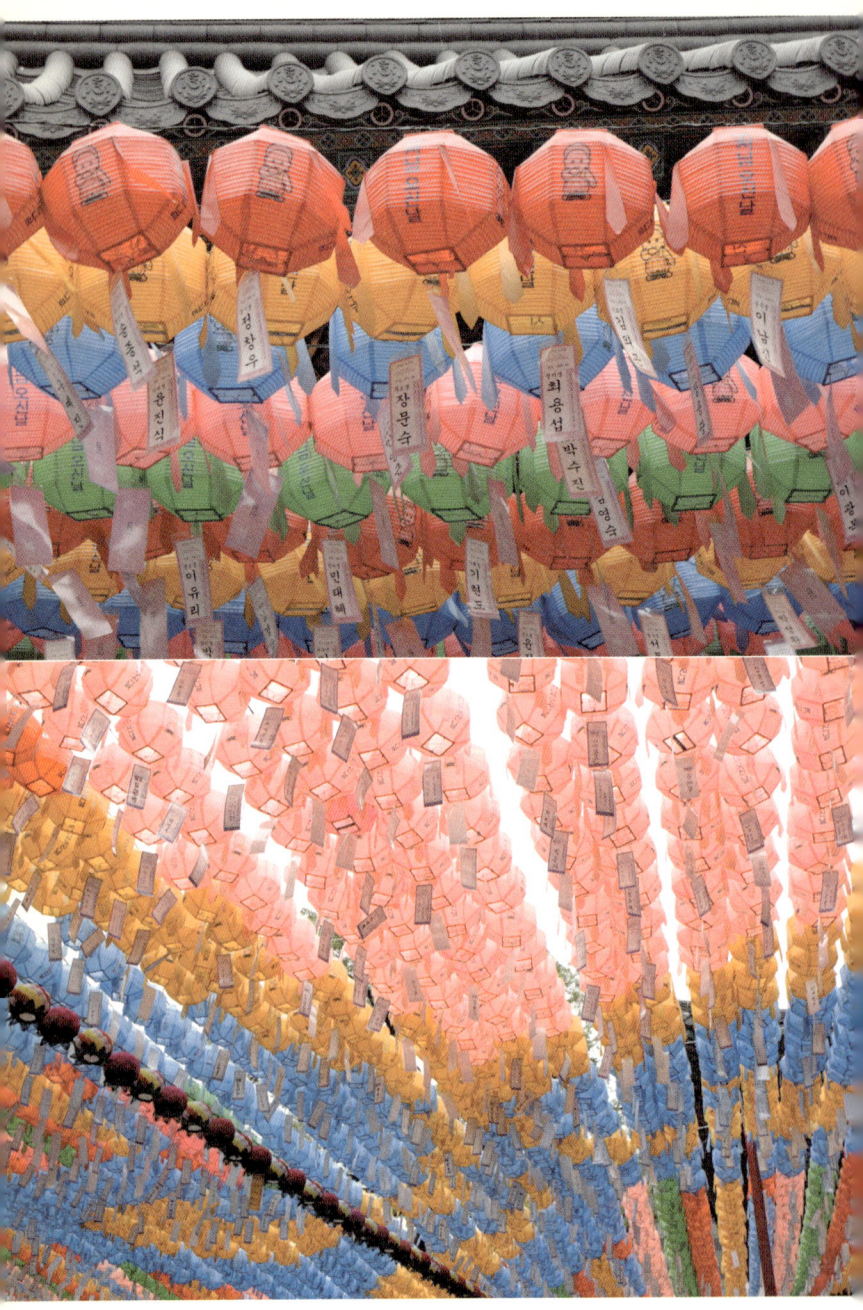

션이든 대담함을 느껴요. 주로 예술과 패션에서 그걸 느껴요. 특히 절에 가면요. 일본에서는 색을 사용한 절을 찾아보기가 힘들죠. 그냥 나무를 사용하지요. 그런데 한국은 주황색, 녹색, 노랑, 파랑 등 색이 많지요. 절에 있는 그림들만 봐도, 중국이랑 비교해 봐도 한국 색에서 가장 에너지가 넘치는 걸 느껴요. 대담하죠. 이 부분을 난 항상 좋아했어요. 그리고 한복을 좋아해요. 물론 기모노도 좋아해요. 아름답죠. 그런데 한복도 참 아름다워요. 특히 내가 한국에 처음 왔을 때 사람들이 매일 입는 한복을 참 쉽게 볼 수 있었거든요. 특별한 날 입는 한복 말고 일상에서 편하게 입는 한복이요.

오늘이 부처님 오신 날인 거 알죠? 한국 전통문화의 매력적인 부분이 바로 '색깔'이라고 그랬잖아요? 그 색깔을 보며 이야기해보자구요.

우리 근데 퍼레이드 부분은 놓쳤지요? 지난 주가 퍼레이드가 있던 주였을 거예요. 그죠? 언젠가 '부처님 오신날' 행사 때 그 퍼레이드에서 음악 연주 공연을 한 적이 있어요.

그래요? 무슨 음악을 연주하셨어요?

일종의 락밴드였는데 난 거기서 아메리칸 인디언 피리 연주를 했지요. '톰 웨이츠(Tom waits)' 알아요? 그렇게 유명한 음악인 아닌데 우리가 했던 음악이 그의 음악과 비슷해요. 미국 독립영화 음악을 만들기도 했는데. 영화 〈커피와 담배〉에 출연했었는데…… 아무튼 우리가 했던 음악이 그 사람 스타일의 서아메리카 재즈락 같은 음악이예요. '선독(Sun dog)'이 밴드명이었어요.

무슨 뜻이에요?

환일(幻日) 현상이라고 하나요? 태양이 아주 밝은 날 태양 옆으로 작은 또 다른 태양처럼 보이지요. 공기 중의 수증기와 태양빛이 같이 만들어내는 현상인데, 그걸 '선독'이라 불러요.

젠 아이비 Zane Ivy

그럼 그게 눈의 현상인가요?, 빛의 현상인가요?

　사실 모든 게 눈의 현상 아닌가요?

종교가 있다고 하셨죠? 무슬림이시라구요? 가족들이 무슬림인가요?

　아니요. 가족들은 전혀 아니예요. 가족들 사진을 보면, 아주 옛날 사진을 보면 몇몇 이슬람 문양이 있는 옷이랄까? 그런 물건들을 가끔 본 적은 있어요. 아마 영향은 조금 있었나 봐요. 내가 이 종교를 갖게 된 이유는 좀 달라요. 우선 중앙아시아에서 조금 살았었고, 무슬림이 되기 전에 각종 기독교 종파들을 모두 경험했어요. 당시 전 영지주의자 (그노시스파)였어요. 그러다가 이슬람교는 수피에서 시작해서 관심을 갖게 되었고, 미국화가 된 이슬람 사원을 방문하고, 그랬어요. 종교적인 부분을 떠나서 불교, 토테미즘, 샤머니즘에도 많은 관심이 있죠.

하지만 불교나 토테미즘, 샤머니즘은 종교로서의 믿음은 아니겠구요?

　아니예요. 난 어떤 방법론이나 통제(control)되는 걸 좋아하지 않아요. 내 관심은 우주학(Cosmology) 쪽이죠.

한국에서 매력을 느끼시는 부분에는 샤머니즘적인 것도 있겠네요?

　물론이요. 여기서 만난 친구들 중 몇몇이 그런 느낌을 가지고 있는 친구들이예요. 그리고 난 한국의 아주 근본적인 부분에는 이 샤먼적인 면이 크게 존재한다고 느껴요. 사람들이 이 이야기를 많이 하진 않지만, 내가 만나는 친구들 중에 영적인 친구들이 있거든요. '개념적 현실(Conceptual Reality)'을 느끼는 친구들이라고나 할까요. 한국 사람들 중에 귀신을 봤다고 하는 사람들이 많잖아요. 저 역시 한국에서 귀신을 본 적이 있구요.

귀신을 어디에서 보셨어요?

　고대의 한 교실이었어요. 어떤 여자가 날 향해서 걸어오더니 내 옆을 지나 벽을 뚫고 나갔어요.

그게 언제죠?

4-5년 전 쯤에요. 밤도 아니고 늦은 오후인데 마치 새벽 같은 분위기였죠. 그 때 말고도 벽에 그림이 그냥 움직인다든지…… 다른 그림들은 가만히 있는데 유독 한 그림만 움직이는 거죠. 한국에서 이런 이상한 경험들을 몇 번 했어요.

미국에선 그런 경험이 없으셨어요? 유독 한국에서만 겪으신 건가요?

없었어요. 한국에서만요.

장소 탓일까요? 아님 개인적인 변화가 우연히 여기서 작용한 걸까요?

한국에 오기 전까지, 그런 영적인 경험이랄까 그런 걸 해본 사람들을 만나긴 했어도 내 스스로가 귀신을 본 적은 없었어요. 어떤 느낌까지는 있었지만. 일본에서도 어떤 느낌 같은 건 느껴봤어요. 하지만 이렇게 경험을 한 건 처음인거죠. 그리고 한국에 살고 있는 미국, 캐나다 친구들이 자신들이 귀신을 본 경험을 내게 이야기 한 적도 많아요. 이 사람들 역시 이전에는 그런 경험을 해보지 못한 사람들이에요. 그러니까 제 느낌과 경험상으로 한국은 좀 특별히 영매한 곳이에요.

일정 부분 동의해요. 그런 영적인 부분과 좀 더 밀착한 예술과 문화 같은 분야에서 드러나기도 하고, 또 전반적으로 대담하다거나 에너제틱, 다이내믹한 것 같은 어떤 광적인 분위기가 있지요.

다이내믹이 맞는 단어 같아요

그리고 제 생각엔 그런 기질이 근대사에서 정치적인 부분과 맞물려 사회적 현상으로 나타난 것 같기도 해요.

네 맞아요. 그리고 어쩌면 조선시대 사람들이 지금 우리가 못 보고 있는 걸 더 많이 봤을 걸요. 그리고 어떻게 들릴지 모르겠지만 북한엔 그런 부분이 남한보다 더 많이 남아 있을 거구요. 어떤 한국의 정체성이란 걸로 이야기하자면.

젠 아이비 Zane Ivy

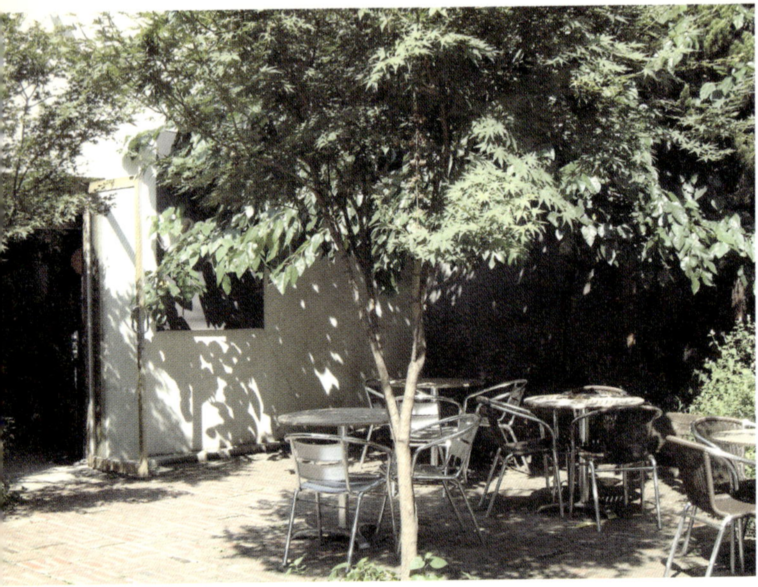

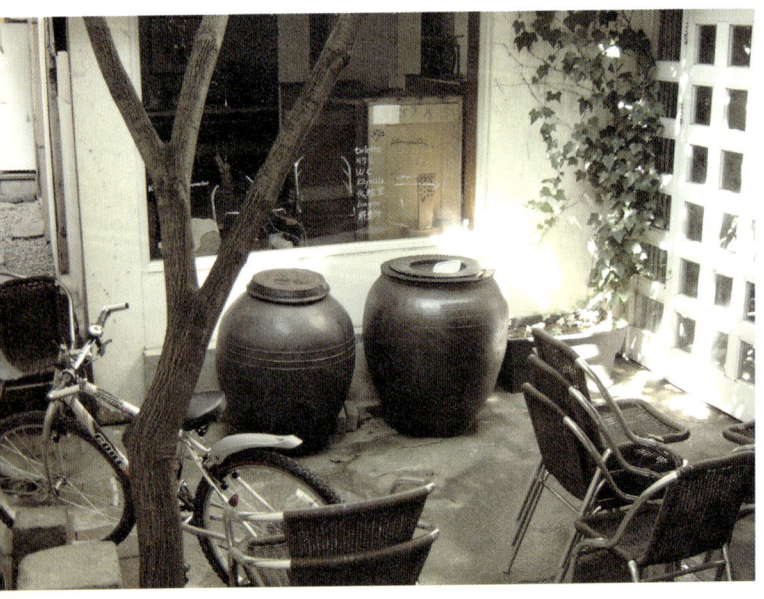

그림 그리고,
글 쓰고,
연기하고,
자신을 들여다보기

서울에서 제일 좋아하는 동네라든지……. 그런 곳 있으세요?

인사동 위쪽으로 자주 가요. 그곳에 있는 갤러리들. 175 갤러리나 관훈 갤러리는 꼭 들리는 편이구요.

인사동도 많이 변했다고 하던데요?

네. 많이 변했죠. 관광지가 되어버렸죠. 좋은 갤러리들도 많이 이사 나갔고, 그래도 관훈 갤러리라든지, 아직 내가 종종 방문하는 갤러리들이 몇 군데 있어요. 그리고 집(석관동) 근처에 있는 공원도 제가 많이 좋아하는 곳 중 하나에요. 거기에 조선시대 왕의 능이 있어요. 의릉이요. 의릉 쪽으로 걷던지 아니면 경희대학 왕복걷기를 하면 삼사십분 가량 소요되지요. 여자친구와 제가 즐기는 산책코스예요. 그리고 경복궁도 좋아해요. 경복궁엔 샤머니즘적인 느낌이 강한 것 같아요.

그림을 보러다는 것도 좋아하세요? 특히 좋아하는 한국 작가가 있다면요?

홍지연이라고 들어보셨나 모르겠네요. 그 작가가 홍익대학교 대학원에 다닐 때 우연히 그림을 보게 되어 일부러 내 쪽에서 연락을 해볼 정도로 그림이 매력이 있었어요. 그 후로 그 작가가 작업을 해나가는 모습을 쭉 지켜보게 되었지요.

지금 사시는 곳은 어디시죠?

돌곶이라고 석계역 근처예요. 보증금을 걸고 월세를 내고 있는데

젠 아이비 Zane Ivy

월세 값이 정말 싸서 좋은 것 같아요. 방 두 개에 작업실로 쓸 만한 공간을 포함해서 한 달에 10만 원만 내면 되거든요. 시내에서 조금 멀긴 하지만 그래도 직장이랑 가깝고. 여자친구 학교와도 가까워서 좋아요. 예전에 홍대 근처에서 산 적이 있는데, 거기에 비하면 여긴 평화로운 곳이지요. 시내라서 사람 만나기도 편하고, 또 사람이 많은 곳이니 그만큼 웃긴 일도 많았어요.

어떤 웃긴 일이요?

이를테면 내가 살던 집이 아래층에 곱창가게가 있는 상점건물의 삼층에 있었는데, 밤이면 곱창을 먹고 술을 마시고 술에 취한 남녀가 계단에서 사랑을 나누는 거지요. 건물이 허름해서 아무도 안 살 것처럼 생겼거든요. 제가 지나가도 모를 정도로 집중을 해요(웃음). 지금 사는 곳은 가끔 옥상에 올라가 생각도 하고, 주위에는 젊은 가족이나 은퇴한 나이의 이웃들이고 특별한 소음이나 사건 없이 그냥 편안하게 지낼만해요.

주로 찾으시는 책들은 구하기 힘들겠어요?

네, 여기 서점에선 찾을 수 없고, 주로 아마존이나 그런 인터넷 서점을 이용하지요. 뭐 찾을 수 있는 책이 있거나 여기 서점에서 주문을 할 수 있다고 해도 인터넷으로 사는 것보다 더 비싸거든요. 여기 서점들 역시 다른 곳에서 주문을 하니까요. 결국 내가 혼자서 주문하는 게 빠르고 더 경제적이지요.

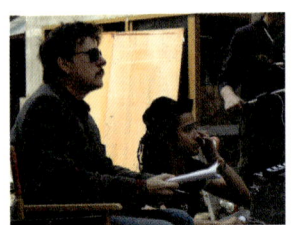

음식에 관해서는 여러 가지 시도를 하는 편이에요. 그러니까 한국
음식을 편하게 즐기는 편이고, 2년 정도 견과류만 먹으며 채식주의자
가 되었던 적도 있고, 지금은 편하게 아무거나 즐기는 편이예요. 여자
친구가 해주는 한국 음식을 정말 맛있게 먹지요. 학교에서 일할 때는
학교 식당에서 파는 3000원 이하의 식당 밥도 잘 먹고요. 괜찮은 편이
예요. 그런데 정말 생각나는 음식은 바로 멕시코 음식이지요. 멕시코
본토 말고, 텍사스 스타일 멕시코 음식이요. 정말 그건 생각이 많이 나
요.

방송국에서 배우 일도 하셨다고요?

네, 5년 동안 했어요.

5년이나요? 어떠셨어요?

제 어머니가 '커뮤니티 액팅(공동체 연기)'을 하시던 분이였어요.
그래서 어려서부터 어머니가 연기를 많이 시켰어요. 그리고 미국의 고
등학교에서는 연기수업을 많이 해요. 그 땐 지금보다 수줍음이 더 많았
지만 그래도 항상 연기를 했어요. 그 때 만났던 친구들이 지금은 할리
우드에서 일하고 있어요. 그리고 젊은 시절 일본에 살 때 광고 같은 상
업적인 연기를 하기도 했어요. 한국에 와서 퍼포먼스를 하기도 했고,
그런 저를 보고 TV쪽 사람이 연기해보겠냐는 제안을 하더라구요. 아주
예전에 윤선생 영어교실에서 일을 할 때 영어수업과 관련해서 TV일을
했던 경험이 있기 때문에 아주 새로운 제안은 아니었지만요. 어쨌든
TV일을 시작했는데, 제 기억으로 아마 처음 했던 프로그램이 〈성공시
대〉일 거예요. 독일인으로 나왔죠. 〈명성왕후〉에서는 미국인 대사 역
할을 했어요. 〈슬픈 연가〉, 〈원더풀 라이프〉, 〈올인〉 등 여러 가지 했
어요.

젠 아이비 Zane Ivy

네, 재미있기도 하고. 또 전 항상 연기하는 과정을 즐겼어요. 연기는 일종의 테라피와도 같아요. 자의식에서 벗어나는 치료과정 같은 거죠. 불교적 명상과도 비슷한 면이 있어요. 그런 면에서 연기를 항상 즐겼죠. 그리고 여기서 연기를 하면서 한국인 스텝들과 함께 일을 하는 과정도 흥미로웠죠. 어떤 식으로 일하는지 지켜보기도 하고, 일반적으로 회사나 기업에서 일하는 방식과 비슷한 것도 있고 아닌 점도 있으니까요. 그리고 전 대부분 혼자서 일하거든요. 학생들과 수업을 할 때도 제가 책임자가 되어야 하고. 그런데 TV 일을 할 때 그룹에 껴서 일을 하게 되면, 그건 그들의 일이라 내게 어떤 식으로 하라는 등의 지시를 해요. 그리고 나를 제외하곤 모두가 한국인이니까, 그들 사이의 상호관계가 이루어지는 걸 지켜보는 게 흥미로웠죠. 내가 책임자가 아니라 그들이 지시를 내린다는 점이 재미있었던 거죠. 역할이 뒤집히는 부분이요. 또 하나 사람들이 날 알아보는 것이 재미있었어요. 물론 난 나이도 있고, 또 비교적 성숙된 인간이라 생각하기에, 어떤 유명세나 그런 것이 아주 성가시거나 또 이를 이용하고 싶은 생각은 없어요. TV 쪽에서 일하는 사람들 중에 젊은 친구들을 보면, 사람들이 자기를 알아보는 것에 쉽게 휩쓸리더라고요. 이에 기대기도 하고요. 스스로가 유명하고 중요하다는 생각을 하기 시작하는 거죠. 제 생각에 그렇게 되면 위험하지요. 저는 그런 데 연연하는 게 아니라 사람들이 날 알아보는 것 자체가 흥미로운 거예요. TV에서 내가 맡은 역할을 통해 날 보고 아는 척을 한다는 것이 말이죠. 그 '비현실적(unreality)'인 부분이 흥미로워요.

전 세계의 문제 아니던가요?

엄청나지요. 제 생각에도 TV가 거대한 문화 생산자라는 것에는 의심의 여지가 없어요. 하지만 한편으로 한국인들은 아직 TV에서 굉장히 조심스러운 부분이 있어요. 어떤 스토리를 만들어내고 TV쇼를 만들거나 하는 데는 아직 제한이 있고 하니까요.

그림도 그리시죠?

네. 마지막으로 그렸던 그림이 형체가 불분명한, 그런 추상적인 가짜(Calligraphy)서체였죠. 그러니까 아시아 서체처럼 보이는데 사실은 아무것도 아닌 그런 이미지였어요. 색을 병렬로 사용하고. 내 생각에는 참 예쁘다고 느꼈어요. 편안함을 주기도 하고. 극도의 편안함이랄까. 보통 전 형태가 분명한 그림을 그려왔거든요.

'Ivy' 라는 성은 어디서 온 이름이에요? 인디언 이름 같기도 하고.

켈틱 쪽 이름이라고 하기도 하고. 불확실해요. '주목(yew)'을 뜻하지요. 일곱 번째 조상이 아마 유럽이랑 인디언 피가 섞인 분이셨나 봐요. 그게 1700년대 후반쯤이겠죠. 아버지는 백인이고 저희 어머니는 피가 좀 섞이신 분이에요. 'Ivy' 라는 이름이 많아요. 특히 미국 남동쪽으로 많이 사는데, 이름 자체만 보면 아프리카에서 온 이름이지만, 그 이름을 차용한 거겠죠.

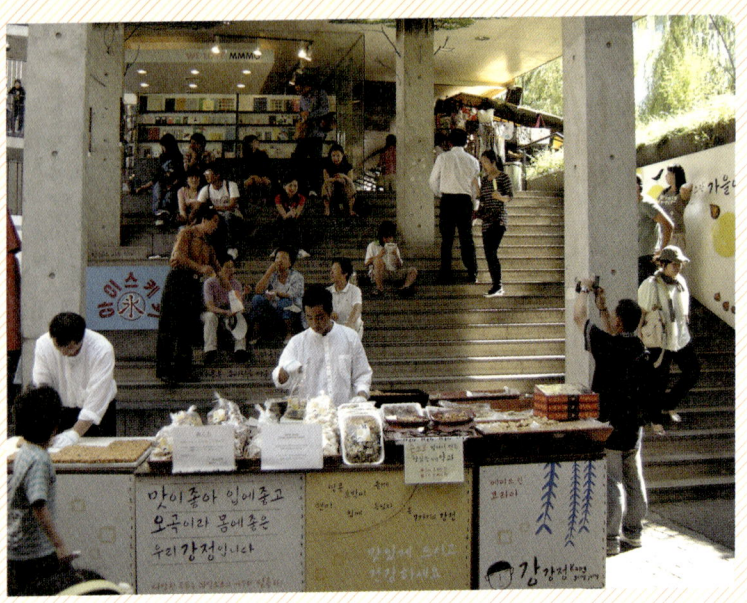

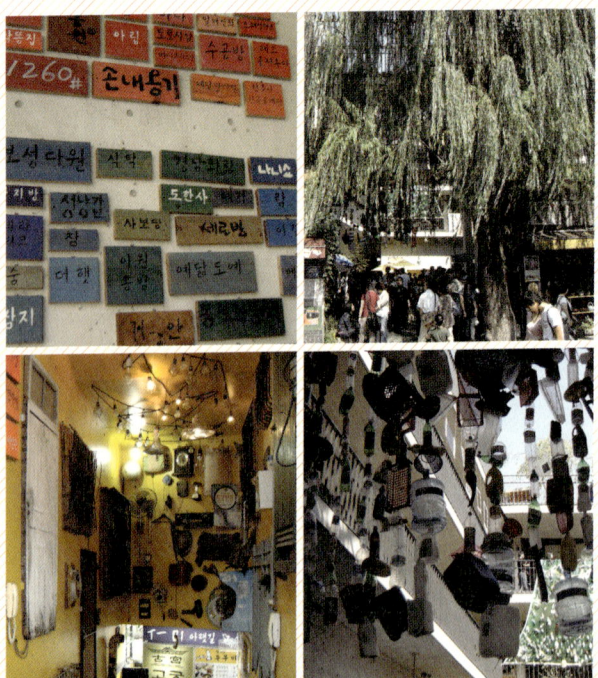

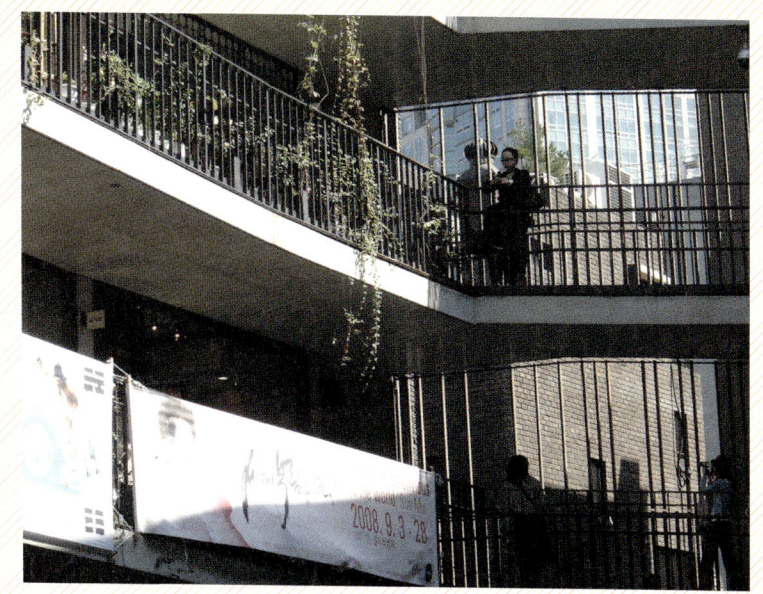

인사동 쌈지길

주말이면 인사동은 각국의 관광객들로 붐빈다. 서울에 오면 꼭 들리는 장소
중의 하나이다. 그 중 쌈지길은 인사동 한 중간에 있는 건물에 난 길이다.
마당을 중심으로 계단이 아닌 건물을 빙빙 도는 500미터가 넘는 길이다.
한국적인 디자인 소품들은 물론 다양한 제품들을 판매하는 아기자기한
가게들과 갤러리, 공예 체험공방, 미니어처 박물관 등이 들어서 있고, 다양한
이벤트 행사도 있어 항상 사람들로 북적인다.

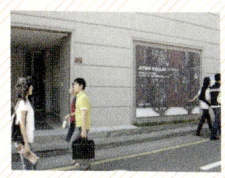

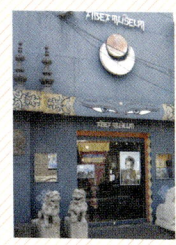

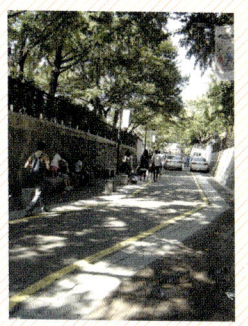

외계인과 이방인

이곳저곳 옮겨 다니며 사셨잖아요? 한국의 대중교통은 어떤가요?

정말 편하고 싸지요. 미국과 비교해서는 당연히 훨씬 편하고. 일본에 비교해서도 서울의 대중교통은 정말 편리한 편이에요. 덜 붐비고 더 싸니까요

요즘 어떤 걸 읽으세요?

음. 요즘 난 고대 이집트 철학에 관심이 많아요. 조금 더 일찍 읽었더라면 싶어요. 왜냐하면 내가 살아가면서 이상하다 생각했던 부분들이 사실 이집트 때 이미 생각되었던 부분들이고⋯⋯. 또 내가 여기저기 옮겨다니며 살면서 느낀, 인도를 중심으로 아시아와 유럽으로 문화적 영향력이 생성되고 전달되는 과정이 이집트의 그것과 아주 유사한 것 같아요. 아메리카 대륙의 인디언 고대 신화에도 관심이 많고요. 그리고 이상하게 들릴지도 모르지만 UFO에 관심이 많습니다. 미국 역사학자들이 쓴 외계인과 접촉의 역사에 관한 책들도 읽고 있어요. UFO에 미국 정부가 개입한 이야기라든지. 그러니까 난 외계인이나 UFO가 의미하는 게 무언지, 그게 정말 궁금해요. '외계인 차용(Alien Adoption)' 현상. 외계인 역사를 살펴보면 유럽의 침략사와 나란히 읽히는 부분이 있거든요. 필라델피아 템플 대학의 한 역사학자는 미국 근대사에서 베트남 전쟁 같은 침략전쟁과 무기의 기술적 발달을 유럽인들의 아메리카 대륙 침략으로 인해 인디언 역사가 바뀐 부분과 연결짓지요. 그러니까 문화의 파괴와 그로 인해 생겨나는 뒤섞임, 하이브리드는 항상 연속적으로 일어나는 거예요.

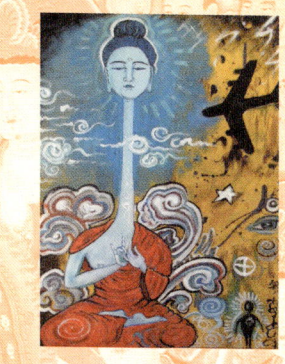

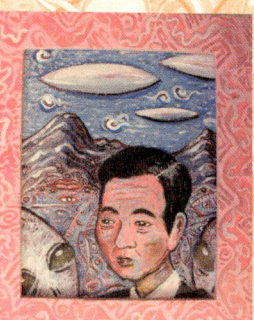

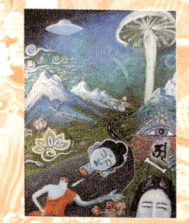

사람들은 모두 마음 속에 각자의
'타자성(alienation)'이 있는데.
이것들이 유럽 역사, 아시아 역사 안에서
각자 외부의 '외계인(alien)'을 반사해
내는 것이 아닌가 생각해요.

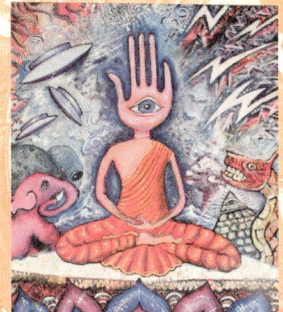

젠 아이비 Zane Ivy

한국에서도 하이브리드 현상은 마찬가지로 일어나고 있어요. 한국 텔레비전과 미디어에서는 점점 영어를 쓰는 혼혈아들이 등장하고 있고, 영어회화가 붐이고. 전 지구적으로 문화가 하이브리드하는 거예요. 이런 현상들을 지켜보는 게 재미있기도 해요.

사람들은 끊임없이 개인의 역사 혹은 존재 이유를 찾고자 하는 욕망이 있잖아요. 제겐 UFO나 외계인, 신화 등의 이야기들을 사람들이 개인적인 존재를 증명하기 위해 끄집어내는 면도 있다고 느껴져요. UFO와 관련된 이야기들이 여기에서 더 흔한 귀신과도 비슷한 맥락에서 해석될 수도 있지 않을까요?

　　예일 대학의 한 교수도 비슷한 이야기를 했어요. 사람들이 UFO나 외계인을 추적하고 밝혀내는 현상과 귀신을 보는 것과 비교해서 말이지요. 그 사이에 어떤 관계가 있을지도 모르지요. 우리는 왜, 어떻게 그것들이 서로 연관될 수 있나 의문을 가질 수 있어요. 한국 역사도 보면 신라의 왕이 알에서 나왔다는 이야기가 있잖아요. 단군과 웅녀 신화도. 외계인 이야기와 흡사한 부분이 많거든요. 하늘에서 내려와서 웅녀와 아이를 만들고 단군이 태어나잖아요. 와! 정말 외계인 같은 이야기지요(웃음). 어쩌면 인간 근대사는 사람들이 비가시적인 에너지를 느끼고, 동시에 이에 위협을 느껴 그 위협에서 벗어나고 싶고자 하는, 그 자유에 관한 것이라고도 할 수 있겠죠. 사람들은 모두 마음 속에 각자의 '타자성(alienation)'이 있는데. 이것들이 유럽 역사, 아시아 역사 안에서 각자 외부의 '외계인(alien)'을 반사해 내는 것이 아닌가. 이를 무의식의 세계라고도 할 수 있고, 그런 생각을 하죠.

UFO 본 적 있으세요?

　　네.

어떻든가요?

　　말발굽 알죠? 그것처럼 생겼어요. 하늘에서 그렇게 보였다가 순식간에 사라지더군요. 하얀색이었어요. 한국 친구 중에 UFO를 봤다는 친구도 있어요.

무리에서 떨어져 사는 건, 이방인이 되어 사는 건 철저하게 자신을 지키기에 가장 쉬운 방법이에요. 여기서의 예를 들면, 한국인들은 내게 한국인이 될 것을 전혀 기대하고 있지 않아요. 그런 부분에서 난 자유롭죠. 어떤 사회적인 부담이 없어요. 미국에서 살았다면 그런 부담이 있었겠죠. 하지만 미국 밖에선 난 그냥 나 자신으로만 있을 수 있죠. 그리고 또 다른 부분은 이렇게 자신의 문화 밖을 경험하며 살면 원래 자신의 문화를 더 상세히 인식하게 돼요. 어떤 경험을 할 때 불편함을 느낀다던가, 또는 자연스럽게 받아들이는 나를 보게 돼죠. 정확한 이유는 모르지만요. 그럼 자신에 대해서 의문을 갖게 되죠. 난 왜 우울해졌지? 난 왜 신이나지? 그러다 보면 내 속에 있는 문화에 대해서 생각하게 되고, 그 문화가 자신을 프로그래밍한 것에 대해 자각하게 되지요. 그런 면이 자신을 성장시키고 교육시키는 거죠. 물론 이런 '혼자되기'가 잘 이루어진다는 전제 하에서지요. 그렇지 않다면 평범한 일상을 살아가며 일터에 갔다가 돌아와서 맥주 마시고 TV 보고 자러 갔다가 일어나서 또 같은 일을 반복하고. 하지만 반대로 눈을 뜨고 생각을 하면 볼 수 있어요. 스스로에 관해, 다른 문화에 관해, 자신의 문화와 그 문화로 인한 프로그래밍에 관해서요. '학교 밖의 학교 School Outside of the School'라고도 할 수 있겠죠.

음……, 알콜 중독자가 되기에는 좋은 도시에요(웃음). 한국인들은 정말 술을 많이 마셔요. 자신을 알콜 중독자라고 생각하지 않고 정말 많이 마시죠.

젠 아이비 Zane Ivy

맞아요, 그런 경계선이 분명히 있긴 해요. 일본에서의 경험과 비교하기 힘든 건, 그땐 너무 오래전이라서요. 한국에서만 비교해도 전과 많이 바뀐 면이 있지요. 예전만 해도 내가 한국인 여자와 길을 함께 걷고 있으면 정말 수모를 당했을 거예요. 나만 그런 게 아니라 함께 있는 여자도 사람들로부터 눈총을 받았겠지요. 지금은 그렇진 않아요. 가끔은 있기도 하지만 이젠 거의 없어졌죠. 특이한 패션이나 라이프 스타일에 대한 관용도 등, 여러 가지가 변하고 있어요. 옛날엔 지금처럼 수염을 기르면 면도하라는 말을 듣기도 했어요. 이제는 아니죠.

수염 때문에 말을 듣기도 했어요?

네, 요즘은 아니고요. 또 내가 나이가 들어서 생긴 변화들도 있을 거예요.

한국 여자가 더 매력적이라고요?

오해가 없길 바래요. 한국 여자들의 에너지와 자신감에 매력을 느껴요.(진지하게)

당신에게 한국 여성은 왜, 어떻게 매력적일까요?

대답을 어떻게 하냐에 따라 문제가 되지 않을까요?(웃음) 한국 여성들은 아주 여성적인 부분과 열정적인 부분이 함께 있는 것 같아요. 그리고 일반적인 기준으로도 아름다워요.

당신 그림에서 그런 이미지를 본 기억이 나요. 외계인 형상들 중에 한 여성이 아주 고요해 보였어요. 기억이 나네요. ●

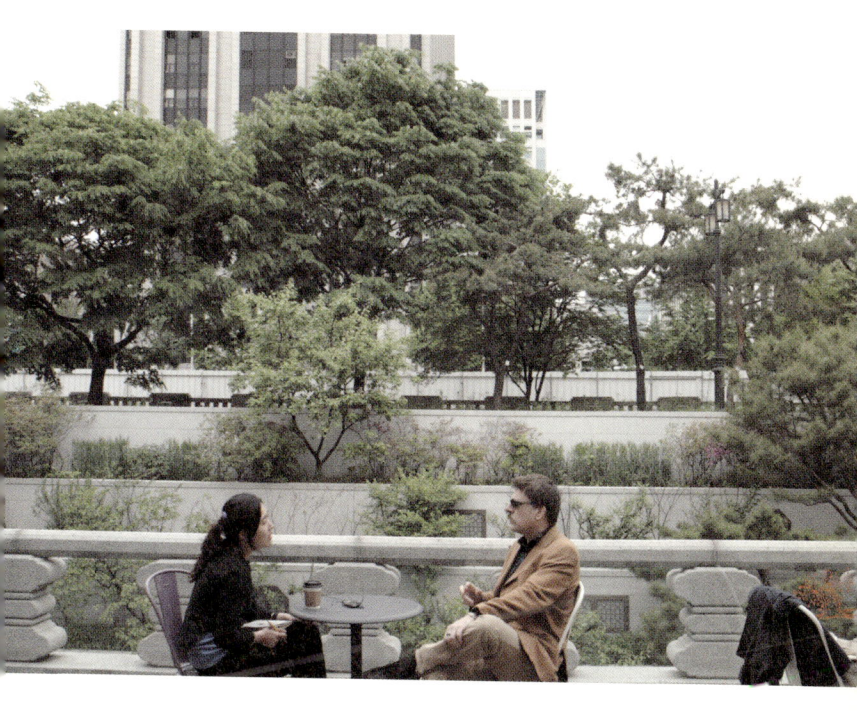

Enough is enough

Zane Ivy

희생과 성공

지난 20세기에 한국은 가장 가난한 나라에서 세계 산업의 엔진으로 성장했다. 요즘 한국의 GDP는 세계 14위다. 실로 대단한 결과다. 하지만 이 과정에서 분명 무언가를 잃어 버렸다.

돈. 지금도 이것 때문에 골머리 앓고 있을지 모르겠다. 하지만 그건 무언가를 판단하는 유일한 척도는 아니다. 한국어 빠른 시간 내에 급속히 성장한 것도 이 때문이지만 말이다.

레바논의 소설가 아민 말로프가 쓴 《사마르칸드》라는 프랑스어 소설이 있다. 거기에는 좀 혐오스러우면서도 슬픈 인물이 하나 나온다. 시 써서 돈을 받은 시인인데, 왕을 즐겁게 한 대가로 금화를 한 가득 물게 될 거다. 일, 희생, 그리고 보상. 그러면 그는 입을 동전으로 영원히 채울 수 있을까?

서울에 있는 한 IT업체 직원에게 물은 적이 있다. "왜 아침 일찍부터 밤 아홉 시까지 일만 하세요?" "수당을 올리기 위해서죠" "왜요?" 난 한 번 더 물었다. "그래서 뭐 할건데요?" 그는 크게 당황한 눈치였다. 눈을 껌벅이며 잠깐 동안 멍하니 있더니 대답했다. "당연히 돈을 많이 벌어야죠, 힘이 생기잖아요" 그거였다. 돈을 벌면, 힘이 생긴다. 돈을 벌기 위해 일하면 힘이 생긴다.

당신 입 속에 금화를 채워 넣는 이유가 "영원히, 끝없이, 아멘" 인가? 이상적인 삶이라는 게 한 시간 동안 삐까뻔쩍한 차를 타고 나서는 매일 일하고, 상사에게 잘 보이려고 옷을 빼입고, (주변의 아파트와 아주 똑같이 생긴) 비싼 아파트에 사는 건가? 삶이란 당신이 죽고 나서 은행에서 환산될 숫자들로 바뀌는 건가? 꿈은 대체 뭔가? "많이 가진 자가 이긴 것이다"라는 말에서 약간이나마 남아 있던 풍자적인 뉘앙스가 사라진 것 같지는 않은가?

난 정말 전철에서 손때가 묻은 시집을 읽는 것보다 최신형 엠피쓰리를 목에 걸고 다니는 게 인생을 얼마나 더 풍요롭게 하는지 모르겠다. 아마 주위의 소리를 차단하는 역할은 할 수 있겠다. 누군가 내게 말을 거는 것도 차단시킬 거다. 헉! 그 사람이 내가 찾던 '천생연분'일지도 모르는데? 도무지 난 엠피쓰리가 인생에 어떤 도움을 주는지 알 수가 없다.

한국은 엄청난 발전을 이뤄냈다. 이 정도면 보통 기적이라고 불린다. 그렇다면, 그동안 희생하고 잃어버린 것들을 이제 다시 되찾을 수 있을까? 세상 모든 것이 통장의 숫자로 바뀔 수는 없다. 깊은 관심, 흥미, 사랑. 수입이나 사회적 지위와는 관계없는 것에 대한 꿈, 밤하늘의 별을 보고 그에 얽힌 설화를 그럴듯하게 말할 수 있는 능력, 우리 아이와 '레슬링' 하거나 옛날 이야기를 들려줄 때의 기쁨. 심한 공포나 욕망을 연인과 나누며 극복하는 것은 '숫자'가 될 수 없다.

금화들을 입 속으로 계속 밀어 넣다가 다른 건 죄다 잃어버린다면, 커피 자판기와 똑같지 않을까? 플러그가 꽂혀 있으면 멈추는 법이 없고, 싸지만 얼마간의 돈을 넣어줘야 무언가를 뱉어내는, 그렇지만 살아있지도 않고 자아 같은 것도 없는 상태. 그건 기계다. 그래, 우린 기계일까? 나는 그렇다고 생각하지 않지만, 주위에는 그 상태에 거의 근접한 사람들이 많다.

경제적인 이유로 많은 것을 희생해야 하고, 생존의 이유 자체가 자꾸 '물질'에 먹히고 있지만 'Enough is enough' 라는 핵심은 변하지 않는다. 제일 먼저, 그리고 제일 많이 파괴된 건 '인간다움' 이다. 회사는 사람이 절대 아니다. 돈 기계다. 엔지니어링 회사든 마케팅 회사든 죄다 마찬가지다. 당신은 사람이다. 그걸 잃지 않겠다고 약속하라.

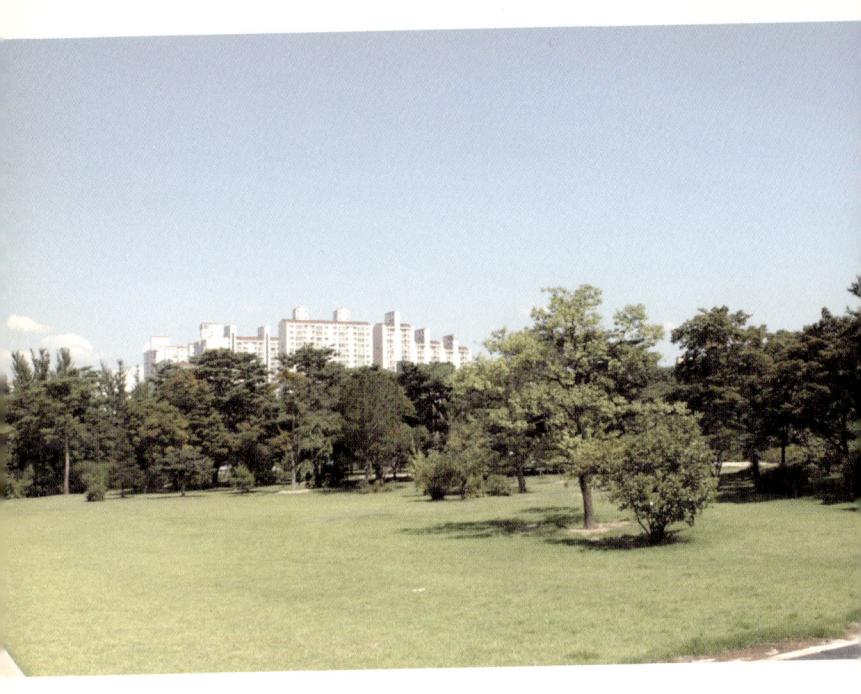

의릉

조선 제 20대 경종(1721~1724 재위)과 둘째왕비 선의왕후 어씨의 무덤. 경종의 능침에만 곡장을 둘렀고,
대부분의 석물은 별도로 배치하였다. 이는 풍수지리적인 이유이기도 하고 자연의 지형을 훼손하지 않으려는
우리나라의 자연관을 보여준다. 경종은 숙종의 맏아들로 어머니는 옥산부대빈(장희빈) 장씨이다. 주위에 산책로가
조성되어 있고 소나무가 많아 걷기 좋은 길이다.

서울 성북구 석관동 / 02-964-0579

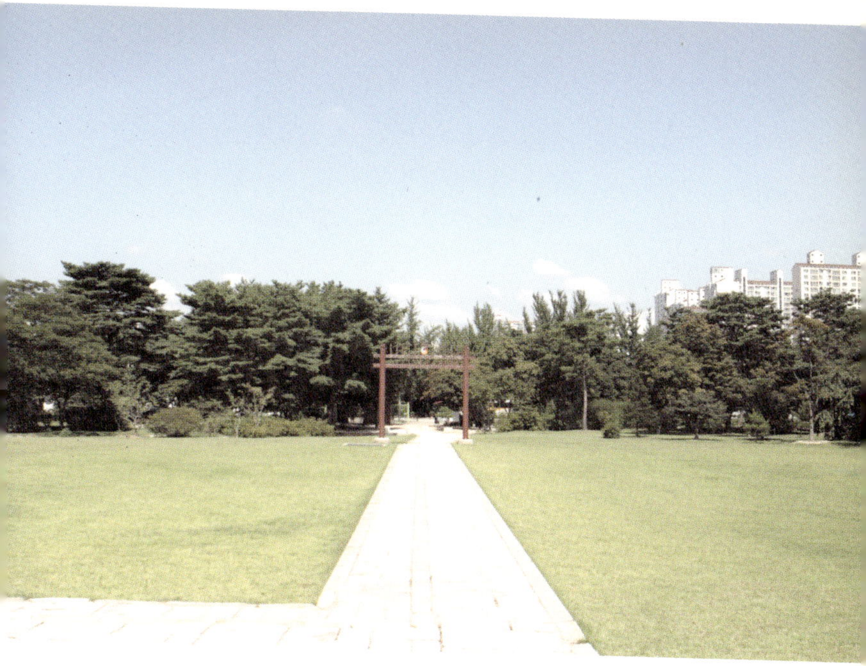

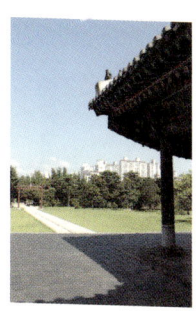

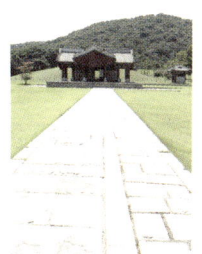

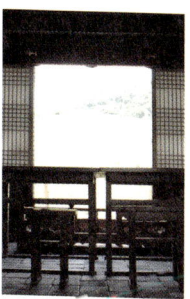

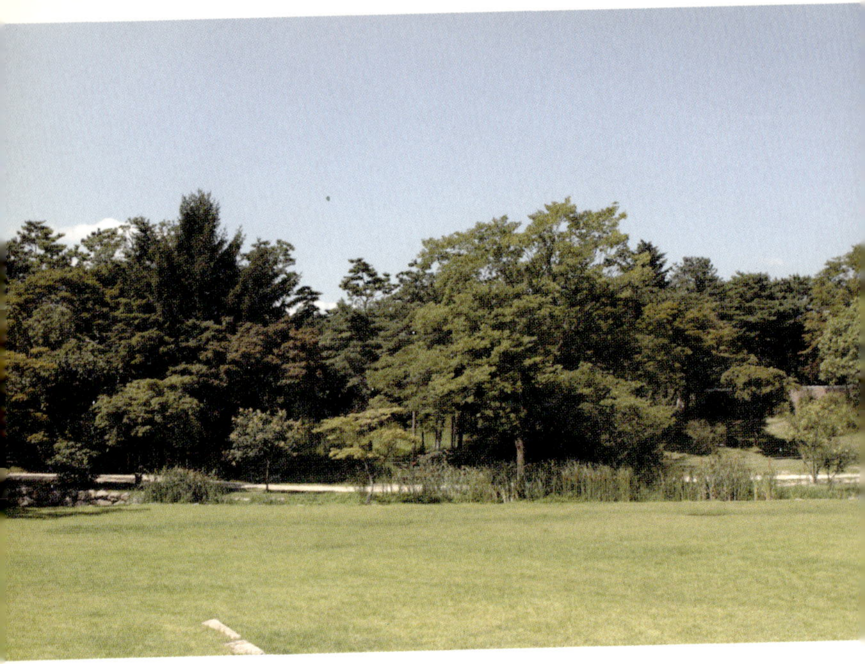

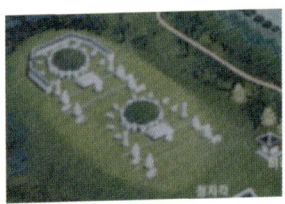

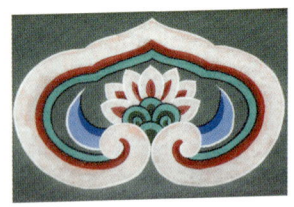

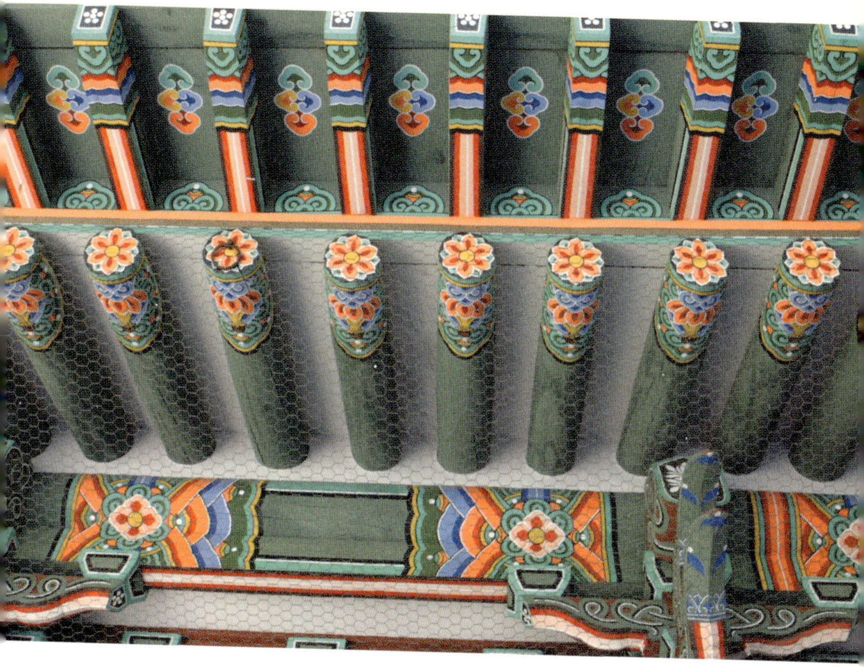

제 느낌과 경험상으로 한국은 좀 특별히 영매한 곳이에요. 그리고 어쩌면 조선 시대 사람들이 지금 우리가 못 보고 있는 걸 더 많이 봤을 걸요.

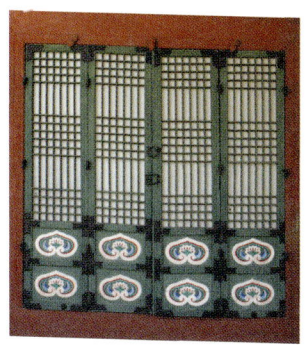

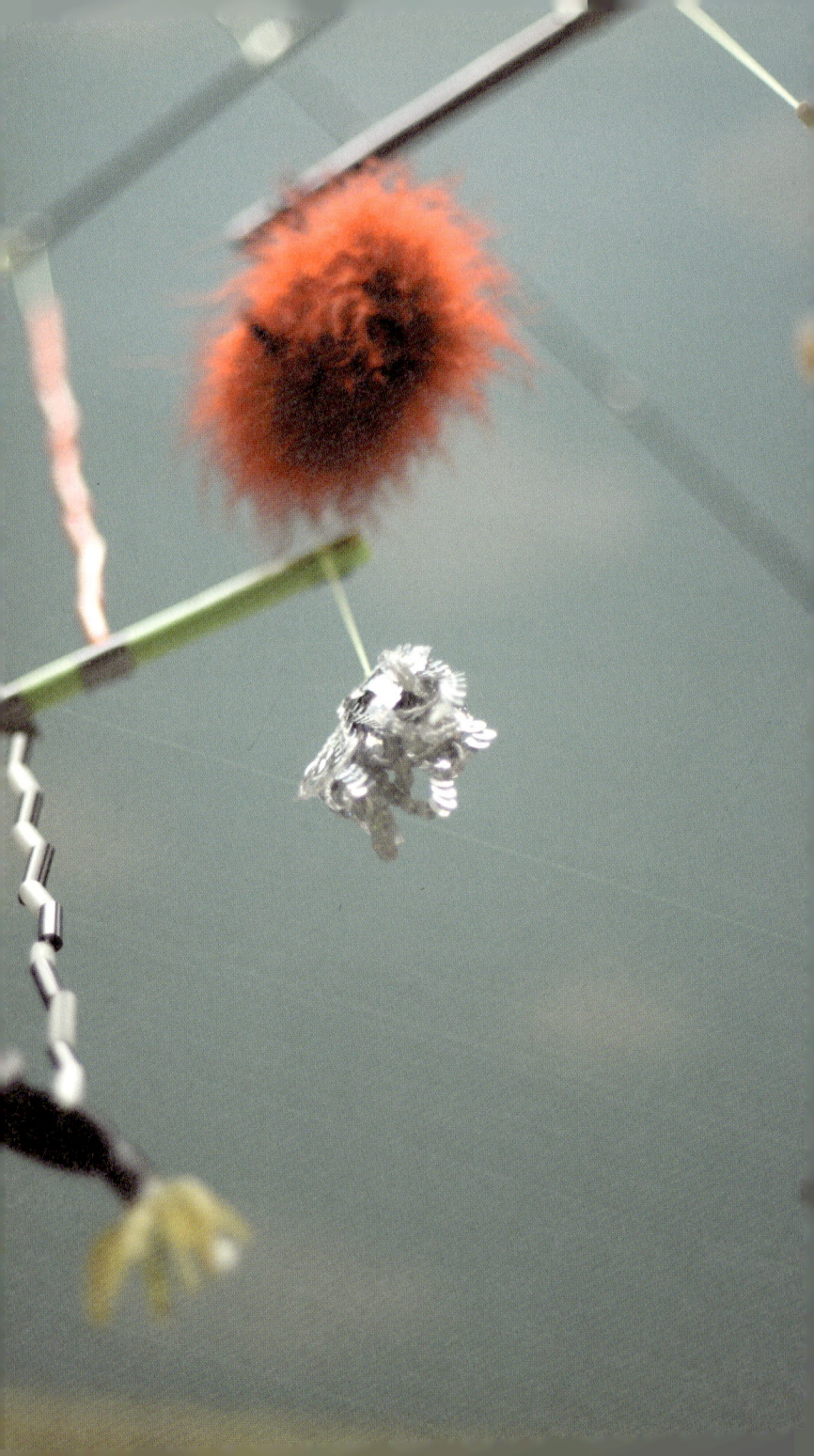

"서울, 그 소소한 일상",
일본인 아티스트

곤도 유카코 Kondo Yukako

태어난 지 얼마 되지 않은 아들 때문에 밖에 나오기가 힘든 곤도 유카코 씨를 만나러 가는 길엔 정말 식당이 많다. 연남동 기사 아저씨들이 주로 가는 감자탕 골목, 작은 주택 이층집에 곤도 유카코 씨의 세 가족이 살고 있다.

일본에선 추상적인 그림을 그렸는데 한국 와서 일상의 구체적인 사물이 담긴 세밀화로 바뀌었다고 한다. 하지만 꼼꼼하게 캔버스의 한점 한점을 메운 그 시절의 추상화는 서울의 빠르고 낯선 일상에서 기억하고 있는 사물들을 그대로 옮긴 정물화 속의 그 색과 크게 다르지 않았다. 이는 어디에 있든 무엇을 보든 자신만의 렌즈를 통해 들여다본다는 뜻일지도 모른다. 내부의 풍경을 보든 외부의 사물을 보든 말이다. 서울에서 화가로 한국인 남편과 한국 국적을 가진 아이와 함께 살아가는 곤도 유카코 씨는 자신의 일상을, 주변의 사물을, 풍경을, 그리고 자신의 내부를 일기처럼 캔버스에 남긴다. 또 시간이 지나면 그 그림은 다시 추상화의 형태를 띠고 있을지도 모르겠다.

여기서는 일상이 갑자기 낯설게 다가오죠.

처음 한국에 온 건 전시 때문이라고요?

2000년에 학생이었을 때 오사카에 있는 화랑에서 3인전을 했거든요. 그때 어느 분이 한국에 있는 화랑이랑 연결해서 오사카 작가들이 서울에서 전시하고 서울 작가들이 오사카에서 전시하는 일종의 교류전을 했죠.

그땐 어떤 그림을 그리셨어요?

그때 주로 그린 그림은 추상화였어요. 전 원래 추상화를 그렸거든요. 제가 늘 참여한 건 아니지만 그런 이벤트가 매년 있었고요. 지금도 있을 거예요 아마. 오사카의 그 화랑 사장님이 그런 새로운 시도를 많이 하시는 분이예요.

당시는 추상화를 그리시다가 구상화로 스타일이 많이 바뀌셨잖아요. 이곳에 살기 시작한 경험이 그림 스타일에 영향을 주었나요?

네. 그럼요. 우선 추상화라는 것은 자기 자신의 세계 속에서 살아간다는 건데…… 일본에 살 땐 주로 자기와의 대화를 계속 했단 거지요. 그런데 외국에서 살면 자신보다는 외부에 관심을 가져야만 하죠. 그러다 보니 일상생활의 여러 면들이 자기 안에 들어오게 되지요. 일상적으로 자판기 커피를 마시고, 라면을 먹고 하는 것들이 다르게 느껴지는 거예요.

곤도 유카코 Kondo Yukako

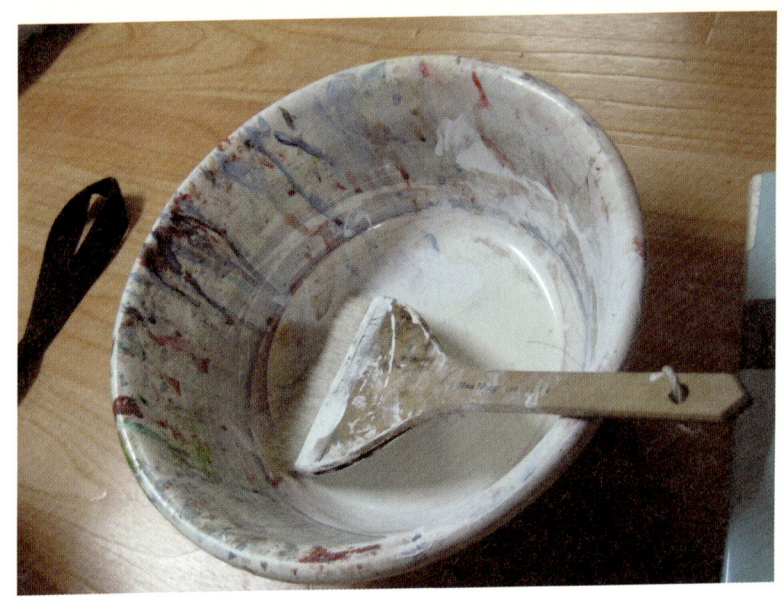

그러니까 일상에서 사물들이 다르게 보이는 거군요?

　　일본에서도 똑같이 커피를 마시고 라면을 먹는데도 여기서는 문득 그것이 다르게 보이는 거예요. 제 스스로의 위치가 변해서 그런가요? 주변의 사물들이 다르게 보이면서 어떤 존재감이 느껴져요. 존재의 가벼움이라고 할까요? 저 그림 같은 경우는 하루 동안 제가 먹었던 것들을 그린 거예요.

하루 동안 먹었던 음식들이라…… 재미있네요. 저기 뭐가 있는 거죠?

　　김치찌개, 할머니 보쌈, 배, 오뎅, 샐러드, 김, 공기밥, 산미구엘 맥주. 일기처럼 생각하며 그렸고요, 아기가 좀 크면 비슷한 작업을 연결해서 계속 하려고 해요.

소주도 있네요? 그러면 저런 음식들이 주로 소재가 된 거예요?

　　네. 아주 사소하고 흔한, 집에 있는 것들에 관심이 생겼어요. 하루 종일 집에 있고, 그래서 그런 것 같아요.

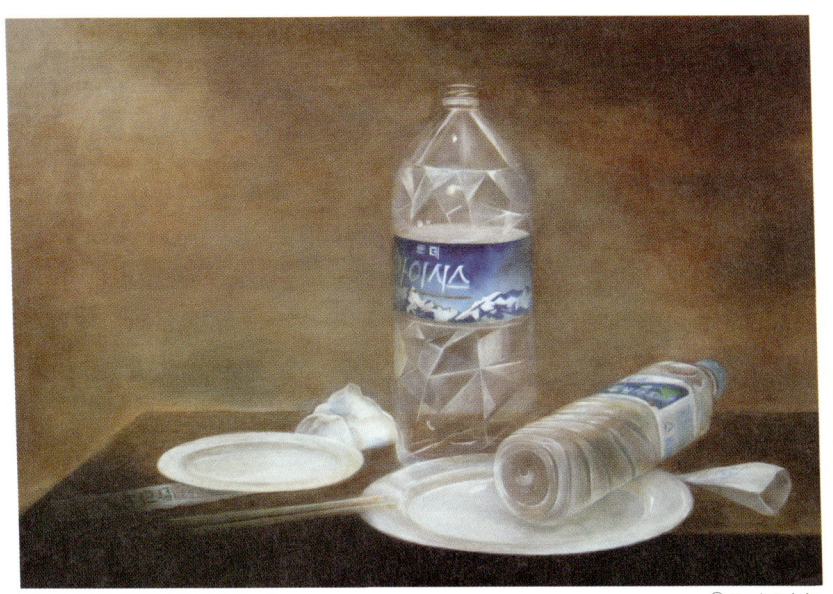

© Kondo Yukako

이런 변화에 대해서 오사카 친구들은 뭐라고 하나요?

　　오사카에 있는 친구들은 싫어해요. 이유조차도 사실 말하기 싫을 정도지요. 우선 변한다는 것 자체를 싫어하고요. 그리고 '오리지널리티'라고 할까? 전에 추상화를 할 땐 자신의 정신 세계에 직접적으로 접근했다면, 오사카 친구들은 그걸 오리지널리티라고 생각하는데…….　사실 지금의 저는 그렇게 생각하지 않아요. 일상의 모습들을 더 자세히 관찰해 나를 빌션하고, 지금 자신이 있는 세계를 생각하는 것이 오리지널리티에 더 가깝다는 생각을 하지요.

그런데 제 느낌에는 전의 그림과 지금이 크게 달라보이지 않아요. 물론 소재랄까 언뜻 눈에 들어오는 그림의 요소들은 바뀐 듯 하지만, 이 정물화만 해도 깊이 들여다보니 이 추상화가 그대로 있는 걸요.

　　오, 그래요? 듣고 보니 그런 것도 같네요.

곤도 유카코 Kondo Yukako

어쨌든 보통 구상화에서 추상화로 간다고들 하는데…… 반대의 경우네요(웃음). 새로운 곳에서 살게 되면서 이국적인 것들에 대해 관심을 갖게 된 탓일지도 모르겠네요.

네. 그리고 내가 보는 주위나 세상을 들여다보면 더 깊은 나만의 정체성을 찾을 수 있다는 생각이 들었어요. 오사카에서 했던 추상화들이 어쩌면 더 보편적인 고민들일 수도 있어요. 나만이 아니라 모두에게 공통된…….

젊은 오사카에서 서울과 교류전을 하실 때부터 그런 변화가 생겼나요? 아니면 여기서 학교를 다니기 시작하면서부터 변하셨나요?

처음 서울 전시를 위해 왔다 갔다 하면서 약간의 변화가 있었지만 아예 옮겨와 학교를 다니면서 구체적으로 변했죠. 제겐 서울이 곧 한국인데, 한국은 변화가 빠르고 그런 면에서 자유롭다는 느낌이 들었어요. 도시 전체가 워낙 빠르게 변하니까 제가 변하더라도 이를 수용할 수 있는 폭이 큰 거죠. 어떻게 변했느냐가 중요한 거지 변했다는 것 자체는 이해받기 쉽죠.

젊은 작가로 서울에 산다는 건 어떻죠?

서울에는 '대안공간' 같은 장소들이 곳곳에 많이 있어서 작업을 하면 보여줄 수 있는 기회가 많다는 생각이 들었어요. 홍대에 있는 '대안공간 루프'부터 그런 데가 정말 많은데, 일본은 특히 오사카는 그런 공간들이 그렇게 많지 않아요.

대안공간 중에 좋아하는 곳이 있어요? 전시 해보고 싶은 곳이요.

음. 사루비아 다방을 좋아해요. 지하에 있고, 느낌이 좋아요. 임신했을 때 인사동 175갤러리에서 개인전이 잡혀 있었는데, 결국 취소 했어요. 입덧이 심해서요. 나중에 사루비아에서 꼭 해보고 싶네요.

보통 영화나 음악 쪽은 언더그라운드 혹은 인디 문화가 일본의 다양함과 비교해 한국에는 전무하다고 불평하는데. 미술은 아닌가 봐요?

그게 영화나 음악은 그래요. 그런데 현대미술은 아니예요. 오사카만 해도 현대미술관들은 모두 민영화가 돼서 돈을 벌기 위한 '인상파', '피카소' 이런 전시만 하는 거죠. 화랑들은 힘겨워하고요. 동경보다는 서울이 '현대미술'을 하기에 훨씬 좋은 장소지요.

저도 왜 그럴까 생각을 했는데(웃음), 서울의 작가들이 훨씬 할 이야기가 많은 게 아닐까 하는 생각도 들었어요. 사회가 불안정하고 정신없이 변해가면 사실 묻혀진 상처들이 더 많은 거지요. 그래서 소재도 많고 할 일이 더 많은 것 같아요.

그렇죠? 할 이야기들도 많고 볼 것들도 많은 거지요.

오히려 디자인 같은 부분은 일본에서 매끈하고 세련되게 뽑아지는 게 있는데 회화나 현대미술은 좀 다른 면이 있는 것 같아요. 장르적이지 않다고 할까요? 일본에서 표현하고 싶은 이야기들은 만화, 소설, 영화 같은 장르로 충분히 뽑아져 나올 수도 있고, 또 굉장히 섬세하고 완성도 있게 표현되죠. 하지만 현대미술은 그 성향적으로 훨씬 거칠고 파워풀한 면이 있고, 그런 것이 서울이라는 도시랑 맞물리는 거지요.

네 맞아요. 일본 사회는 개인의 내면의 세계에 더 몰입해가는 것 같아요. 한국은 길에서 술 취해 싸우는 사람들, 거친 아줌마, 아저씨들. 흔히 주변에서 볼 수 있는 풍경들이 더 사회적인 이야기를 할 만한 소재가 되지요. 하지만 사회, 정치적인 면이 미술은 아니기 때문에 그래서 미술이 할 깃들이 더 많을 것 같아요.

언제부터 그림을 좋아하셨어요?

처음에는 많이 보러 다녔어요. 21세기 근대화들을 많이 봤어요. 오사카에 뭉크 같은 전시들이 제 중·고등학교 때 막 들어왔어요. 일본은 그런 전시들이 일찍 들어왔어요.

곤도 유카코 Kondo Yukako

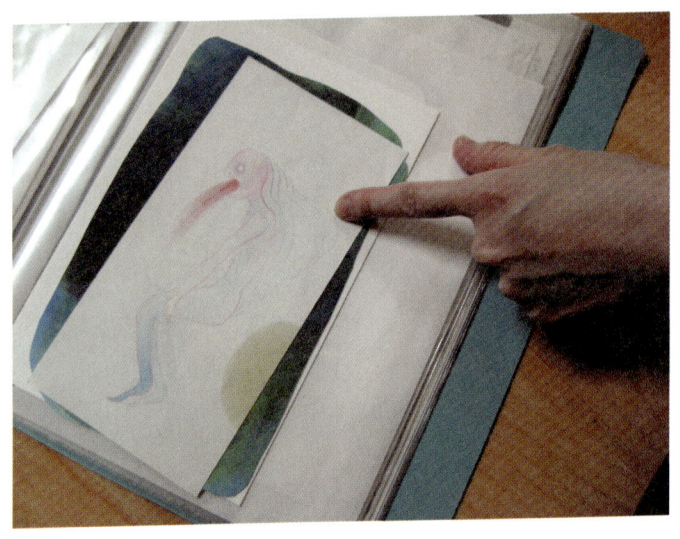

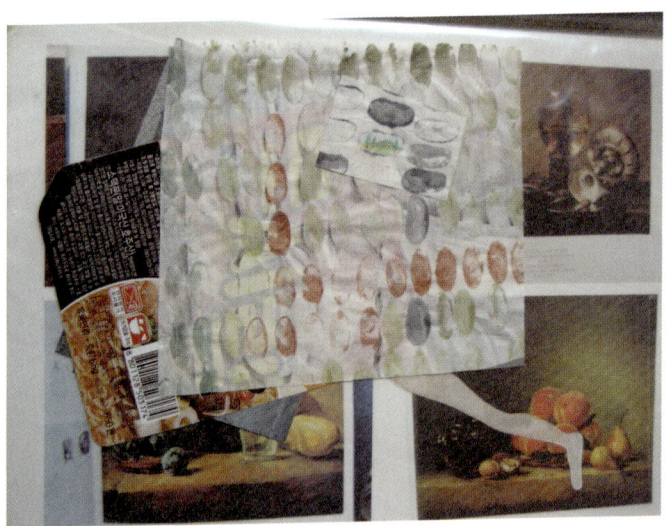

한국은 그런 블럭버스터형 전시들이 최근 몇 년 전부터 들어오기 시작했죠. 곤도 씨가 하는 작업들이 어디서 처음 소개됐으면 좋겠어요?

전 제 작업들이 서울에서 처음 보여졌으면 좋겠어요. 서울은 반응이 아주 직접적이고 빠르거든요. 한번 괜찮은 전시를 하면 그 다음, 그 다음 계속 연결되고 활발하게 반응이 생기는 걸 보면 신나서 작업할 수 있겠다는 생각이 들었어요.

동시에 너무 소비될 가능성도 있겠고요.

그래도 작가는 하면 하는 만큼 되돌아오는 반응에 대해 기대를 하니까요. 하지만 충분히 고민할 시간은 필요하겠죠.

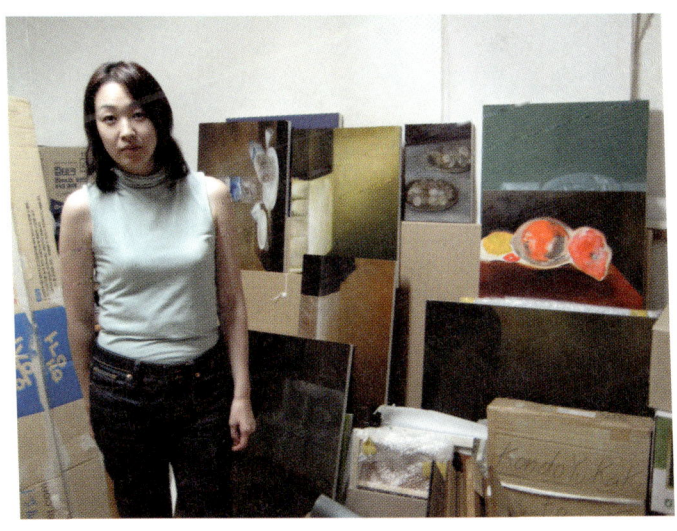

곤도 유카코 Kondo Yukako

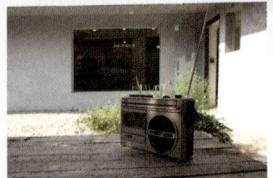
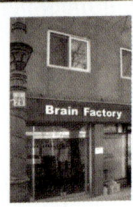
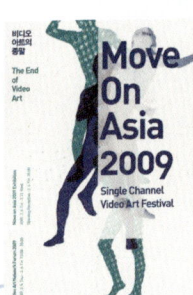
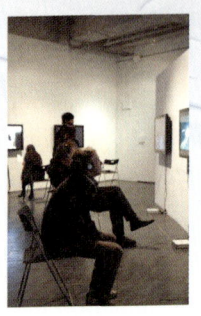
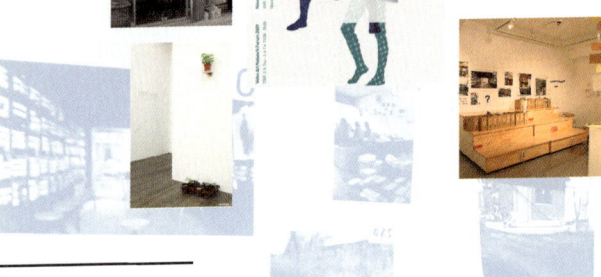

한국현대미술의 에너지, 대안공간들

문화평론가 고 이성욱 씨는 한 때 인사동 노장들의 사랑방이었던 사루비아 다방을 정서적 동일감을 확인하는 장소였다고 표현했다. '한담이 있고, 특유의 감수성이 있고 맵씨가 있는 여인이 있던 다방', 2000년대 사루비아 다방은 날 것 그대로의 실험적인 종합예술을 전시하는 공간이 되었다. 군데군데 떨어져 나간 콘크리트 벽에 공사 중처럼 보이는 공간은 독창적인 사고와 실험정신으로 무장한 작가들에게 새로운 시험의 기회를 제공한다. 2000년부터 생겨난 대안공간 루프, 쌈지 스페이스, 대안공간 풀 등은 현대미술계의 새로운 흐름을 가져왔다.

국내 대안공간 1호라고 할 수 있는 루프는 처음부터 복합문화공간을 지향하며 미술의 전시 뿐만 아니라 공연까지도 함께 선보여 왔다. 최근에는 국제교류의 역할을 수행하며 국제네트워크 강화에 힘쓰고 있다. 또 브레인 팩토리는 자체 기획자와 게스트 큐레이터들이 작가선정에서 홍보에 이르기까지 전적으로 주관한다. 운영진의 간섭을 배제한 큐레이터 책임제 방식을 따르고 있다. 작가지원 프로그램을 통해 선발된 작가들에게 무료 전시공간은 물론 작품 지원비를 제공하고 리플렛 제작이나 세미나 개최 등의 직접적인 전시지원을 하고 있다.

프로젝트 스페이스 사루비아 다방 종로구 관훈동 / 02-733-0440
브레인 팩토리 종로구 통의동 / 02-725-9520
175갤러리 종로구 안국동 / 02-720-9282
대안공간 풀 서울 구기동 / 02-760-4721
쌈지스페이스 서울 창동 / 02-3142-1693
대안공간 휴 마포구 서교동 / 02-333-0955
아트포럼 뉴게이트 종로구 신문로 2가 / 02-517-9013
갤러리 정미소 종로구 동숭동 / 02-743-5378
스페이스 셀 종로구 삼청동 / 02-732-8145
큐브 스페이스 종로구 창성동 / 02-722-8897
갤러리 쿤스트 독 종로구 창성동 / 02-733-4884

옆집의 **김치찌개** 냄새, 앞집의 **나물 말리는 모습,** 그런 **일상**들

오사카보다 서울이 더 가깝게 느껴지신다고 하셨잖아요? 왜 그럴까요?

그건 사람 때문인 것 같아요. 정이 많고 따뜻하고 속에 있는 것들을 보여준다고 할까요?

그래도 서울에서 고향 생각이 나면 가시는 곳이 있을 것 같아요.

명동 롯데 백화점 맞은편 골목에 술집이 한 곳 있는데, 거기 나오는 안주들이 정말 오사카에서 파는 것들과 흡사하더라고요. 깜짝 놀랐어요. 전 꼭 일본 음식을 고집하지 않고 한국 음식을 정말 좋아해요.

좋아하시는, 자주 가시는 한국 식당은요?

남편하고 꼭 가는 식당이 몇 군데 있어요. 을지면옥 물냉면집, 경복궁 토속촌 삼계탕, 여긴 일본 관광객 위주긴 해요. 그리고 청진동 해장국, 이문동 살 때 주로 가던 녹두 삼계탕, 여기는 정말 맛있어요. 또 동대문 닭한마리랑 대학로 스파게티 전문점 디마테오……. 그리고 우리 동네(연남동) 중국집 향미. 아까 일기처럼 하루에 먹은 음식들을 그린 그림처럼 이런 음식들도 그려보고 싶어요. 시리즈로(웃음)

친구들 만나면 어디 가서 노세요?

요즈음은 홍대. 아 그런데 그 전에 이문동에 살았거든요? 이문동은 골목이 많고, 옛날 주택들이 많잖아요. 저도 기억(ㄱ)자로 생긴 단독주택, 화장실이랑 부엌이 밖에 있는 집에서 살았는데. 거긴 연탄불을 때

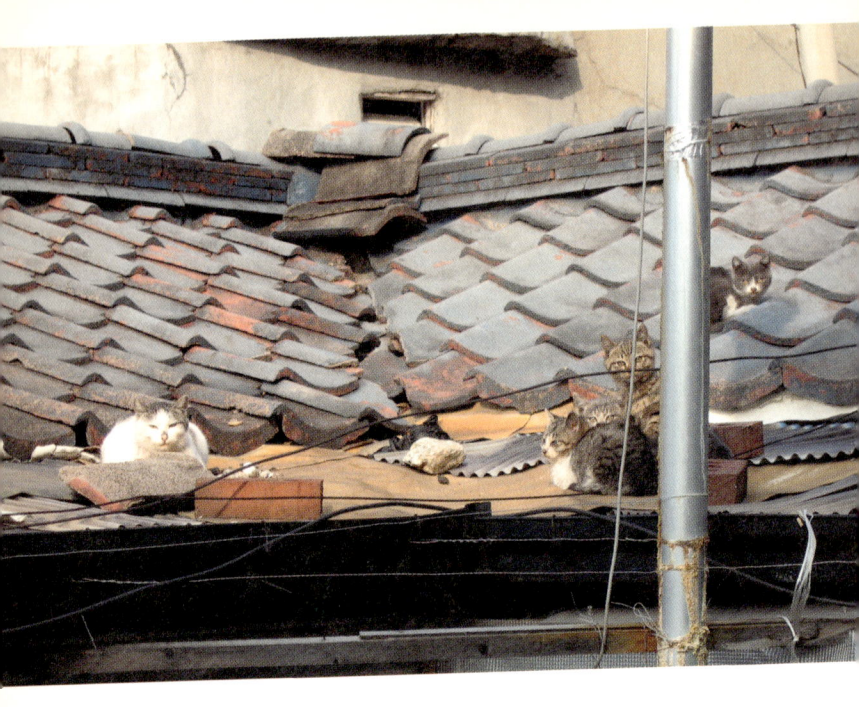

는 곳이예요. 그때 거기서 살던 기억이 너무 좋게 남아있어요. 마포로 이사 오니까 더 생각나요.

어떻게 그런 집을 구하셨어요? 일부로 연탄 집을 고르신 거예요?

　　우선 아파트가 싫어서 단독주택을 구하고 있었는데, 가격도 싼 걸 찾다보니 인터넷에서 그 집을 소개받았어요. 학교도 가깝고요. 첨엔 기름 보일러였는데 기름 보일러는 유지비가 비싸니까 시장 가서 연탄 보일러 사다가 그 동네에 연탄 파는 곳이 마침 가까이 있어서, 또 연탄불이 정말 따뜻하거든요. 친구를 만나도 그 땐 거기서 모였죠. 홍대도 좋죠. 멋있는 카페나 가게도 많이 생기고. 그런 부분은 좋지만 그 외에는…… 이문동은 골목골목이 정말 재미있거든요. 사실 오사카의 깨끗한 거리를 생각해보면 짜증나는 일도 많죠. 그런데 정이 가고 좋아요. 옆집의 김치찌개 냄새나, 길에 찬거리 말린다고 널어놓는 거나. 그런 것도 재미있었고. 목욕탕도 크고 깨끗한 찜질방 같은 곳이 아닌 늘 똑같은 할머니가 앉아 있는 동네 목욕탕이었고, 그 느낌도 좋았고. 그 할머닌 저 볼 때마다 독도 이야기를 하셨어요.

그냥 하하 웃고 말아요. 거기서 남편이랑 같이 살다가 아기가 생기면 연탄이 힘들 수도 있을 것 같아서 여기로 이사 왔어요. 일본 교토에 가면 역사적 건물들이 그대로 남아 있거든요? 거기 주소가 재미있는 게 연남동의 예를 들면 '연남동의 몇 번째 골목, 몇 번째 집' 이런 식이거든요. 이런 정책이 예전 기억들을 그대로 지켜주죠. 이문동은 제게 참 특별한 곳이고, 거기는 그런 멋이 있는 곳인데, 그런 식의 정책이랄까? 보존되었으면 좋겠어요.

살기 편하면서도 멋있게 해야 하지 않을까 싶어요. 가회동 같은 경우도 그렇고. 이문동은 좀 싼 편이죠. 거기가 옛날에 안기부가 있던 곳이라 하더군요.

친하진 않았어도 옆집 아주머니도 기억나고, 외대 슈퍼 아저씨랑도 친했어요. 연탄을 거기서 사다 날라서 친해진 것도 있지요. '연탄 친구'(웃음). 연탄불로 오징어 구이나 그런 거 하면 좋았지요. .

인사동에 이름이 없는 가게가 한 군데 있어요. 막걸리랑 생선구이만 나오는 곳이거든요. 고를 수가 없어요. 안에 들어가자마자 앉으면 막걸리랑 생선구이가 무조건 나오는 곳이에요. 낙서가 엄청 심하고 의자랑 테이블이 쓰레기 같은 곳이에요. 그런 곳은 일본에는 절대 없는 곳이라 좋아해요.

일본 사람들 거기에 데려가면 꼭 다시가고 싶어해요.

곤도 유카코 Kondo Yukako

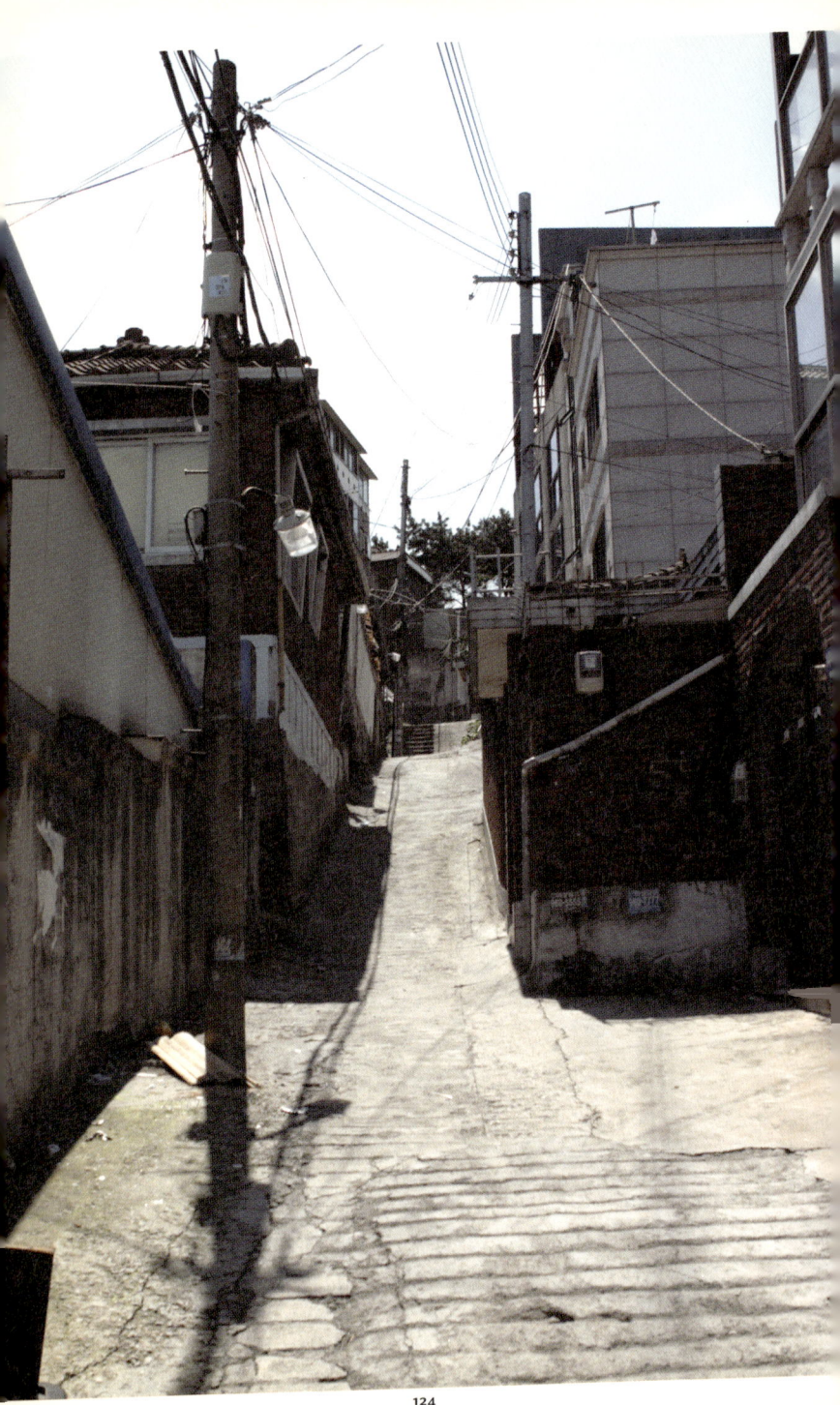

'미역국'은
법이다

학교는 한국예술종합학교를 다니셨는데, 특별한 이유가 있나요?

여기서 교류전을 했을 때 만난 분이 그 학교를 추천해주셨어요. 자유롭게 가르치는 편이라고. 2004년도예요. 거기서 남편도 만나고. 남편은 제가 보기에 전형적인 한국남자예요. 미리 계획을 세우지 않고 즉흥적으로 해버리죠. 그리고 제 생각에 정말 무리일 것 같은 일도 막상 닥치면 초인적인 힘으로 해치운다던가, 약속도 잘 안 지키고 새벽까지 술 마시고. 오사카 사람들은 술을 마셔도 적당히 마시고 늦어봤자 새벽 1시인데 여긴 그때부터 본격적으로 시작하잖아요. 그러니까 '그냥 닥치면 하게 된다'(웃음), 이런 면이 제겐 힘들기도 하고 재미있기도 해요(웃음).

결혼은 또 다른 얘기잖아요. 생활이 달라지셨을 텐데요.

크게 변한 건 없어요. 미술을 계속하고 있고. 남편도 미술하는 사람이고. 물론 학교로 다시 돌아가면 변화가 있을 거예요. 한국에 가족이 생긴 거니까. 그리고 가족 안에서 저만 일본인이라는 생각이 들고. 그러다 보니 한국과 일본의 역사적인 관계를 저만 민감하게 의식하는 경우도 있어요. 예를 들면 아기한테 자유롭게 일본어로 하고 싶은데, 남편 가족들이 옆에 있으면 나도 모르게 참게 되요. 시어른들은 내가 아기한테 일본어로 말하는 걸 싫어할 수도 있지 않을까 이런 생각을 하는 것 같아요.

엄마가 긴장을 하면 아기가 제일 빨리 느끼고 기억할 것 같아요. 사실 얼마나 좋아요? 일본어도 하고 한국어도 하고.

그렇겠죠(웃음)?

곤도 유카코 Kondo Yukako

125

아기 이름이 뭐에요?

'지무'. 한국에는 돌림자가 있잖아요. 근데 아이 이름을 한자로 지어서 일본어로 불릴 때도 예뻤으면 해서 한국 부모님들을 설득해 돌림자를 안 쓰고 지었어요. 돌림자를 '택'을 써야 하는데 그걸 일본어로 읽으면 너무 이상한 이름이 되거든요.

시어른들이 승낙하셨어요?

시어른들을 설득시키려고 인터넷으로 저희가 지은 이름으로 사주를 뽑아보니 너무 좋아서 그걸로 설득했어요.

육아 때문에 답답한 건요?

친구들 만나서 담배 피고 수다 떨고 이런 걸 자유롭게 못하니까요. 제가 아기를 봐야 하니까.

오사카라면 어땠을까요? 가령 지금과 똑같은 남편을 만나 결혼을 하고, 육아를 하게 된다면 지금과 똑같은 상황일까요?

거기엔 제 어머니가 계시니까 거기 맡겼겠지요?

오사카에서도 역시 육아는 여자 책임인가요?

네, 오사카도 그래요. 하지만 남편과 싸운 적도 있는데, 한국은 한 여성으로 사는 것보다 누구의 어머니로 누구의 며느리로 사는 게 더 큰 것 같아요. 저를 부를 때만 해도 '누구 엄마'로 명칭이 바뀌고, 결혼했으니까 살쪄도 돼, 그러니까 많이 먹어라. 뭐 이런 의식들이 일본보다 더 많아요. 결혼한 다른 한국 친구에게 이런 이야기를 하니까 한국은 원래 그러니까 그렇다고 생각해라. 그 친구 말로는 "미역국은 법이다"였거든요

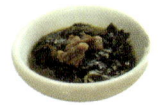
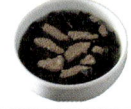
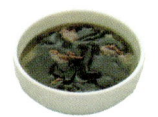
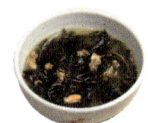

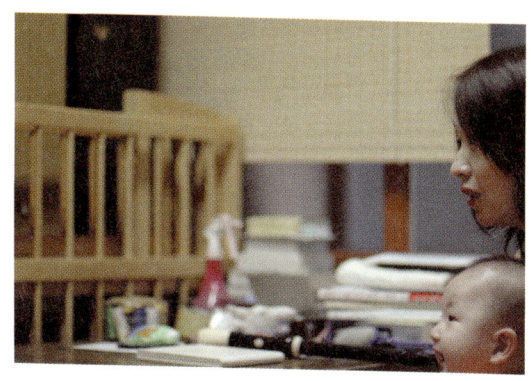

미역국 먹는 게 힘들었어요?

　　미역국 좋아해요. 맛있어요. 그런데 애 낳고 하루에 5번씩 미역국을 먹어야 한다는 게 너무 힘들었어요. 더 신기한 거는 모두 그걸 너무 당연하다고 믿고 있는 거예요. 그리고 육아법도 많이 다르고. 한국에서는 아기를 정말 많이 싸서 기르거든요. 아주 따뜻하게 해서 땀을 흘리게 할 정도인데 오사카는 그러지 않으니까요.

맞아요. 일본에서 어린 유치원생들이 한겨울에도 반양말 반바지로 씩씩하게 다니던 모습을 봤던 기억이 나요.

　　네. 더군다나 일본은 한국처럼 온돌이 없으니까 사람들이 추운데 익숙해져 있는 것 같아요.

애기는 계속 서울에서 키우실 거예요?

　　사실 그 부분이 좀 걱정이 되요. 여기는 학교 교육이 너무 힘들어 보여서요. 돈이 없으면 기본적인 혜택을 누리기가 힘들고요. 저나 남편이나 작가니까 돈을 많이 벌지도 못하고. 몇 백만 원어치 학원비를 댈 순 없잖아요. 아직 이런 고민을 남편이랑 의논한 적은 없지만 앞으로 해야죠. 학교 공부를 못해도 좋아하는 걸 찾아서 즐겁게 할 수 있고 그걸 인정해 주는 교육이 필요할 텐데 한국은 공부 못하면 안되는 분위기가 있어서요. 그리고 엄마가 일본 사람이니까, 혹시 학교에서 놀림받지 않을까 하는 걱정도 돼요.

곤도 유카코 Kondo Yukako

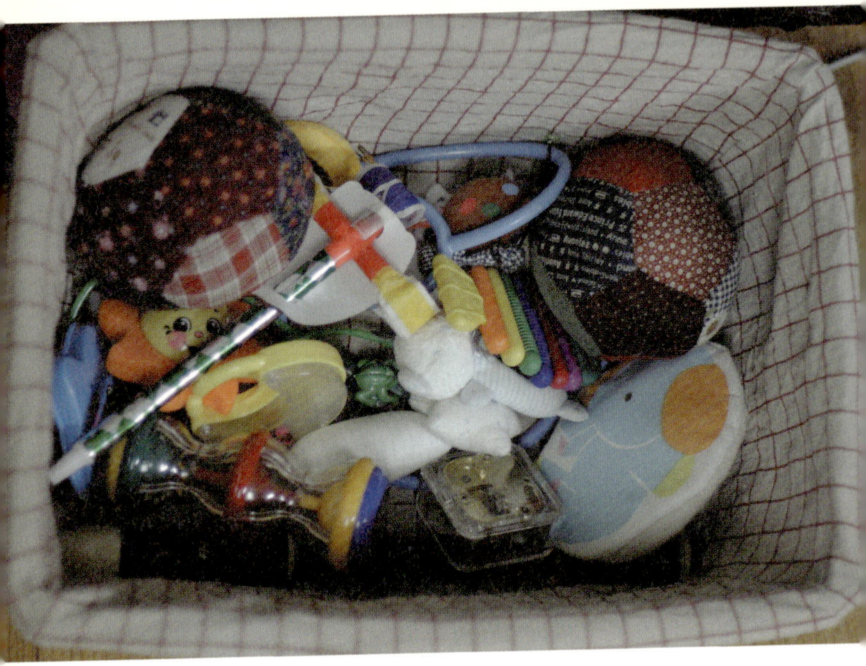

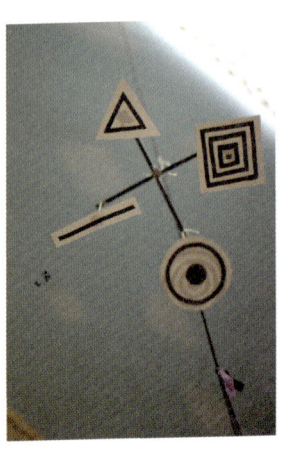

한국인들은
왜들 그렇게 술을 마실까요?

처음 한국에 사시면서 어떤 게 힘드셨어요?

약속을 잘 지키지 않을 때요. 경비아저씨가 뭐 봐주러 온다고 하고 오지 않는다던가. 인사치례로 "그래 곧 만나서 밥 먹자. 연락할께"라고 해 놓고 연락이 없을 때. 정말 만나야 만나는 거지 인사치례라는 것이 명확하지 않았어요. 하지만 한편으로 제가 외국인이서 좋은 것은 학교에서 리포트나 발표를 할 때 적당히 넘어가 주는 부분도 있고(웃음), 이런 건 편하지요.

한국어를 그때부터 잘 하셨어요?

처음엔 이 정도는 아니었고, 수업도 거의 못 알아들었어요. 선생님 말씀을 못 알아들으니까 너무 졸린 거예요. 수업이 예를 들어 현대 미술사면 제겐 그저 음성 같은 거죠. 뭐 그러다 점점 나아지고. 지금은 재미있어요. 한국어는 소리가 참 재미있어요. 오해하지 않고 들으신다면 약간 '원시적'이라고 할까요? 감정이 발음과 딱 맞아 떨어지는 것 같아요. 이를 테면 '짜증난나'라는 표현은 정말 짜증나게 들려요. 그리고 '마음이 아파' 이런 표현도 정말 훌륭한 표현 같아요. 사실 이상한 표현일 수도 있거든요. 마음이 아프다고 말하는 것. 정말 감정이 더 느껴져요. 그런 부분이 '원시적'이라고 할 수도 있는 것 같아요.

왜 한국 사람들은 술을 이렇게 많이 마실까요? 그런 부분도 이해가 되셨나요?

아뇨. 이해를 못하는 부분이 있어요. 왜 그렇게들 많이 마실까요?

곤도 유카코 Kondo Yukako

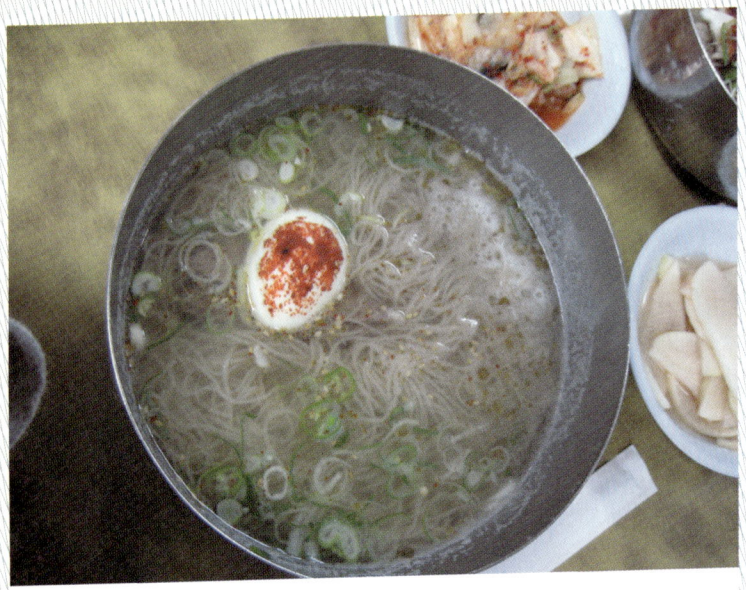

을지면옥
평양냉면의 명가. 맑은 육수와 찰지고
가는 면발로 인기가 있다. 편육으로도
유명하다.

중구 입정동 / 02-2266-7052

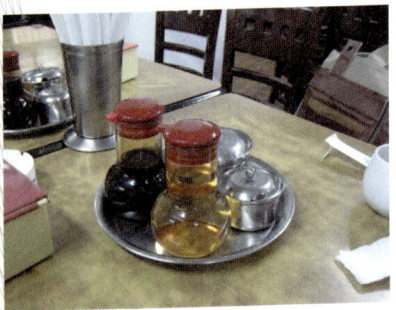

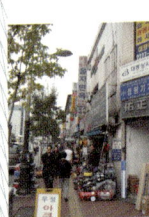
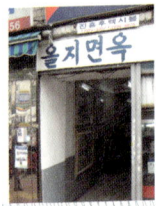
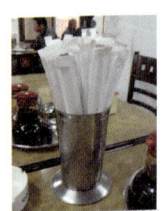
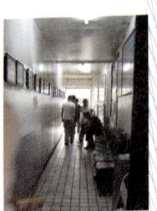

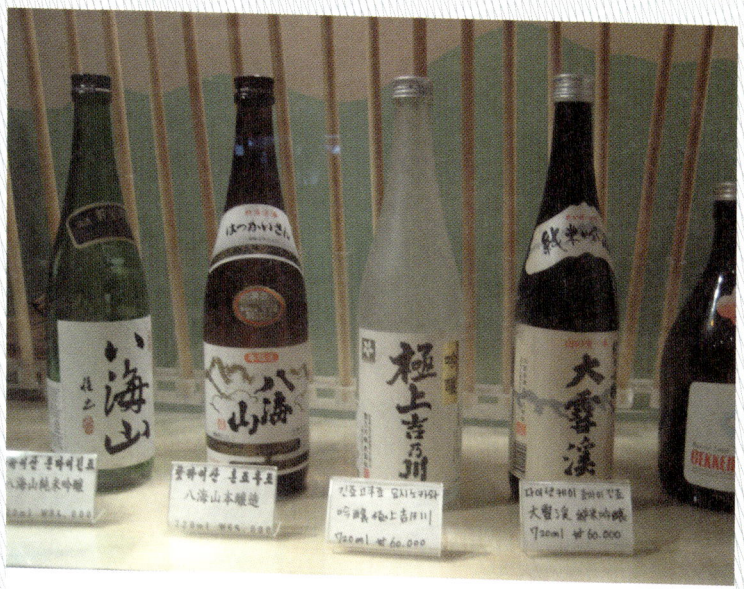

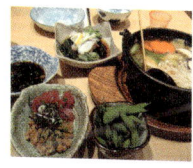

가쓰라
오사카 지방 가정식 모듬 튀김, 고등어 초절임,
크로켓 요리를 전문으로 한다. 본점인 명동점은
눈여겨보지 않으면 그냥 지나칠 정도로 숨어 있으나
명동 2,3호 점을 필두로 최근에 여의도점을 오픈했다.
중구 명동 / 02-779-3690

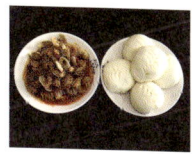

향미
산동식 중국 요리를 바탕으로 대만식이 섞여 있다.
산동가정식 왕만두와 독특한 대만식 돈가스를 맛볼
수 있다.
종로구 연남동 / 02-333-2943

토속촌 삼계탕
매일 농장에서 가져온 닭에 30여 가지의 약재와
재료가 들어간다. 전 대통령이 좋아했던 집으로
유명하며 일본인들에게도 인기 있다. 직접 담근
인삼주가 함께 나온다.
종로구 효자동 / 02-737-7444

진옥화 할매 원조 닭한마리
동대문 시장 먹자 골목에서 유명한 닭한마리의 원조.
고기는 물론 닭육수에 끓여먹는 칼국수 또한 맛이
있다. 인삼 등이 들어가지 않은 담백한 맛에
일본에서는 삼계탕보다 인기가 있다.
종로구 종로 3가 / 02-2275-9666

한국에는 다른 놀이문화가 덜 발달했다고 할까요? 글쎄요 잘 모르겠어요.

　술 마실 땐 시간 감각이 없어지잖아요. 그런데 한국 사람들 술 마실 때 보면…… 내일 일이 있으면 내일을 생각해서 오늘 그만큼 많이 마실 수 없잖아요. 그런데 여기서는 술 마실 때 내일을 걱정하고 마시면 안 될 것 같아요. 정말 오늘이 끝인 것처럼 술을 마셔대는 느낌이 있어요. 그리고 이런 생각도 들어요. 한국이 자신보다는 사회적인 것을 더 생각해야 하는 부분이 있어서, 더 스트레스를 받지 않나 생각이 들어요. 개인만을 생각할 수 없는 사회적인 분위기.

그림이 변했다고 하셨잖아요. 좀 더 주위의 영향을 받는다고 해도 개인이 변하지 않지 않나요? 가령 일회용 쓰레기를 본다든지 하는 게 어떻게 자신의 변화와 연결될까요?

　일본에서도 일회용 쓰레기를 보는 데 서울에서는 그것 때문에 더 많은 생각을 하게 된다고 할까요? 작업실에서 사람들이 일회용 컵을 쓰고 길거리에도 패트병 쓰레기가 너무 많이 보이고 하는 것들이 경제나 환경문제를 생각하게 만들고. 홍대 돌아다니면 쓰레기가 정말 많잖아요? 일회용품을 너무 당연하게 쓰고 버리니까. 그냥 여긴 정말 황당하고 재미있는 장면들이 많이 있어요. 한 사람이 아무것도 없는 전봇대 아래 쓰레기 하나를 두면 순식간에 그곳은 쓰레기로 뒤덮여 버려요. 얼마나 빨리 쌓이던지……. 그리고 자전거를 세로로 세워 전봇대에 묶어 둔다던지. 이런 모습들이 그냥 지나치지 못할 만큼 재미있어요.

그런 느낌들을 동경에 있을 땐 못 느끼셨어요? 왜 하필 서울이라는 도시의 느낌으로 다르게 다가왔을까요?

　동경은 이방인들이 모여 새롭게 시작하는 사람들이 많은 곳이라, 우선 표정부터가 자기에게 집중을 해야 살아남을 수 있다는 긴장감이 가득해요. 타인에 대한 궁금증이 없는 곳이라는 생각이 들어요. 오사카는 그에 비하면 시골이지요. 서울은…….

저도 여러 곳에서 살아봤는데 어떤 곳보다 서울이 제일 낯설어요. 도시성 말고요. 서로들 너무 친해서 내가 낄 틈이 없다고 할까요? 동경은 이미 자리 잡은 메트로폴리탄이어서 혼자인 게 당연하다는 생각이 들지만 서울은 딱히 그렇지도 않고……

서울에서 제가 편한 건 외국인이라는 부분도 있는 것 같아요. 한국말을 조금만 잘해도 예뻐해주고 고마워해준다는 느낌까지도 들 때가 있거든요. 또 애기까지 낳은 걸 보며 친근하게 대해주는 사람들이 많으니까요. 사람과 사람 사이의 거리가 일본보다 여기가 더 가깝고, 서로 훨씬 자주 만나는 것 같아요. 만나는 빈도가 친구도 그렇고 부모도 그렇고요. 지난 주에 만났는데 이번 주에 전화하면 '오랜만이다'라고 하는 게 전 좀 당황스러워요. 부모님께도 전 자주 전화한다고 생각하는데 또 그게 아니더라고요. 그런 부분들.

삿뽀로에서 한국어를 가르치는 친구가 해준 애기인데 학생 중 하나가 한국 영화 중에 〈클래식〉이란 영화를 보면, 또 다른 영화나 드라마에서도 지고지순한 사랑 이야기가 많이 나오거든요. 그래서 그 분이 한국에 가면 그런 사랑을 할 수 있는지를 궁금해하더라는 거지요. 일본 사람이랑 사귀면 마음이 '공허'해진다고요. 연애를 해도 개인적이라는 거죠. 한국에서 연애를 해도 다를 건 없겠지만, 이런 부분은 어떻게 생각하세요?

물론 사람마다 다르겠지만 한국 남자들은 글쎄요……. 이야기 들어보면, 또 제 남편을 보면 연애할 때가 참 좋아요. 결혼하면 그냥 엄마, 며느리가 되지만 연애할 땐 집까지 데려다주고 꽃도 사주고 이벤트가 있고, 무엇보다 사람들이 따뜻해요. 안아주거나 뽀뽀하거나 사랑한다 말해주고 무거운 걸 들어주는. 그런 부분이 일본 남자는 좀 부족하지요.

한국영화 많이 보셨어요?

많이는 아니고 초기에 재미있게 본 건 몇 개 있어요. 〈올드보이〉, 〈오아시스〉의 설경구 좋아해요.

곤도 유카코 Kondo Yukako

TV는 자주 보세요?

이문동 살 때는 자주 봤는데, 지금은 없이 살아요. 〈거침없이 하이
킥〉에 중독됐죠. 계속 반복해서 보고, 또 보고. 고발 프로그램, 〈100분
토론〉 같은 시사 프로그램 좋아하구요. 〈미녀들의 수다〉 뭐 이런 것들
도 봐요.

일본보다 한국 TV가 재미있는 부분은요? 비슷한가요?

거의 똑같다는 생각을 많이 했어요. 공동 MC와 자막들. 게스트가
자기 이야기하면서 수다 떨고.

아기가 생기기 전에는 주로 어떻게 시간을 보내셨어요?

주로 전시 보러 다니고. 산책 하고 영화 보고, 그림 그리고, 친구
만나고.

여행은 다니셨어요?

MT가 기억에 남아요. 거제도에 갔었어요. 여행을 많이 다니진 못
했어요. 지금 남편이랑 제주도에도 갔었고. 그런데 어딜 가도 술이예
요. 그게 너무 웃겨요. MT가 정말 웃겼던 건 버스 가득 술을 싣고 떠나
서 출발하면서부터 마시기 시작하더라고요.

좋은 친구들을 만나셨네요(웃음).

그 중 하나랑 결혼한 거죠(웃음).

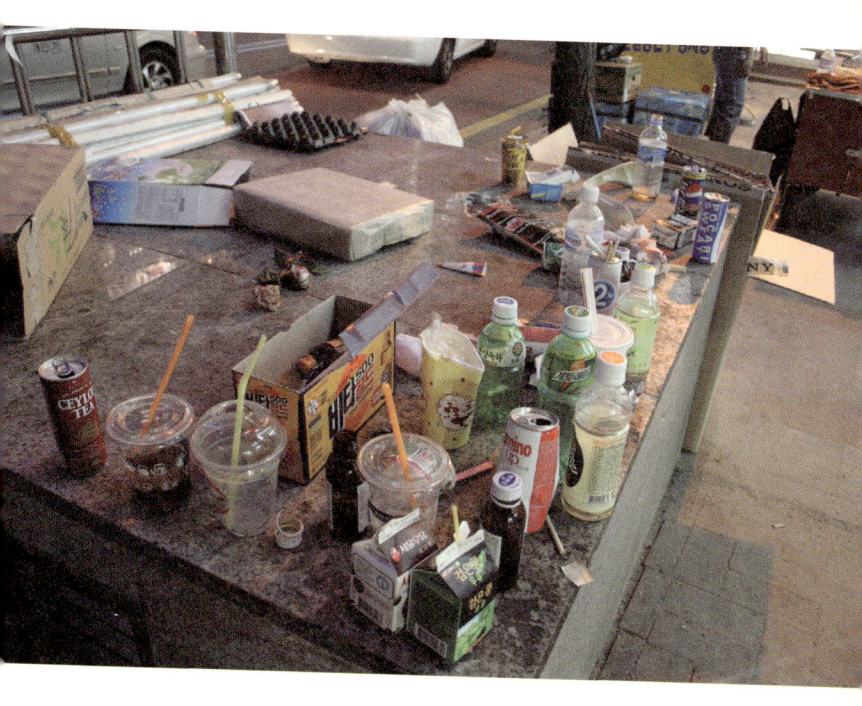

곤도 유카코　Kondo Yukako

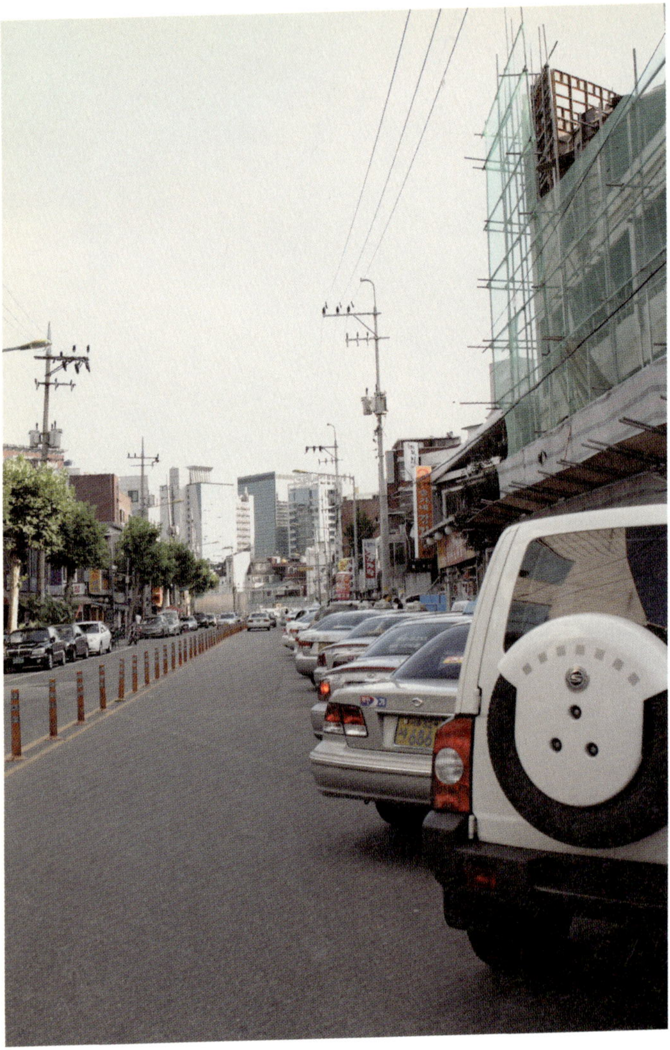

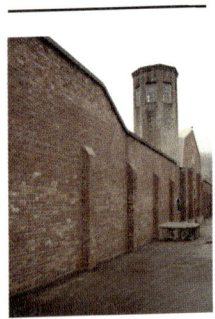

*서대문 형무소
일제 강점기 일본제국이 서울에 세운 형무소, 일제강점기 때의
독립운동 뿐만 아니라 광복 이후 여러 정치적 격변과 민주화운동에
이르기까지 한국 근현대사의 고난과 아픔을 겪어왔다.

서대문구 의주로 247번지 / 02-360-8590

서울의 일본인

서울에서 일본을 다시 보게 된 적이 있나요?

제가 안 읽어 본 소설을 여기 젊은이들이 많이 읽고 그런 이야기를 하거나, 제가 못 본 일본영화, 한일 관계에 대한 역사적 이야기, 그런 역사적 장소에 가게 되거나. 전 사실 그림 그리는 것 말고는 다른 것에 큰 관심이 없는데 내가 모르는 일본문화를 한국친구들을 통해 다시 보게 되요. 한국친구들이 오카모토 타로 같은 소설을 추천해줘서 그제야 제가 읽어 본 경우도 있지요.

여기서 일본인이어서 힘든 기억이 있으세요?

힘들다기 보다는…… 서대문 형무소* 갔다가 너무 놀랐어요. 북해도에 있는 감옥이랑 생김새도 똑같고. 아직 그 형무소가 남아있단 사실 자체가 제겐 아주 놀라운 일이었어요. 아주 미묘한 부분이지만. 혹시 그런 것이 아이에게 자격지심이 되지 않을까 하는 생각이 들기도 하고요.

서울 사신지 얼마나 되신 거죠?

올해로 4년째인데요. 이 시기가 애매한 것 같아요. 2년 정도까진 여기 오래 살았지만 여기 사람은 아니라고 정확하게 이야기 할 수 있고. 10년쯤 되면 정말 여기 사람이 되어버리죠. 그런데 4년은…… 뭐랄까 대충 알건 다 알겠는데, 그래도 여기 사람이라고 할 수 없는 그런 시기인 것 같아요. 저야 결혼했고 애기도 낳았고. 하지만 그런 거랑은 별개로 요즘 여기서 사는 나를 조금 다르게 느낄 때가 있어요. 정확히 뭔진 모르겠지만.

곤도 유카코 Kondo Yukako

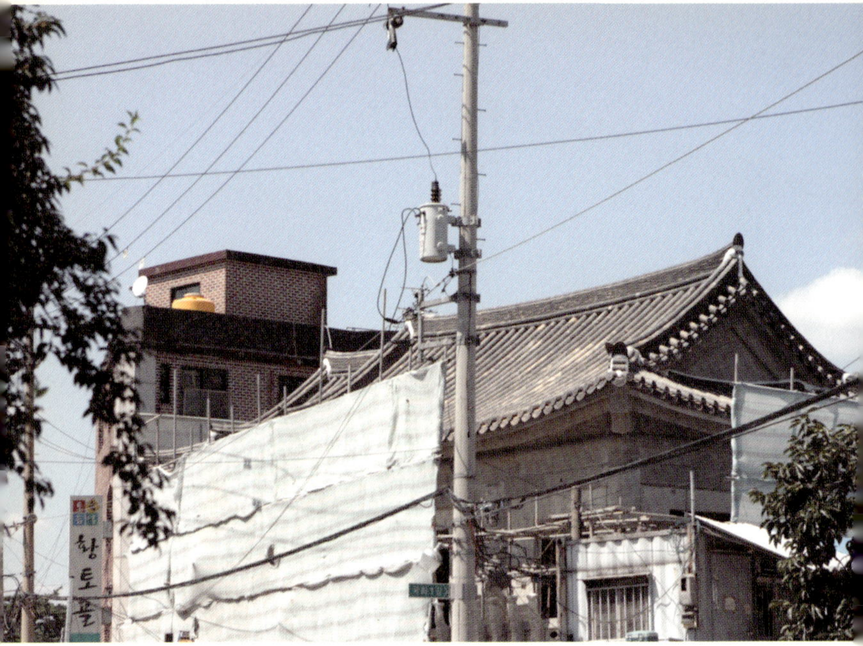

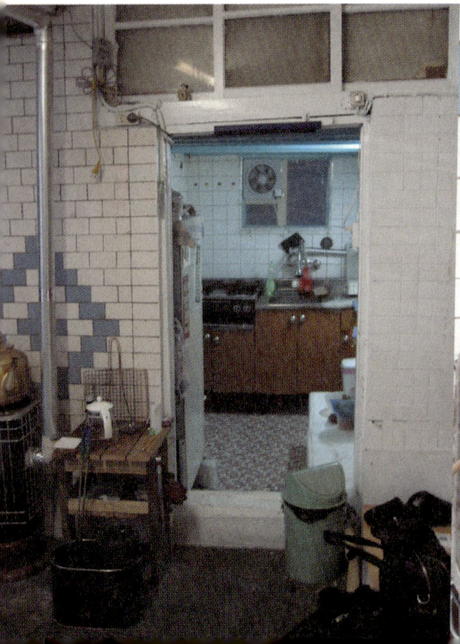

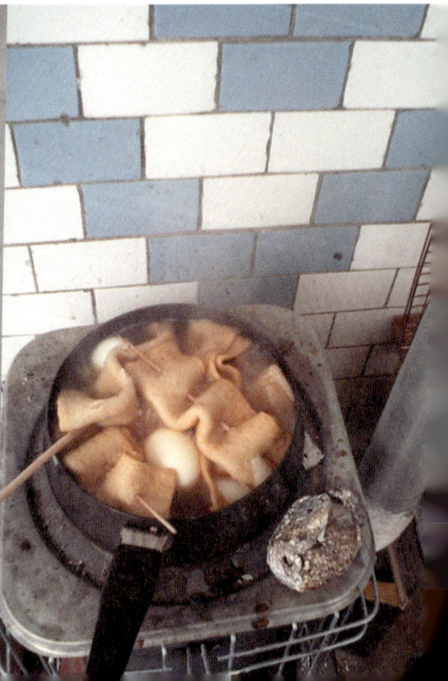

일본 대중문화가 서울에서 환영을 받는다는 생각은 안 드세요?

네 맞아요. 많은 젊은 사람들이 일본어도 배우려 하고, 패션도 유행처럼 일본 사람처럼 하고 다니는 모습들을 보죠. 유행처럼 일본사람이랑 똑같이 하고 다니는 모습들을 보게 되요.

지금 무조건적으로 따라하고 카피하는 사람들은 그냥 일본의 어느 거리에 있고 싶어 하는 건 아닌가 라는 의문을 가지게 되요.

응, 그렇겠네요. 정말 동경에 있는 사람이랑 똑같은 모습의, 말만 안하면 정말 일본 사람 같기도 해요. 하지만 한편으론 또 감각이 비슷한 부분도 있을 테니까요. 서양의 문물을 받아들이고 그걸 소화하는 부분이 비슷할 수도 있는 거니까요. 하지만 서울에서 개성이란 게 약하게 느껴지는 건 사실이에요. '가정주부'는 '가정주부' 다운 사람. '학생'은 '학생' 답고. '뭐~ 다운' 것에서 넘어서지 않는 게 있어요.

아가랑 산책하는 코스가 어떻게 되세요?

매번 바뀌어요. 홍대 가서 도너츠나 커피 마실 때도 있고, 동네 공원을 가거나 하죠. 저희 어머니가 지무 태어날 즈음 여기 처음 와 보셨는데 동네가 이상하다고 그러시더라고요. 한 낮에 한가해보이는 아저씨들이 너무 많고, 식당도 너무 많다고. 모두 택시 아저씨들이라고 설명해 드렸는데도 계속 갸우뚱거리셨어요.

리코더는 직접 부세요? (책상 위에 리코더가 놓여 있었다)

네, 아가가 찡찡거리면 안아주기 힘들고 그래서 이거 불러주면 가만히 듣고 있어요. 편해서 좋아요. ●

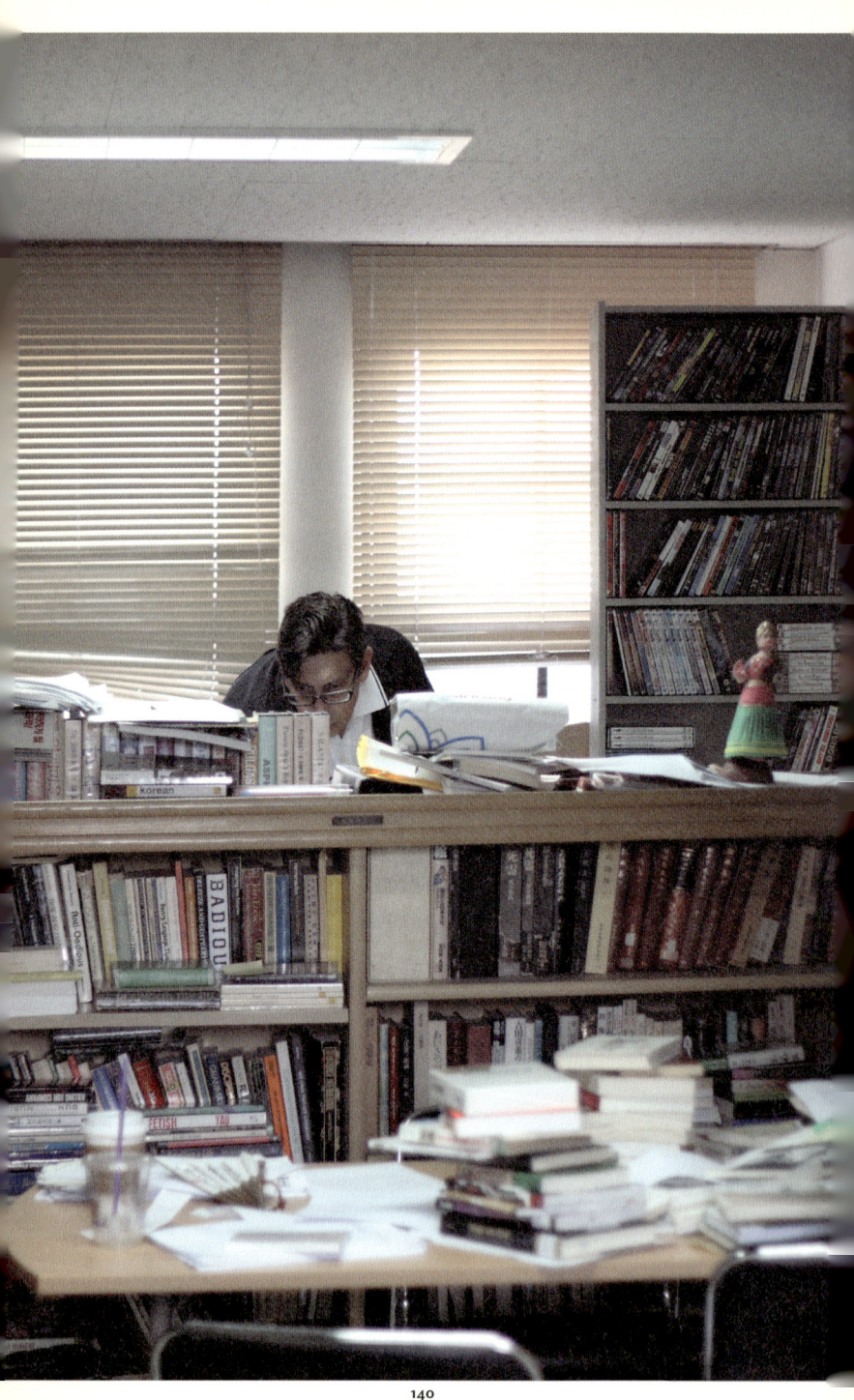

얼 잭슨 주니어 Earl Jackson Junior

커다란 가방과 한손엔 커피. 그를 여러 차례 만났지만 항상 같은 차림이다. 가방과 커피라니 얼핏 시크한 뉴요커를 떠올리겠지만, 그는 고대 거리에서 쉽게 볼 수 있을 것 같은 맘씨좋은 아저씨의 모습과 가깝다. 비싼 서울의 커피 값을 불평하고, 저렴한 고대 앞 음식점을 두둔하는 그는 어느모로 보나 서울사람이다.

뉴욕 출신의 얼 잭슨은 한국예술종합학교 영상원 교수와 고려대학교 영어영문학과 교수, 그리고 아시아 영상문화 연구소(TASCI) 소장의 다양한 직책을 가지고 동분서주 활동하며 서울에 거주하고 있다. 영화 일을 하는 사람들에게 늘 예의바르고 진솔한 얼은 알려진지 꽤 오래다. 그의 관심은 동아시아 문화 속에서 자생한 아시아 영화들이다. 열린 영화의 도시, 서울에서 그는 자신의 연구 분야를 묵묵히 수행해 나가고 있다. 수 년간의 서울 생활. 그는 모국인 미국을 볼 수 있는 객관적인 눈을 획득했다. 그리고 '나는 안티 아메리카인이다'를 거리낌 없이 외칠 줄 안다. 얼 잭슨은 지식인으로서 경계해야 할 허위를 깨트리고자 매순간 노력하는 사람이다. 서울에 매료된 학자, 그의 생활을 들어본다.

영화로 한국을 읽는다

한국에 오신 계기가 궁금해요.

　2004년에 하와이에서 열린 코리아 필름 컨퍼런스에서 강의를 했었어요. 참석자들과 다함께 중국 식당을 갔는데 같은 테이블에 마침 한국종합예술학교 영상원 김소영 교수와 박기영 감독이 앉게 됐어요. 그분들께서 잠깐이라도 교환 교수로 한국에서 일해 볼 생각 없냐고 제안을 하시더군요.

처음부터 영화 관련 강의를 하셨겠네요. 한국은 영화 팬들이 많아서 행사 때 해외 감독이나 게스트들이 깜짝 놀라곤 하죠.

　맞아요. 마침 아트선재센터에서 영화제가 있었는데 거기서 강의를 하게 됐죠. 제가 일본영화를 전공했고 구로사와 기요시 감독을 좋아해서 특별전에서 특강을 했어요. 시네마테크에서 한국 사람들이 너무 지적이고 열정적이어서 깜짝 놀랐어요. 인상적인 경험이었죠. 짧은 시간 안에 다양한 경험을 하고 돌아갔죠.

한마디로 한국 영화 팬들에게 반하신거군요(웃음).

　서울 행을 쉽게 결정할 수 있었던 이유가 있었어요. 미국 사람은 다 자기밖에 모릅니다. 정치적이나 문화적으로 자신들이 우월하다고 여기죠. 저 역시 미국인이지만 그런 마인드에 지쳤어요. 짧은 시간이었지만 한국의 지식인과 아티스트들을 만나면서 일종의 자극을 받았어요. 한국 사람들은 미국인들처럼 우월감에 빠져있지 않고 매사 열려있는 적극적인 사람들이었죠. 게다가 한국에 있으면 제 공부에도 도움이 되겠다는 생각이 들었어요. 베이징, 싱가포르 같은 지역으로도 갈 기회가 많았죠. 제가 그렇게 오가는 생활을 선호하기도 했고요.

아시아 영화 연구자로 알려져 있습니다. 할리우드에서 아시아 영화는 대중적이지 않은 주제인데요.

전 일본을 통해서 아시아에 입문을 하게 됐어요. 그리고 나서 한국에 와서 생활을 하니 아시아를 보는 시각이 입체적이 됐어요. 한국 영화사는 식민지 영향을 많이 받았어요. 모더니즘 이런 것들은 한국이 자생적으로 습득했다기보다 일본이 강제로 주입시킨 것이죠. 50년대 한국 영화를 보면 그런 징후가 잘 읽혀져요. 식민지 지배 시절을 일본은 '잊자'라고 한다면 한국은 '기억하자'죠. 흥미로운 접근 방식입니다.

굳이 이 먼 곳까지 와서 영화에 관한 연구를 하는 이유가 궁금합니다. 비교학을 전공하시기도 하셨는데 서울이라는, 한국이라는 지역적인 특색과 결부된 영화 연구라면 어떤 건가요?

동아시아 영화를 아시아 문화 속에서 읽어내는 방법, 제 연구과제는 그것입니다. 관련해서 책을 쓰고 있기도 하고요. 〈올드 보이〉를 예로 들면 이 작품은 일본 만화가 원작이지만 박찬욱 감독이 영화를 만든 방식은 원작에 나타난 일본 문화와는 확연히 다릅니다. 같은 동아시아지만 가까운 한국과 일본만 하더라도 역사와 문화가 다릅니다. 작품은 긱긱 그 고유의 맥락 속에서 읽어야만 해석이 가능한 것들이 존재하게 마련입니다. 저는 제 연구를 통해서 미국 관객이 보더라도 그 맥락이 이해가 갈 수 있게 하고자 합니다. 영화 속에서 은유적으로 함유된 문화적인 코드를 찾는 것이죠.

서울 생활 지기이신 김소영 교수와 함께 아시아 영상문화 연구소(TASCI) 소장으로 계신데 어떤 동아시아 영화들을 중점적으로 다루시나요?

이곳은 식민지의 영향을 받은 영화들을 연구 분석하는 단체입니다. 일본 취향 아래 만들어진 한국의 멜로 영화들, 할리우드의 영향을 받은 발리우드가 아닌 뱅갈리 영화들을 연구합니다. 이들 작품은 식민 치하가 아닌 다른 영향 아래 만들어진 영화들입니다. 전 바로 그런 작

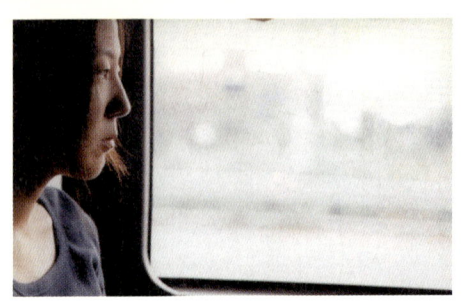

품들을 찾고 있죠. 필리핀 영화나 아시아의 웨스턴 영화 같은 작품들도 연구 대상입니다. 일 년에 한 두 차례 세미나와 컨퍼런스를 갖습니다. 주로 학술적인 세미나죠.

교수님의 연구에 대해 사람들이 많이 인식하고 있는 편인가요?

　　어제 친구에게 고전 영화 〈맨발의 청춘〉을 보자고 하니 뭐 대수롭지 않은 영화를 본다 생각하더니 엔딩까지 보고 생각을 달리하더라고요. 사람들은 한국 영화의 탁월함을 아직 알지 못합니다. 얼마 전 영상자료원에서 이만희, 김기영 감독 회고전을 했어요. 그런 기회들을 만드는 게 참 다행이라고 생각해요. 처음 학생들에게 수업 시간에 〈하녀〉를 보여줬는데 한국 영화인 걸 믿지 않더라고요. 다들 놀랐죠. 스페인 저널에 한국 멜로드라마를 소개한 적도 있고…… 이렇게 한국 영화를 알리는 게 중요해요.

아시아 영화 연구자로서 한국 영화의 강점이 무엇이라고 보시나요?

　　한국 영화는 철저하게 지역 영화입니다. 서울에 살지 않고서는 느낄 수 없는 정서와 감흥이 배어 있지요. 젊은 엄마가 자신의 아이를 살해하는 〈4인용 식탁〉같은 영화를 보면 서울에 살지 않으면 모르는 미세한 감정이 묻어 있어요. 홍상수 감독의 〈강원도의 힘〉은 춘천을 캐치

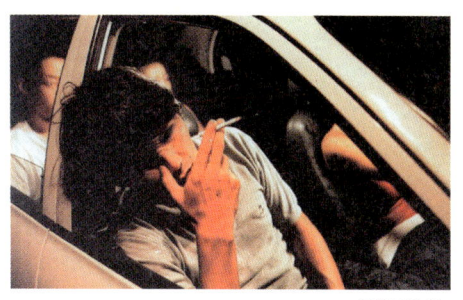

〈강원도의 힘〉

하는데 도움을 줍니다. 한국의 정서, 한국의 정수. 한국 영화는 절대 그런 부분을 놓치지 않습니다. 중국의 경우, 5세대 감독들 이후엔 어디서 왔는지, 어디서 일어나는지 모를 영화들을 생산해내고 있다면 한국은 그런 것을 놓치지 않고 꾸준히 이어나가고 있죠.

최근 한국 영화는 제작 투자의 비활성화로 위기설이 대두되고 있어요.

사실 예신이나 투자 그런 건 중요한 문제가 아닙니다. 일 년에 발리우드 750편 예산으로 할리우드는 겨우 영화 9편을 만들어요. 규모는 상관없는 거죠. 돈이 곧 영화의 질을 보장해주는 것은 아닙니다. 김곡, 김선 같은 감독은 적은 예산으로도 좋은 영화를 만들지 않습니까? 한국 영화의 강점은 할 수 있는 한에서 기억될 수 있는 영화를 만드는 능력입니다. 〈오발탄〉이나 〈강원도의 힘〉 같은 훌륭한 영화 한 편을 만드는데 든 돈이 제니퍼 로페즈 매니저의 월급보다도 더 적어요. 그 적은 제작비로 관객들에게 다가가는 영화를 만든 거지요.

한국 영화를 지속적으로 지켜나가기 위해 가장 중요한 점은 어떤 것일까요?

제일 중요한 건 스크린쿼터 사수입니다. 어쩌면 광우병보다 중요한 게 문화적인 것들입니다. 새롭게 떠오르는 한국의 감독들은 무척 중

얼 잭슨 주니어 Earl Jackson Junior

145

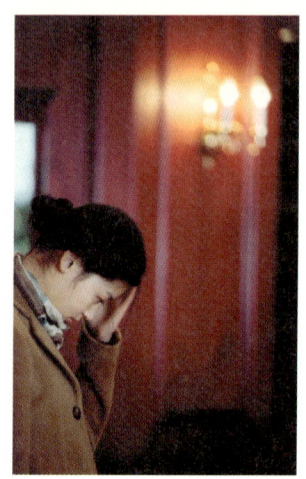

〈4인용 식탁〉

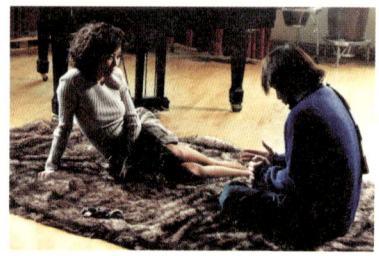

〈바람난 가족〉

요합니다. 〈사랑니〉의 정지우 감독이나 한국독립영화계의 샛별인 김곡, 김선. 좀 이상해보이지만 분명 재능 있는 감독이지요. 〈낮은 목소리〉 같은 중요한 작업을 하는 변영주 감독도 있습니다. 〈바람난 가족〉의 임상수 감독이나 〈지구를 지켜라〉의 장준환 감독. 장선우 감독님은 제주도에서 오렌지 그만 따시고 얼른 영화를 다시 하셨으면 좋겠어요. 홍상수 감독은 가끔 심기를 건드리는 영화도 있지만 〈강원도의 힘〉 같은 영화는 정말 훌륭한 영화라고 생각합니다. 일상에서의 불편함, 어색함을 잡는 능력이 있지요.

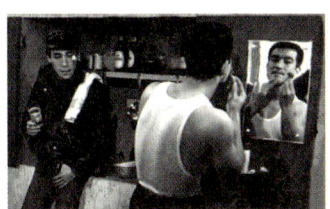

〈맨발의 청춘〉

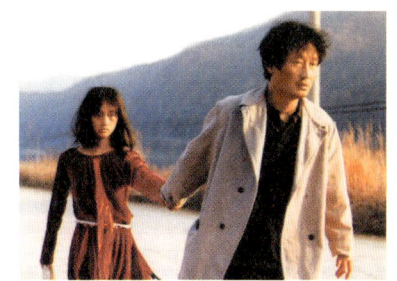

〈꽃잎〉

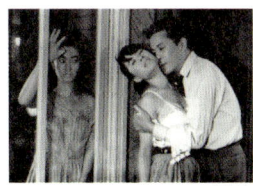

〈하녀〉

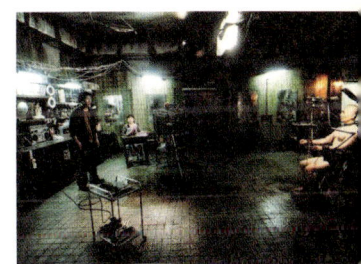

〈지구를 지켜라〉

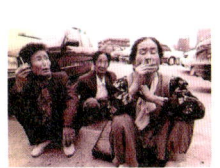

〈낮은 목소리〉

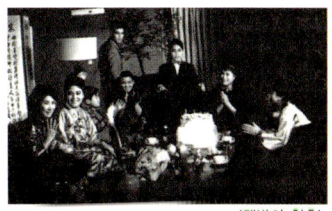

〈맨발의 청춘〉

얼 잭슨 주니어 Earl Jackson Junior

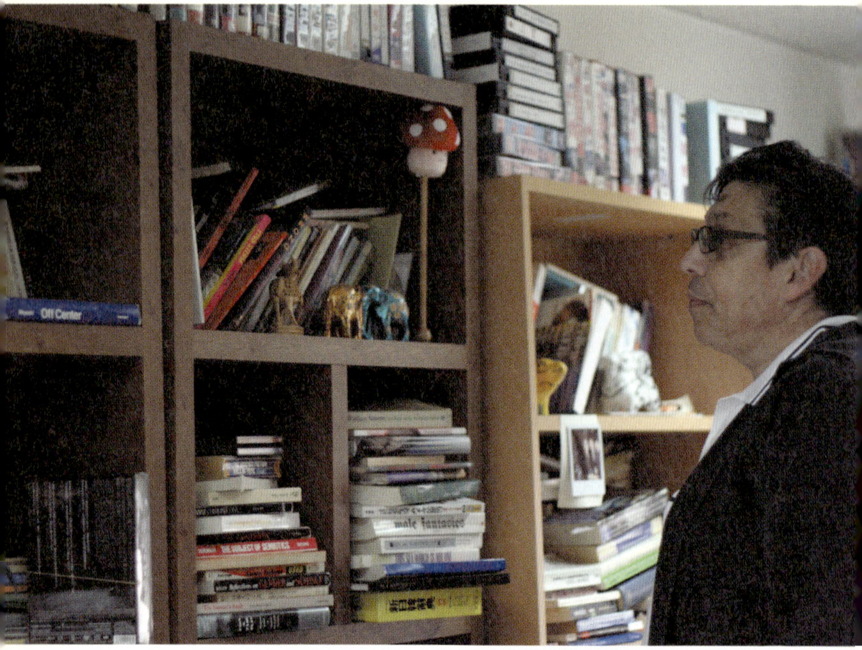
Off Center

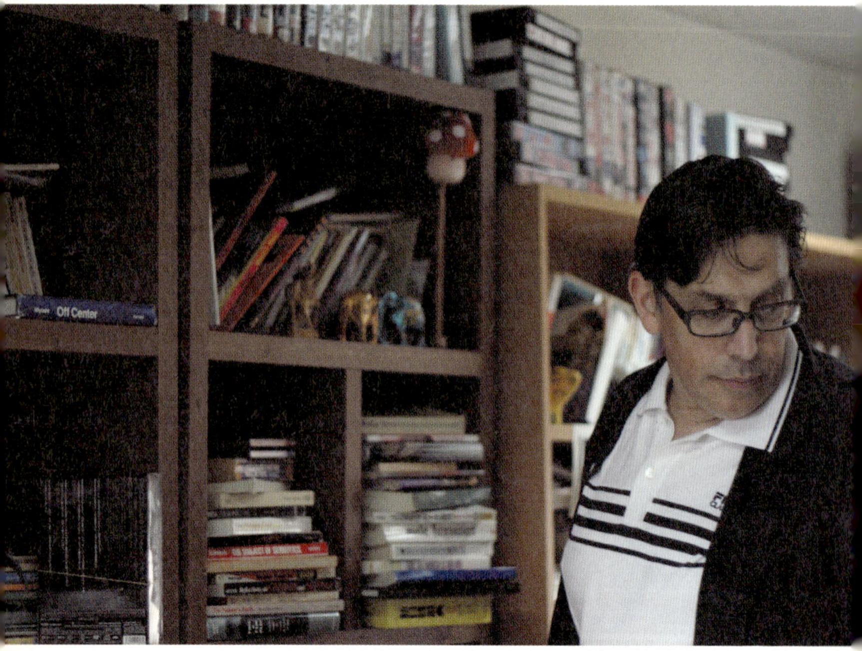
Off Center

서울의 안티아메리칸

연구 이야기는 이쯤하고 이제 좀 개인적인 관심사를 풀어봐야겠어요. 원래 뉴욕
출신이신 걸로 알고 있어요.

뉴욕 버팔로 출신입니다. 동네가 좀 이상했죠. 제 가족은 중·하
층민이었어요. 고등학교 때까지 버팔로에서 자랐어요. 미국은 한국과
달리 고등학교 과정이 4년이예요. 전 11학년 때 학교 안가고 딴 길로
샜다가 퇴학을 당했어요. 반항적인 아이였고 사고를 많이 쳤어요. 그래
도 대학은 가야겠다고 생각하고 나중에 학교에서 대학에 제출할 '최종
성적평가 보고서' 같은 걸 받았는데 거기 이렇게 쓰여 있더군요. "어떤
대학이 이 바보 같은 애를 받아들일까? 창고에서 청소를 하거나 아님
감옥에나 갈 것"이라고요.

딴 길이라면 혹시 요즘 미드에서 많이 나오는 마약류(웃음)?

책을 읽었어요.

수업 빼먹고 책을 봤다고요? 너무 건전해서 눈물이 나오려고 하는데요.

버팔로는 눈이 굉장히 많이 오는 도시예요. 겨울에 학교를 안가고
눈 덮인 공원에 앉아서 책을 읽는 기분은 아무도 모를 거예요. 날씨가
추우니까 장갑을 끼고 책을 보는 거죠. 제임스 조이스의 《율리시즈》를
6시간 동안 앉아서 읽었어요. 장갑 낀 손으로 책장을 넘길 때의 그 소
리를 전 아직도 기억합니다.

학교도 안가고 학자가 되시다니 마치 학창시절 방황하다 마음을 고쳐먹고 대통
령이 된 오바마를 보는 기분이군요.

한 1년 간 방황하고 다시 학교로 돌아갔어요. 근데 그때 주정부에
서 주는 전액 장학금을 받았지요. 시험을 봤는데 저 혼자 장학금을 받

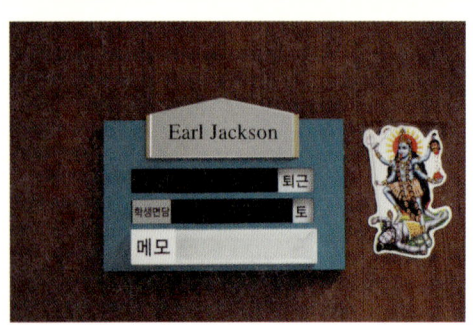

앉어요. 신기하죠. 미국 교육시스템이 얼마나 엉망인지를 보여주는 극명한 예입니다(웃음). 어쨌든 그후엔 독일로 가서 학부를 마스터했죠.

미네소타, 캘리포니아 등에서 오랫동안 교수로 계셨어요. 그 혜택을 버리고 선뜻 서울생활을 결심하시긴 쉽지 않았을 텐데요. 보통 문화적인 면을 충족하기 위해 뉴욕 행을 택하는 게 관례잖아요. 반대로 뉴욕에서 서울로 오시다니, 선뜻 이해가 가지 않아요.

　　전 안티 아메리칸입니다. 가끔 사람들이 저를 캐나다 사람으로 보면 그냥 맞다고 합니다(웃음). 미국인으로서 굉장히 부끄럽습니다. 광우병 시위도 있었지만 전 한국인들이 더 열심히 시위해야한다고 생각합니다. 미군들 문제도 심각하지만, 사실 미국 지식인들도 컨퍼런스 같은데 참가하러 오면 너무 당연히 대접받기를 기대합니다. 그런 태도가 전 마음에 들지 않습니다. 직접 국가주의를 피부에 와 닿게 하는 경우는 별로 없지만 영화를 보면 가끔 굉장히 노골적으로 드러나기도 하지요. 클린트 이스트우드의 〈아버지의 깃발〉은 2차 대전이 마치 일본과 미국 말고 다른 나라는 없다는 식으로 영화를 만듭니다. 그런 류의 영화들이 그릇된 이념을 주입시킵니다. 전 이 영화를 보면서 하도 기가 막혀서 끝까지 안 보고 극장을 나와 버렸습니다. 어떤 관객을 타겟으로 이런 영화를 만들었는지 알 수 있는 거죠.

주변의 생각은 조금 달랐을 것 같아요. 서울 생활을 하겠다고 하니 지인들은 어떤 반응을 보이시던가요?

안 그래도 서울에 간다고 하니 대부분 만류했어요. 주위 사람들이 "거기 외국인이 가도 되냐?"고 물을 정도였으니까요. 과장이 아니라 그만큼 한국에 대한 인식이 부족한 편입니다. 재미있는 사실은 제가 서울에 가는 걸 가장 극심하게 만류했던 사람이 동아시아 출신의 미국 지식인이었다는 겁니다. 교수라는 사회적으로 명망 있는 직업을 가지고 있는 그가 제일 크게 만류하더군요. 그 사람 말이 잠깐 가있는 건 좋을 수 있지만 거기서 사는 건 절대 좋을 수가 없다고 하더군요. 얼핏 문화적으로 풍성해 보여도 결국 모든 문화의 중심지는 미국이라는 거죠. 극구 말리더라고요.

지원군 하나 없이 홀로 강행하셨군요. 지식인 사회의 반란인가요(웃음)?

그렇죠. 딱 한 명을 제외하면 그렇죠.

딱 한 명이라니 왠지 소울 메이트 혹은 여자친구 같은데요.

그건 아니고요(웃음). 토마스 애비나라는 친구가 있어요. 그 친구는 시인인데 에이즈로 시한부 인생을 살고 있는 친구입니다. 그런데 제가 한국에 가겠다고 할 즈음 토마스가 꿈을 꿨다고 합니다. 그 꿈 내용이 제가 한국에 잘 정착해서 사는 거였데요

그럼 가족과 함께 오신 건가요?

아니요. 제 부인은 지금 바르셀로나에서 살고 있어요. 인류학자라 그곳에서 강의도 하고 아버지가 스페인에 남긴 여행자 민박(B&B)도 운영하고 있어요. 부부로 믿고 지지하지만 서로 갈 길이 달라서 떨어져서 사는 거죠. 처음 캘리포니아에서 만나 결혼해서 이제 17년차 부부인데 전 우리야말로 정말 완벽한 부부라고 생가해요.

자녀들도 모두 바르셀로나에 있나요?

　　스물 두 살인 아들이 있어요. 어릴 때 입양했죠. 아들도 가끔 한국에 왔어요. 와서 제가 강의하는 걸 도와주기도 했었는데 사람들이 너무 똑같게 생겨서 바로 알 수 있었다고 하더라고요. 사실 좀 말이 안 되죠. 입양했는데 닮았을 리가 없잖아요. 하지만 오래 함께 지내다보니 태도나 매너 같은 게 서로 닮은 게 아닐까요? 아들을 본 여자 직원들이 "너무 잘생겼다"면서 언제 또 오냐고 물어와요. 지금은 LA에서 예술경영 관련 일을 하고 있어요. 만약 그 아이가 원한다면 한국에서 살라고 하겠어요. 누구에게나 추천해주고 싶은 도시니까요. 그런데 하는 일이 LA와 연관된 예술경영이니 지금은 거기서 지내야겠죠.

요즘 우울하세요?

처음 서울에 왔을 땐 아무래도 주거환경의 변화가 가장 컸을 것 같아요.

　　처음엔 학교에서 숙소를 제공해줬습니다. 한국예술종합학교 겸임교수로 있었을 때니까요. 기숙사 생활을 하다가 지금은 '패컬티 하우징'(Faculty Hausing 학교 스텝과 교수들을 위해 제공하는 숙소)에서 지냅니다. 2년 정도 이곳에서 살았어요.

쭉 지내실 건가요?

　　아니요. 마침 태릉으로 이사 가려고 합니다. 더 좋은 집으로 가는 거죠. 화랑대라는 이름이 고전적이라서 마음에 들어요. 지하철 6호선이니까 고대와도 한 번에 연결되고 나무가 많아서 경치도 아주 좋습니다.

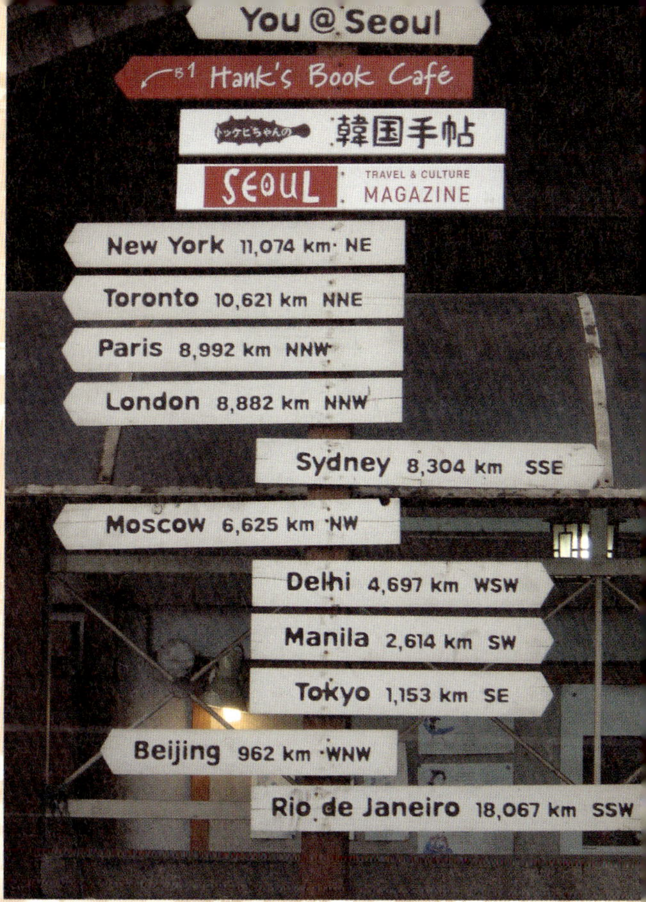

You @ Seoul

81 **Hank's Book Cafe**

ツッケとちゃんの 韓国手帖

SEOUL TRAVEL & CULTURE MAGAZINE

New York 11,074 km · NE

Toronto 10,621 km NNE

Paris 8,992 km NNW

London 8,882 km NNW

Sydney 8,304 km SSE

Moscow 6,625 km NW

Delhi 4,697 km WSW

Manila 2,614 km SW

Tokyo 1,153 km SE

Beijing 962 km WNW

Rio de Janeiro 18,067 km SSW

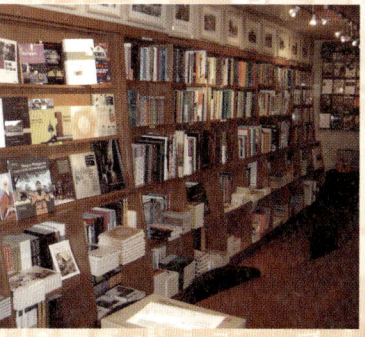

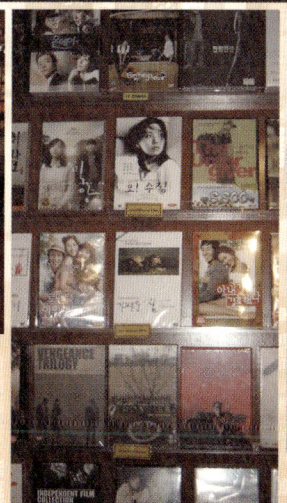

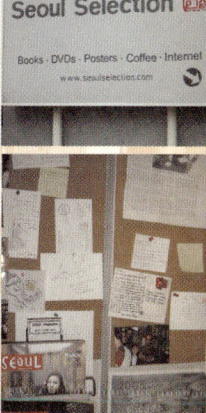

Seoul Selection

Books · DVDs · Posters · Coffee · Internet

www.seoulselection.com

서울 셀렉션

한국문화의 국제교류를 위한 영문서적을 주로
출간하는 출판사 서울 셀렉션이 운영하는
북카페 겸 영화 카페. 영어로 된 한국영화들을
볼 수 있고, 서울 셀렉션이 발행하는 월간
서울은 물론 서울의 문화, 유적, 생활을
소개하는 다양한 영문 책자들도 만날 수 있다.

종로구 사간동 / 02-734-9565

얼 잭슨 주니어 Earl Jackson Junior

서울의 부동산 문화와 직접 대면하시는 거군요. 애로 사항이 많을 것 같아요.

맞아요. 한국 사회에 익숙하지 않아서 전세를 살면서 여러 가지 힘든 점이 많았습니다. 한번은 전기세 고지서가 왔는데 한국어를 잘 몰라 광고 전단지인 줄 알고 휴지통에 버린 적도 있어요. 이런 생활 단어들은 사전을 봐도 잘 모르겠어요. 얼마 전엔 '종량제'라는 단어를 몰라서 애를 먹었어요. 쓰레기봉투를 사려고 슈퍼마켓에 갔다가 결국 쥐약을 손에 받은 적도 있어요. 슈퍼마켓 아줌마가 그걸 손에 쥐어주면서 "요즘 우울하세요?"라고 농담을 하더군요.

집값 걱정은 없으시고요?

샌프란시스코 같은 곳은 사실 말도 안 되게 비쌉니다. 거기 비하면 서울의 집값은 그다지 나쁘지 않다고 생각합니다. 이 정도면 합리적인 편이죠.

서울의 물가는 나날이 치솟는다고 모두 불평이 많은데요. 체감하시나요?

제가 고려대에서 생활을 하잖아요. 대학가 주변이라 음식 값이 굉장히 쌉니다. 평균적으로 서울의 물가는 비싸지 않다고 생각합니다. 단, 커피 값은 예외지요. 너무 비싸요. 전 커피 그라인더도 따로 있을 정도로 커피광이예요. 제 지출내역 중 가장 많은 곳이 '커피빈'이 아닐까 싶어요. 그런데서 제일 소비가 많은 것 같아요. 이사 가면 얼른 에스프레소 머신도 갖춰야겠어요.

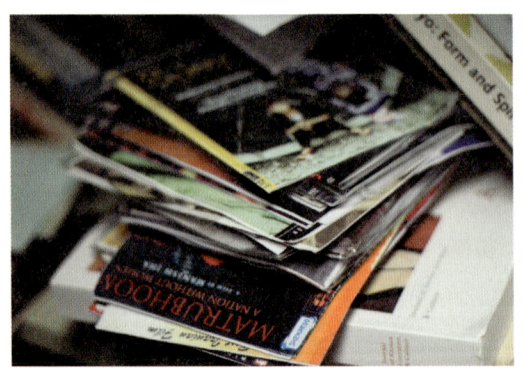

미국식 식단을 보면, 한국과는 많이 차이가 있어요. 식생활은 적응이 빠른 편이
신가요?

　　전 채식주의자예요. 서울은 채식주의자가 살기에 유럽보다 훨씬
편한 곳입니다.

그래요? 채식주의자들은 서울에선 절대 못살겠다고 하던데요.

　　아니에요. 한국 음식은 기본적으로 나물 종류가 많지 않습니까.
게다가 저는 청국장, 된장 같은 걸 아주 좋아합니다. 푸드 다이어리 같
은 걸 가지고 있어요(웃음). 거기 나물 이름도 적어놓고 따로 조사도 하
고 그럽니다.

와, 치밀하세요. 요리도 수준급이실 거 같은데요?

　　아니요. 전 요리는 안 해요. 워낙 일이 많다보니 요리를 할 시간
이 없습니다. 김치는 전라도에서 주문해서 먹고 된장이나 청국장 같은
것들은 제자들 어머니나 김소영 교수가 조달해주십니다. 시간 많이 걸
리는 음식도 가끔 해주고, 볶음 김치도 해주고 그러세요. 아주 복 받았
죠.

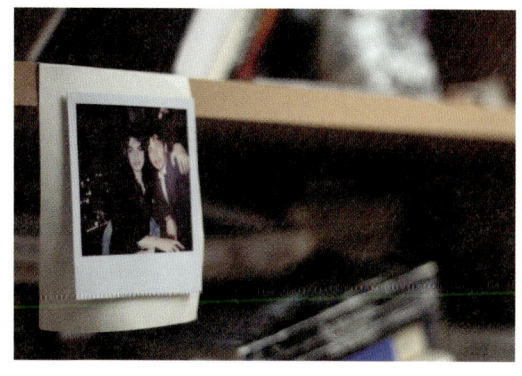

얼 잭슨 주니어 Earl Jackson Junior

드라마같은 서울연가

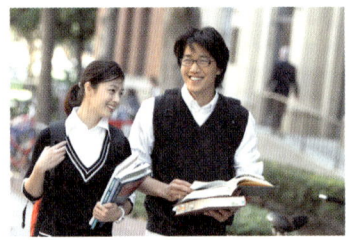

〈러브스토리 인 하버드〉

역시 먹고살려면 인간관계가 중요하군요. 한국인이 다 되신 거 같네요.

맞아요. 외지에서 살다보면 사람들 간의 네트워크가 정말 중요해요. 영상원에 있을 때는 기숙사에서 생활했어요. '아마장 빌딩'이라고. 그때 함께 지냈던 베트남 출신 배우는 지금은 유명해졌어요. 처음엔 모두 외국인끼리 어울리다니 나라도 제각각이어서 생활하는데 외로운 적도 많았어요. 그런데 함께 영화 보고 TV 보면서 친해졌어요. 즐겨했던 게임 중에 이런 게 있었어요. 비디오를 켜 놓고 '누가 빨리 한국 자막 읽나' 이런 걸 하는 거예요.

재밌네요. 혹시 생각나는 영화 있으세요?

〈대부 2〉요. 제일 길게 한 거예요. 그걸로 누가 빨리 해석하나도 했었죠.

그런 게임을 하면서 점점 관계를 넓혀가시는 거군요.

한 명을 알게 되면 또 그 사람을 통해서 다른 친구를 알게 돼요. 그렇게 연결되어 인간관계를 구축하다보니 지금은 친구가 아주 많아졌습니다.

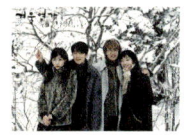

〈겨울연가〉

영화 전공이지만, 말씀을 들으니 TV도 많이 보시는 것 같아요.

　　최근에는 많이 못 봤지만, 얼마 전까지만 해도 많이 봤어요. 〈대장금〉도 좋아했고. 참, 〈겨울연가〉를 많이 봤어요. 배용준은 참기 힘들지만(웃음). 특히 〈진실 혹은 거짓〉은 아주 좋아하는 프로그램이었죠. 이 프로그램은 너무 웃겨서 차마 안 볼 수가 없었어요. 외국 대역배우들이 나와서 영어로 말을 하는데 주로 러시아 배우라서 영어가 다 틀려요. 모의 재판 같은 걸 하는데 무슨 말인지도 모를 잘못된 영어로 이야기해도 판사가 다 알아듣고 재판을 진행해요(웃음). 〈러브스토리 인 하버드〉도 즐겨봤죠. 재미있어서 수업 끝나면 바로 기숙사로 달려가서 봤어요. 제가 하버드 대학을 다녀서 아는데 드라마에 나오는 하버드는 하버드가 아니예요. 하버드처럼 보이려고 일부러 팜 트리를 막 보여주는데 정작 하버드에는 그런 나무가 있지도 않아요.

일종의 B급, 컬트적인 관점으로 드라마를 보시는 거 같아요.

　　그런 드라마를 보면 꼭 불량식품 같다는 생각이 들어요. 제대로 만들지는 않았지만 어쨌든 끊을 수는 없는 거죠(웃음).

늘 학생들과 함께 하니 젊은 감각을 습득할 기회가 항상 열려 있을 것 같아요.

　　청년 문화, 젊은 문화를 존중해요. 그렇지만 밤새도록 클럽을 순례하기에는 제 나이가 너무 많이 들었죠? 그래도 홍대 앞 라이브 퍼포먼스 같은 것에 관심이 많아요. '스텝 크렉다운'이라고 불법 노동자들의 권리를 지키기 위해서 몽골, 인디아 사람들이 모여서 하는 밴드가 있어요. 음악이 굉장히 좋습니다. 이들은 낮에는 노동자로 지내고 밤에는 한국 노래를 부릅니다. 문화적으로 매우 뜻 깊은 일이죠.

얼 잭슨 주니어 Earl Jackson Junior

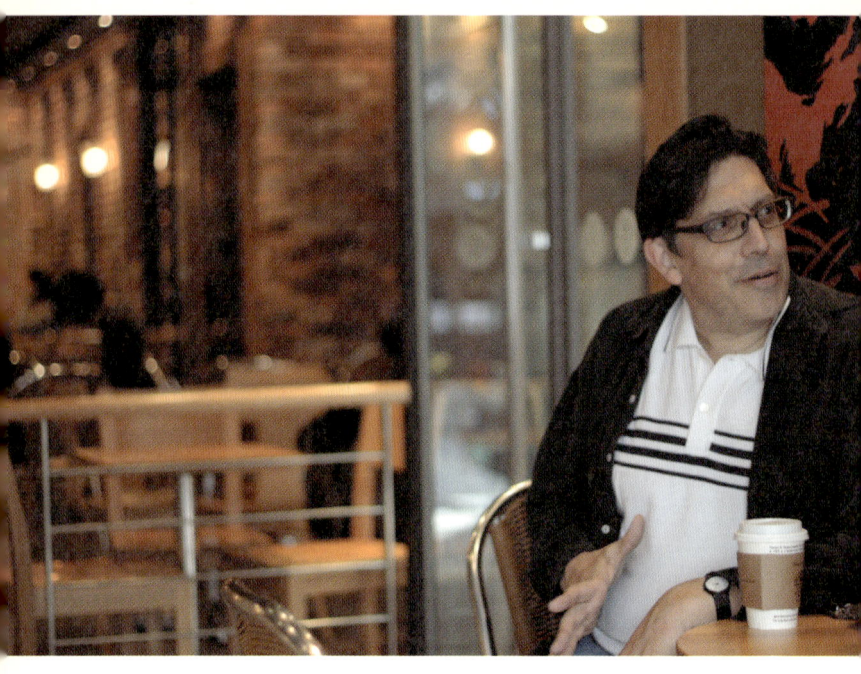

외국에 나가보면 오히려 젊은층보다 노년층의 문화활동이 활발해서 인상적이었어요. 서울에서는 흔히 젊은이들의 공간이라 여기는 공연장, 영화관, 카페 등에서 나이 드신 분들을 발견하는 게 어려워요. 폭넓은 계층이 문화를 소비하는 모습이 보기 좋은데요.

한국은 나이 든 사람들이 문화생활을 하는데 좀 인색한 편이예요. 한번은 제가 홍대에서 오스트리아 극작가가 쓴 〈관객모독〉을 보러간 적이 있었어요. 줄을 쭉 서 있는데 모두 젊은 사람들 뿐이었어요. 특히 그 사람들 시선이 '외국인이라서 모르고 잘못 온 거 아니야?' 라는 표정이었어요. 어쨌든 그 작품을 봤는데 음악도 너무 좋았고 한국어 대사도 아주 공감이 갔고, 원작자도 아마 이걸 보면 굉장히 좋아할 것 같았어요.

단순히 즐기시지만은 않으실 것 같아요.

〈사다리〉라는 연극은 독일 극본을 영어로 번역했죠. 극단 '여행사' 에서 〈한여름 밤의 꿈〉 작업을 한 적도 있어요. 대학로의 극단이나 클럽을 많이 알게 됐죠. 소개 받아서 알음알음 계속 일을 하게 됐어요.

원래 학부는 독일에서 했어요. 그 후에 오스트리아에도 잠깐 있었죠. 일본에서는 대학원을 다녔어요. 1997년쯤이었는데, 특이하게 메디컬 스쿨을 다녔어요. 파격적인 조건 때문이었고요. 그 학교 개교 이래 백인이 들어온 건 처음이라고 공짜로 기숙사를 줬죠. 그래서 여름학기 코스를 밟았습니다. 도쿄에서 얼마 떨어지지 않은 곳이었는데 주위에는 논이 있을 정도로 외진 곳이었습니다. 사람들이 백인을 보면 도망가고 그랬었죠.

특이한 경험을 하셨어요. 일본과 한국, 두 곳을 모두 경험한 이방인으로서 느끼는 차이가 있을 것 같아요.

일본 사람들은 외국인이 일본어를 하거나, 하려고 노력하면 지레 띄워주는 경향이 있습니다. 그런데 그렇게 호응하면서도 막상 내가 말을 하면 별로 귀담아 듣지 않습니다. 그래서 좀 김이 새는 경우가 많죠. 반면 한국은 절대 치켜세워주는 분위기는 아니에요. 언젠가 친한 한국 친구에게 한국어로 쓴 숙제를 보여줬더니 "이거 개가 쓴 거 아니냐? 너무 못 썼다"라면서 막 놀리더군요. 사실 얼핏 보면 한국 사람은 일본 사람과 달리 퍽 무례하죠. 그래도 한국 사람들은 표현은 그렇게 해도 오히려 관심을 많이 가져주는 편입니다.

두 도시의 인상은 어떤가요? 도시를 향유하는 도쿄워커나 서울인으로써 말이죠.

도쿄 같은 경우 분위기를 바꾸고 싶다는 생각이 들면 사는 동네를 바꾸면 됩니다. 이사를 가면 전혀 새로운 환경에서 다른 기분으로 살수 있는 거죠. 그런데 서울은 대부분 비슷한 편입니다. 전 특별히 한강 북쪽을 선호하는 편입니다. 서울의 다른 지역과 달리 특유의 분위기가 있습니다. 그러면 자신이 거기에 속해 있다는 일종의 소속감이 생기게 되죠.

소속감이라니, 구체적으로 한국인에게 어떤 정서가 있는 건지 궁금하네요.

얼 잭슨 주니어 Earl Jackson Junior

한국 사람들은 일이 잘못되거나 서로 간에 의견 충돌이 있으면 그걸 내색하지 않아요. 혼자서 다 알아서 해야 합니다. 저처럼 즉각 반응을 하는 미국적인 사고방식을 가진 사람이 미리 눈치채는 건 무척 힘든 일이에요. 그래도 전 한국식 방식이 나쁘지 않다고 봐요. 일본에서도 지냈는데 일본인은 한번 원한을 품으면 아예 말을 안 합니다. 일본적인 사고방식인데 그게 때론 사람을 지치게 하죠. 그런데 한국 사람들은 초반엔 그러다가도 감정적으로 정점에 달하면 폭발하고 속마음을 털어놔요. 그래서 한국 사람들은 오래 지내다 보면 더 편안해져요.

옛것들이 사라지는 것이
아쉽지만
도시 생활을 즐기기엔
부족함이 없죠.

처음 주변에서 우려하던 서울에 대한 편견, 이제는 깨진 편인가요?

다른 도시에 비해서 서울은 살기가 편한 도시입니다. 태도의 문제인 거 같아요. 처음 여기에 오는 외국인들은 굉장히 긴장해서 와요. 그러다 겪어보고 '릴렉스' 하는 거죠. 처음에 긴장하는 이유는 서울이 위험한 도시라는 선입견이 있기 때문이에요. 예를 들면 이곳이 〈텔미섬씽〉에 나오는 살인마가 있는 도시라고 생각을 하는 거예요. 그래서 다들 긴장을 합니다. 오스트리아나 독일에서도 살았는데 거기보다 서울이 더 살기 편한 도시 같다는 생각이 듭니다.

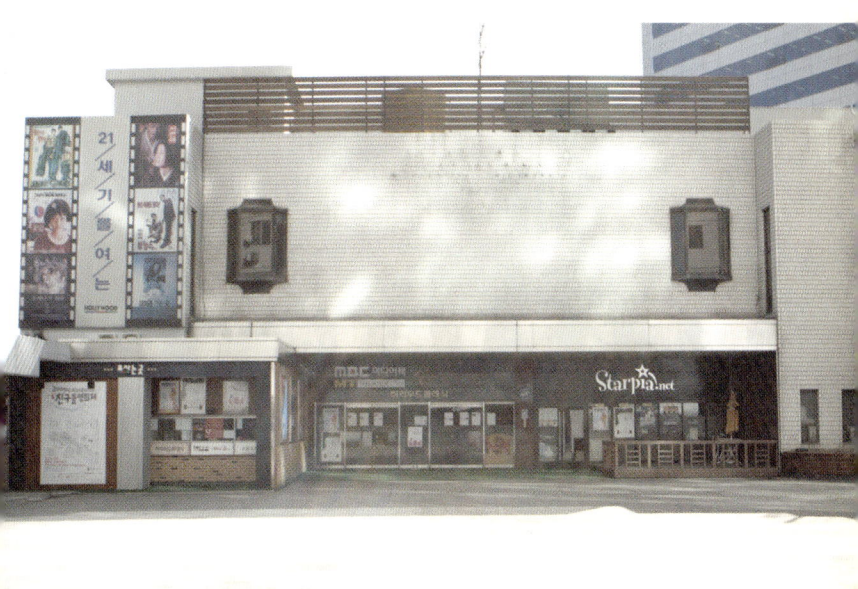

교수님이 생각하는 서울의 장점은 무엇인가요?

서울은 점점 거대해지고 발전해가고 있습니다. 외국인들이 보기에 '예쁜' 옛날 풍경들은 사라져서 아쉬운 점도 있지요. 그렇지만 도시 생활을 하기에 부족한 점이 없어요. 특히 교통수단은 너무 편리합니다. 처음 와서 지하철 노선을 다 섭렵하고 나니 너무 편해졌어요. 버스도 마찬가지예요. 지하철보다 익히기에 복잡하지만 어디든 갈 수 있다는 장점이 있죠. 교통비는 정말 싼 편이에요. 몇천 원이면 끝에서 끝까지 갈 수 있죠. 일본도 편리하단 점에선 비슷하지만 아무래도 대중 교통비가 너무 비싸지요.

안티 아메리칸으로서요(웃음), 서울에 와서 다시 보는 모국, 미국은 어떤 나라인가요?

외국 생활을 하다가 미국에 갈 때마다 점점 못돼진다는 느낌을 받아요. 모두들 미국이 세상 모든 문화와 지식이 중심이라고 합니다. 어

얼 잭슨 주니어 Earl Jackson Junior

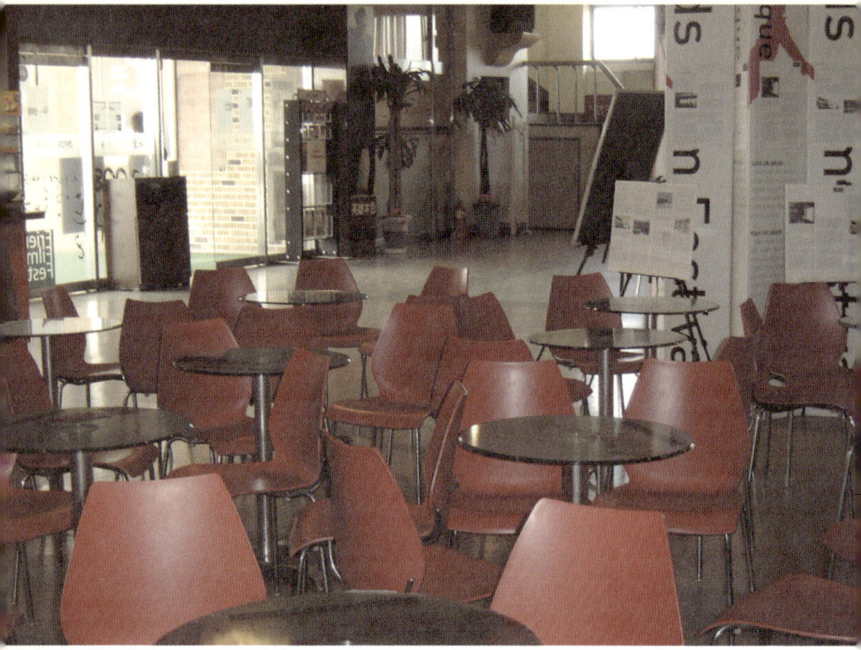

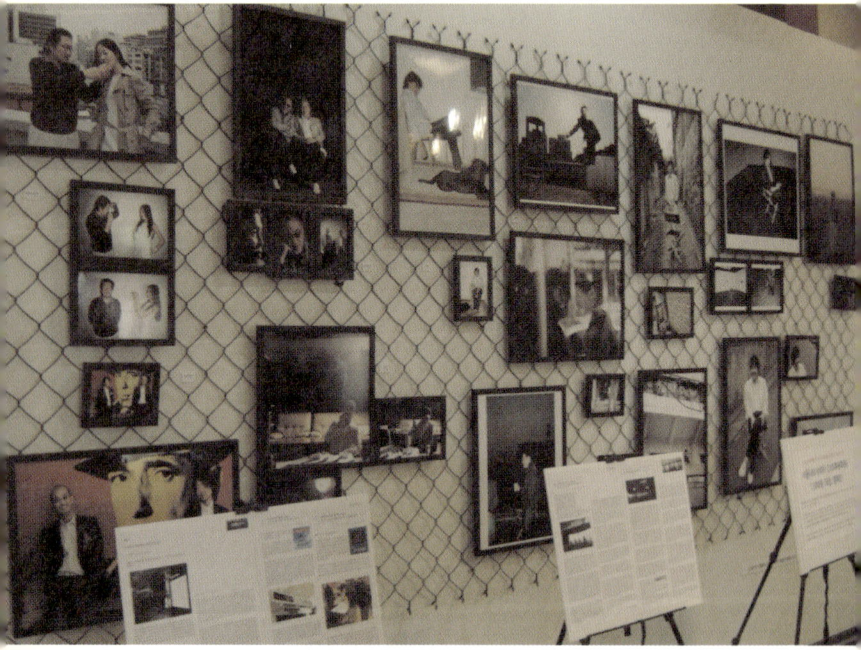

느 면에서는 사실이기도 하죠. 그렇지만 스타벅스에 가끔 혼자 앉아 있을 때 미국 사람들이 우루루 와서 떠드는 거 보면 괜히 제가 창피해집니다. 미국은 세계적으로 주목받고 힘이 있는 나라지만 문화와 지식으로 세상의 중심이라 단정짓는 건 전혀 다른 차원의 문제입니다. 혼동해서는 안 되는 거죠. 전 한국어가 완벽하지는 않지만 영어로 말하는 걸 피하는 편입니다. 미국인으로 지내면 보고 듣는데 제한이 있기 때문이죠. 한국어를 빨리 유창하게 배우고 싶어요.

가끔 외국인이라 느끼는 소외감이나 역차별도 경험하시나요?

커피숍에 앉아 있는데 아버지랑 여섯 살 쯤 되어 보이는 여자아이가 들어왔어요. 전 이곳이 한국이니 일부러라도 영어는 안 쓰려고 하는 편이예요. 그런데 아이가 "어디서 왔냐?"고 하길래 "미국에서 왔다"고 했어요. 그런데 그 아버지가 대뜸 "애들한테 반말 쓰는 거 아니예요"라면서 충고를 하더라고요. 가끔 그런 말을 들으면……

다른 언어에 비해 한국어는 제일 뒤쳐진 편이시지요(웃음).

한국어 공부도 시도했어요. 그런데 학원에 가면 정말 한국어를 배우겠다는 사람보다 비자 때문에 어쩔 수 없이 수업을 듣는 학생들이 더 많습니다. 그런 학생들은 수업도 대충 하기 마련이고, 배우고 싶어서 열심히 하는 사람들은 얼마 안 되죠. 학생들은 비싼 수강료 내고 듣는데도 강의 내용은 "한국말로 아는 과일 이름을 대라", 이런 수준이예

*서울 아트시네마 www.koteque.org
서울의 대표 시네마테크로 200여 회가 넘는 회고전과 40개국의 영화제를 개최했다.
거장들의 회고전, 기획 프로그램 등의 정기적인 프로그램을 운영하며 '시네마테크 친구들 영화제', '시네바캉스 서울' 등의 관객을 위한 영화축제 형식의 특별 프로그램, 청소년을 대상으로 한 '영화 속 작은 학교', 신작 독립 단편 영화들을 선보이는 '금요단편극장', 영화인들과 함께 하는 마스터 클래스, 여러 심포지엄 등이 열린다. / 02-741-9/82

얼 잭슨 주니어 Earl Jackson Junior

요. 제가 '참외'라고 했더니, 너무 어려운 말이라고 그런 것까지는 몰라도 된다고 하더라고요. 한번은 박찬욱 감독 동생 박찬경 씨가 영화를 하는데 제가 번역작업을 했어요. 사실 번역작업을 할 정도면 한국어 수준은 굉장한 건데도 몇 번 빠졌다면서 바로 낙제점을 주더라고요. 수업료도 꼬박꼬박 내고 평소 열심히 배우려고 하는데도 자꾸 그런 경우가 생기면 열정이 감소하기 마련이죠.

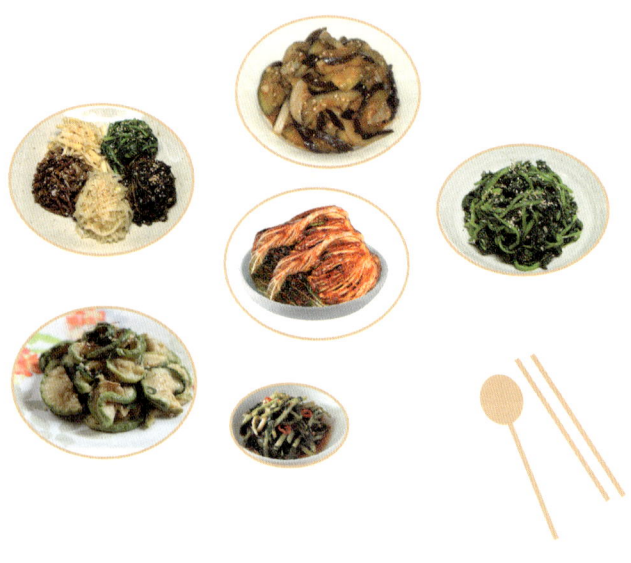

한국의 채식주의자의 식단
가지나물, 시금치, 도라지, 콩나물, 호박나물, 김치,
청국장, 된장, 간장 등 한국은 어쩌면 채식주의자가
가장 살기 좋은 나라인지도 모른다.

춘천, 부산,
그리고 서울생활자

여가활동은 어떻게 하시나요?

　전 스노클링을 정말 좋아해요. 수영도 즐거하고요. 바다와 관련된 해양 스포츠는 거의 다 좋아한다고 보면 맞습니다. 그래서 바다 여행도 좋아해요. 한번은 매물도 여행을 간 적이 있는데 거기 주민들 평균 연령이 65세 정도예요. 가파른 산 같이 생긴 섬인데 사람들이 굴을 파서 거기에 음식을 넣어놓고 먹더라고요. 영어는 당연히 다들 못하시고 나는 한국말로 소통이 힘들어 애먹었죠. 또 그분들 말씀이 표준어가 아니라 정말 알아듣기 힘든 사투리잖아요. 제가 가끔 알아들으면 다들

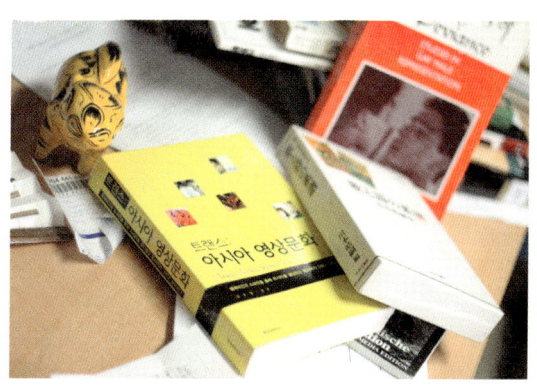

트랜스 : 아시아 영상문화
김소영 교수, 얼 잭슨 주니어 외 아시아 영상문화 연구소의 여러 동료들이 공동집필한 책으로 아시아 지역 대중문화의 아시아 간 흐름을, 영상문화를 통한 아시아 정체성 및 아시아 공통제의 담론을 소개한다. 〈현실문화연구〉

박수치시고 좋아하셨어요. 90살이 넘는 할아버지가 자신의 어머니가 일본 해군이 오는 걸 직접 목격했다면서 조금만 경계했으면 좋았을 걸 하시면서 후회하시는 말씀도 하셨어요.

여행을 자주 하시나봐요.

일이 없을 때는 기차 타고 전라도나 춘천 같은 데도 자주 찾아요. 가기가 아주 편해서 자주 찾는 편이에요. 그래도 거기서 눌러 살기는 힘들 것 같아요.

특별한 이유라도 있으신가요?

서울이 살기에 편하기 때문이에요. 특히 전 영화를 좋아하고 연구도 하다 보니 영화를 많이 볼 수 있는 환경이어야 해요. 서울엔 서울 아트시네마*나 영상자료원 같은 곳이 있으니 시간 날 때마다 자주 가는 편입니다. 그리고 고대에서 강의를 하고 지내다보니 고대 인근에서도 자주 시간을 보내죠.

다른 지역이 서울과 다르다고 느끼신 적은요?

부산국제영화제 때문에 부산에 갔었는데 경상도 사투리에 적응하는데 퍽 힘이 들었어요. 외국인이라 처음엔 부산의 분위기를 잘 몰랐죠. 그래서 사람들이 막 큰소리로 말하길래 '온 도시 전체가 나한테 화난 거 아닌가' 이런 생각까지 했어요. 한번은 식당에 들어갔는데 그곳은 정신없이 바빴어요. 그런데 남편은 안에서 아무것도 안하고 TV만 보고 있고 여자가 혼자서 씩씩하게 일을 다 하고 있더라고요. 부산 여자들이 좀 생활력이 강한 것 같았어요.

혹시 고대 앞에서 추천해 주실만한 곳이 있나요?

고대 앞에 보헤미안이라는 커피숍이 있어요. 거긴 어두워서 집중을 하기에 아주 좋습니다.

서울이라면 단연 인사동과 남산이죠. 외국인들이 오면 꼭 가는 이태원 같은 곳은 절대로 추천 안해요. 서울이 아니라면 춘천을 좀 좋아하는 편이라 춘천에 꼭 갈 거 같아요.

서울생활에 익숙해지셨지만, 혹 향수병 같은 건 없나요?

워낙 많은 곳을 다니다보니 상대적으로 잘 버틸 수 있는 편이예요. 그런데 가끔 샌프란시스코가 그립기도 해요. 그럴 땐 제 나름대로 향수병을 해결해요. 제가 워낙 친구들을 초대하는 걸 좋아해서 얼마 전엔 로버트 그룩이라는 소설가 친구를 서울로 초대해서 관광을 시켜주고 했어요. 또 여러 도시를 다니면서 감상에 젖는 걸 방지하지요.

서울인으로 계획을 말씀해 주세요.

지금 하고 있는 일을 계속 하게 될 것 같아요. 요즘은 세미나를 많이 하고 있어요. 얼마 전엔 연대에서 강의도 했고, 〈올드보이〉 영화와 만화를 비교하는 페이퍼를 썼어요. 전 서울이 좋아요. 캘리포니아에서 교수로 지내다 그 일을 그만두고 이곳을 택할 정도였으니까요. 이젠 이곳이 고향 같아요. ●

얼 잭슨 주니어 Earl Jackson Junior

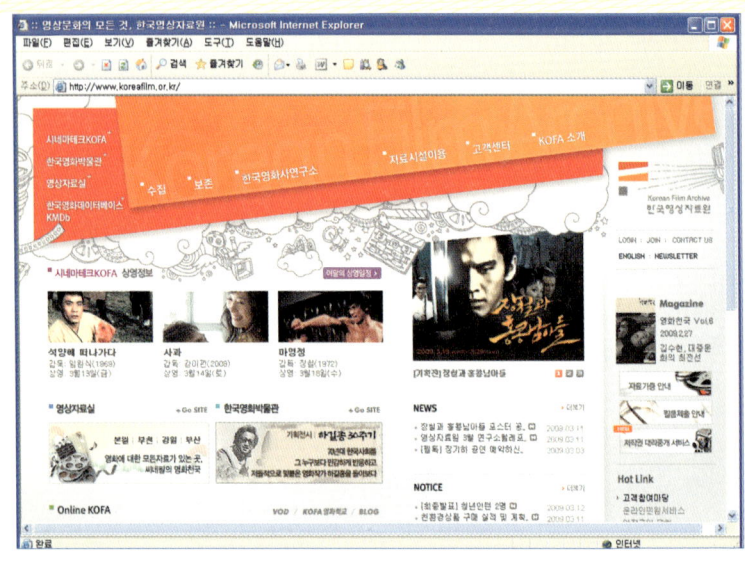

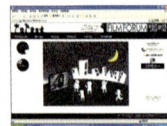

필름포럼

www.filmforum.co.kr

예술영화 전문관. 기획전과 강좌 및 세미나 등의 다양한 프로그램도 운행한다. 상영관 외에 갤러리와 카페도 운영하고 있다.

서대문구 대신동 / 02-312-4568

시네마테크 KOFA

www.koreafilm.or.kr/cinema\

한국영상자료원에서 운영하는 시네마테크. 한국고전영화를 중심으로 예술영화, 독립영화, 애니메이션, 다시 주목받아야 할 최근 영화 등을 중심으로 상영한다. 매달 한국영화사에서 중요한 테마를 탐구하는 기획전을 개최하며 한국영화강좌 등도 열린다. 영화가 탄생한 해의 이름을 딴 1895란 카페도 함께 있다.

마포구 상암동 DMC 단지 / 02-3153-2047

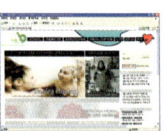

영상문화발전소 아이공

www.igong.org

미술, 영화 등의 경계를 허무는 새로운 뉴미디어 중심의 작품들을 중심으로 상영한다. 대안영화, 디지털 실험영화, 비디오아트, 영상퍼포먼스, 실험비디오, 포스트 다큐멘터리, 비디오 포엠 등 기존형식에서 벗어난 새로운 장르를 소개한다.

마포구 서교동 / 02-337-2870

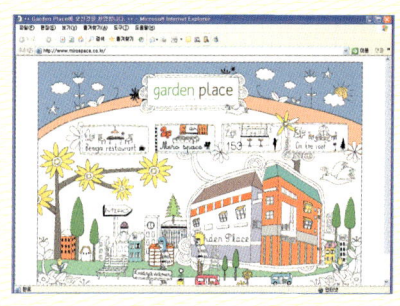

씨네큐브

www.cinecube.net

광화문에 2개관이 있으며 이화여대 내에 아트하우스 모모를 운영한다. 영화와 함께 유명한 설치미술가 조너선 보로프스키의 '망치질하는 사람'과 건축가 도미니크 페로의 건물도 덤으로 즐길 수 있다.

종로구 신문로 1가 / 02-2002-7771 서울 서대문구 대현동 이화여대 내 / 02-363-5333

하이퍼텍나다

www.dsartcenter.co.kr

한국 대표 문화인물들의 이름이 새겨진 좌석과 영화관 한쪽 벽면으로 꾸며진 정원이 특색 있다.

종로구 동숭동 / 02-766-3390

서울애니시네마

cinema.ani.seoul.kr

국내 최초의 애니메이션 전용관. 다양한 기획영화제도 개최한다.

중구 예장동 8-145 / 02-3445-8341

드림시네마

www.classiccinema.co.kr

헐리우드 클래식 영화와 국내 고전 영화 상영

종로구 낙원동 / 02-362-3149

네오이마주

www.neoimages.co.kr

기존 매체와는 다른 시선의 비평매체를 표방한다. 회원으로 가입한 블로거들이 자발적으로 비평을 등록하면 자원해서 활동하는 스태프가 그것을 편집해 사이트에 올리는 방식으로 운영된다. 회원들 간 활발한 소통이 이루어지고 자체적으로 오프라인 세미나를 마련한다는 점에서는 커뮤니티의 성격을 띤다.

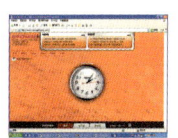

스펀지하우스

www.spongehouse.com

예술, 인디영화 전문 수입 배급사로 출발한 스폰지가 운영하는 극장. 광화문, 압구정 지점이 있다.

중구 저동 1가 / 02-2285-2011

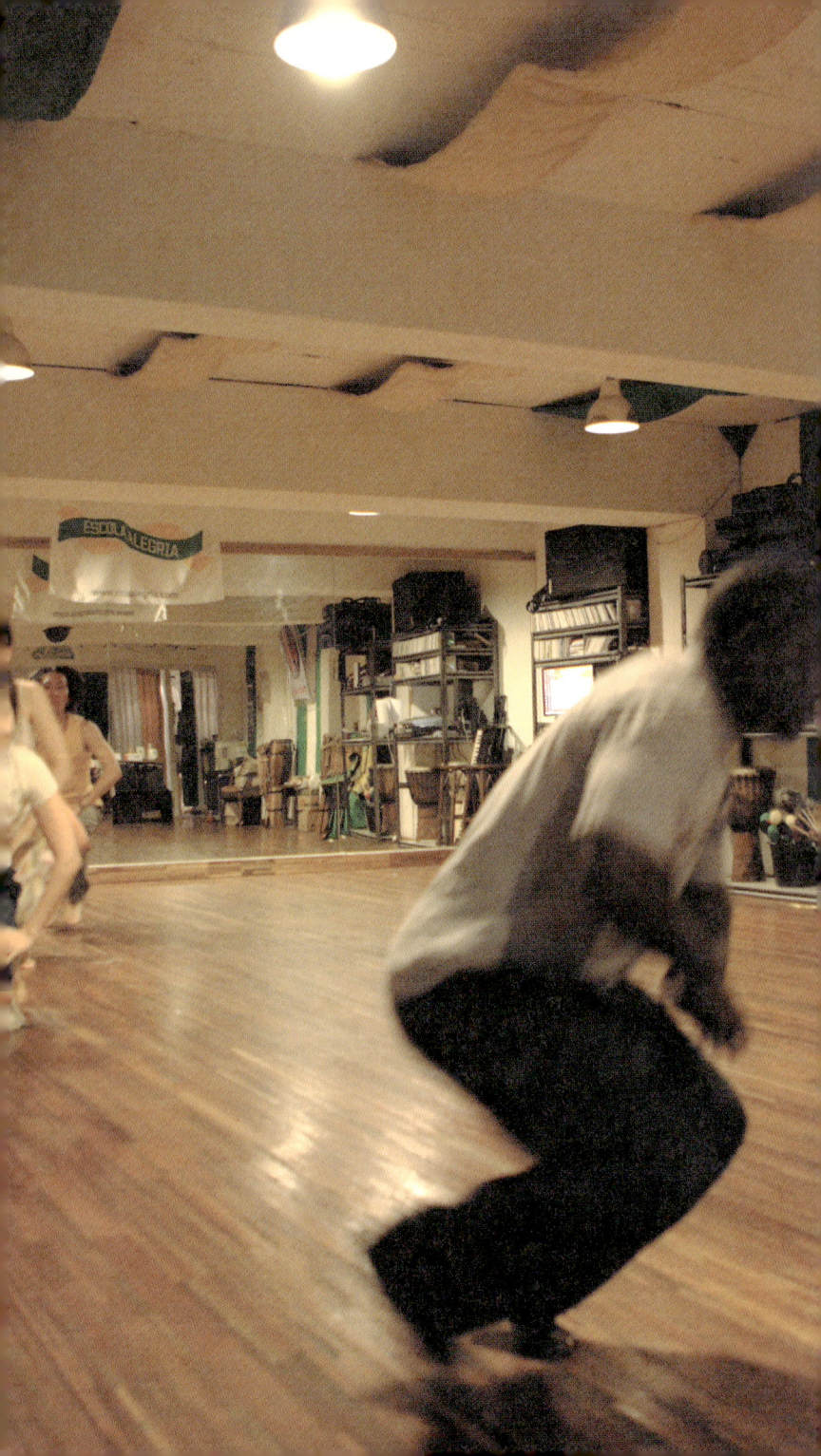

"아프리카의 뜨거운 리듬을 서울에~"
만딩고 댄서

바또 브레이즈 Gbato Braise

홍대 산울림극장의 지하실. 지금 이곳에서는 놀라운 일이 벌어지고 있다. 한국의 젊은이들이 멀고도 낯선 나라 코트디부아르의 춤을 배우느라 찬 마룻바닥에 땀을 흘리고 있다. 이 열정적인 교습의 주인공은 다름 아닌 코트디부아르의 댄서 바또 브레이즈다. 바또의 모국어인 불어와 짧은 한국어, 영어가 공존하는 수업시간. 이 이상한 의사소통은 곧 나오는 흥겨운 리듬과 함께 아무런 잡음을 일으키지 않고 하나가 된다.

공연을 하기 위해 그가 한국에 온 지 6년째. 8명의 팀을 이루는 리더로 처음 서울에 발을 디딘 그는 이제 서울에 와서 가정을 꾸리고 이곳에서 자신의 2세인 사무엘까지 맞이했다. 그리고 여전히 처음 그대로 생소한 아프리카의 춤을 이곳에 전파하고 있다. 집 근처인 이태원에서 인터뷰를 하던 날, 인터뷰 도중 연신 그의 아내에게서 전화가 왔다. "곧 좀 더 넓은 집으로 이사를 가려고요." 수줍게 웃던 그는, 지갑 속 항상 간직하고 다니는 아들 사무엘의 사진을 꺼내주며 자랑스러운 미소를 띤다. 살면 살수록 서울이 좋다는 그는 서울이라는 도시에서 서울 사람들에게 고향의 춤을 전하는 소망을 간직하고 있다. 이런저런 꿈들로 가득한 그의 서울 정착기를 들어본다.

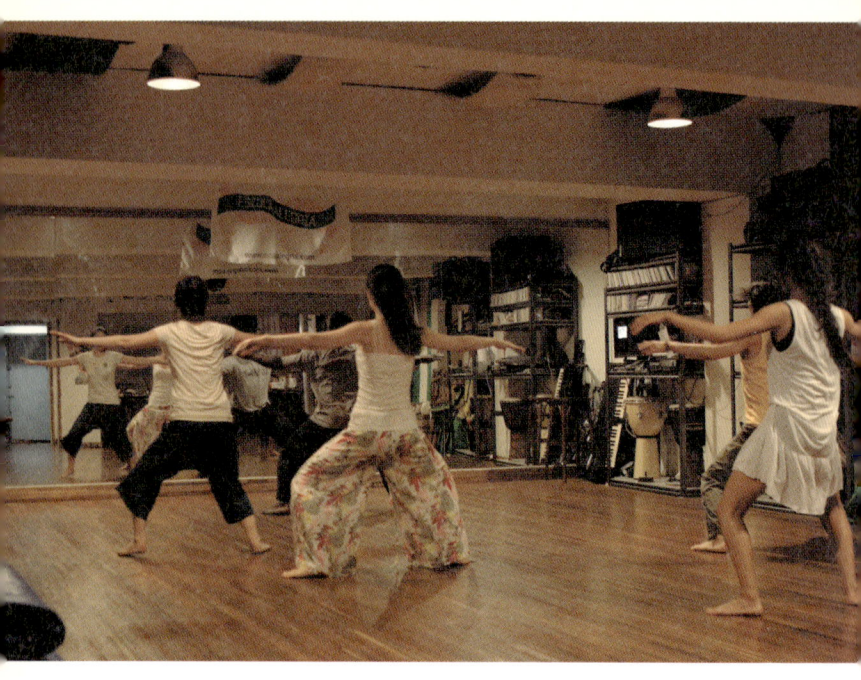

엘밧 이브아르,
코트디부아르와 함께~

수업을 뒤에서 좀 훔쳐봤어요. 아주 파워풀한 춤인데 몸치인 저로써는 보기만
해도 엄두가 안나네요.

　　그렇지 않아요. 아프리카 댄스는 아주 쉬운 춤입니다. 물론 처음
배울 때는 어려울지 몰라도 몇 번만 하면 금방 리듬을 익히게 되죠. 뭐
든 아주 어려운 것도, 또 아주 쉬운 것도 없다고 생각해요. 할 수 있다
는 마음을 가지면 뭐든 할 수 있습니다. 정말이에요. 해보세요.

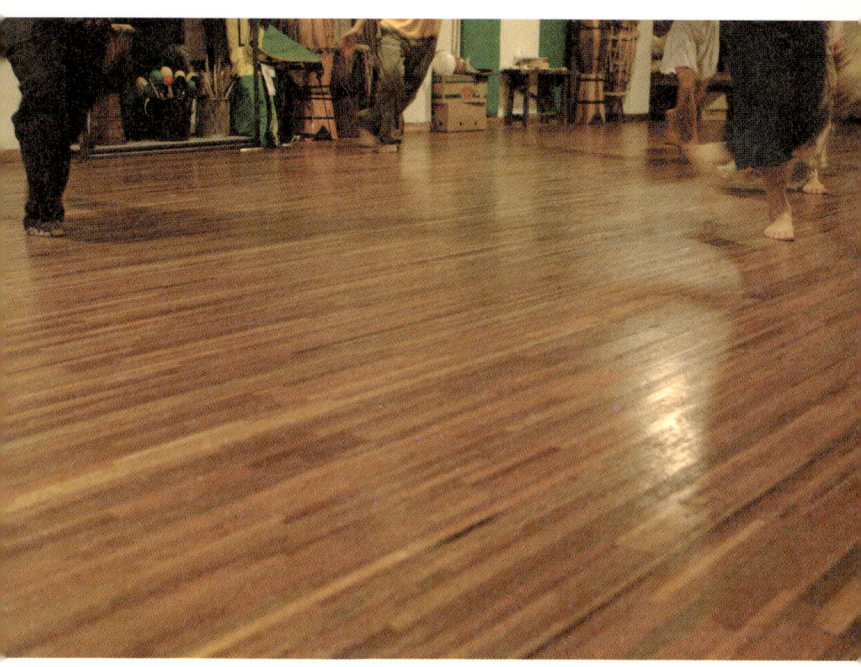

강의를 하신지는 오래되었나요?

　네 달 전쯤에 한 번 강의를 했고, 이번에 또 시작하게 됐어요.

모두들 어떻게 알고 아프리카 댄스를 배울 생각을 했을까요? 워낙 생소해서 많이 안 올 거 같아요.

　그렇죠? 오늘 온 학생도 4명 남짓입니다. 수업을 제대로 하기에는 충분하지 않은 숫자죠. 이보다는 조금 더 많아야 이 강의가 살아남을 수 있어요.

수업 해보시니 어떠세요? 한국 학생들은 아프리카 댄스에 적응이 빠른 편인가요?

　잘해요. 제가 보기에는 아주 잘합니다. 한국 사람들은 춤을 굉장히

바또 브레이즈 Gbato Braise

173

빨리 배우는 편이예요. 조금만 연습하면 다들 잘 하실 수 있을 거예요. 세심한 관찰, 그리고 아까 말한 자신감. 이 두 가지면 충분하죠.

아프리카 댄스는 생소한데요. 어떤 춤을 말하는 건가요?

코트디부아르인들에게 춤은 생활과 밀접하게 연결돼 있어요. 제가 추는 춤은 서부 아프리카 지역의 토착민 춤입니다. 아프리카 토속문화와 혼을 담은 춤이죠. 글라(glah), 만딩고(Mandingo), 자울리(Zahouly), 자그로비(Zagroby) 같은 여러 형태의 춤이 있는데, 댄스 스쿨에서 저는 그 중 '만딩고 워크숍'을 진행하고 있어요. 만딩고는 만딩 왕국 시대에 발전했던 춤으로 건강과 힘을 자랑하는 아주 정렬적인 춤사위죠. 말리, 세네갈, 코트디부아르를 대표하는 춤이죠.

춤을 시작한 건 언제부터인가요?

아프리카 댄스는 쉬운 춤도 있고, 격렬하고 어려운 동작도 있어요. 각 부족을 대표하는 춤, 추수할 때 추는 춤, 제사 지낼 때 추는 춤 등 춤의 종류만 해도 50여 가지가 넘는데 모든 춤을 다 익혔어요. 전 여섯 살 때부터 춤을 시작했고, 열두 살 때 아주 큰 규모의 전통춤 예술학교인 요뿌공(Yopougon)에 가서 본격적으로 춤과 드럼을 배우기 시작했어요. 그리고 거기 소속의 무용단이 된 거죠.

본업은 강사가 아닌 댄서이신데요. 팀의 리더로 아프리카 댄스팀을 이끌고 있다고 들었어요.

네. '엘밧 이부아르(Elgbat Ivoire)'라는 팀이예요. 팀명이 '코트디부아르와 함께~'라는 뜻인데 춤을 통해 조국 코트디부아르의 문화를 전하자는 뜻에서 이름을 지었죠. 모두 8명으로 구성되고 전 리더이자 안무도 맡고 있습니다. 함께 좋은 것을 만들어가고 사람들에게 우리나라의 춤을 통해 문화까지 알리는 중요한 역할이죠. 그게 제 할 일이기도 하고요.

한국에서 공연을 하시게 된 건 언제부터인가요?

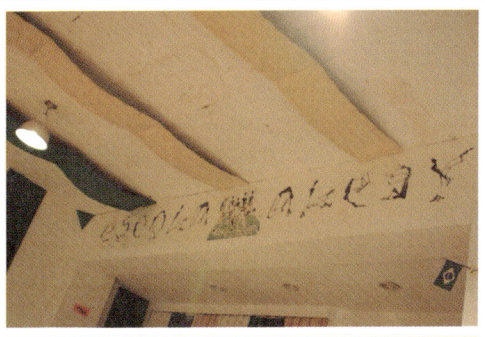
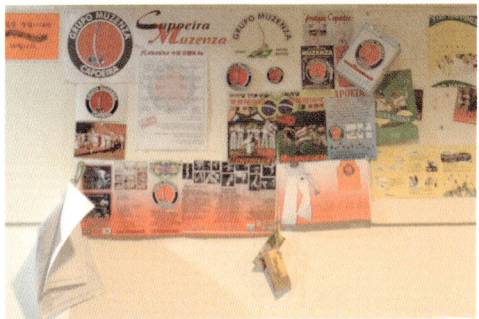

에스꼴라 알레그리아
http://cafe.naver.com/escolaalegria
브라질 댄스를 중심으로 아프리카 만딩고, 리듬 악기 등을 배울 수 있는
댄스 스쿨. 춤을 통해 라틴 아메리카, 아프리카의 문화를 접할 수 있는
공간. 매년 거리행사와 공연도 하고 있다.
서울 마포구 창전동 4-5 B1 02-6082-3533

바또 브레이즈 Gbato Braise

2002년부터였어요. 우연히 한국 쪽과 인연이 돼서 초청을 받게 됐죠. '하이 서울 페스티벌' 공연을 비롯해, 각종 축제에 게스트로 참가, 공연을 하고 있어요.

가면을 쓰고 제사의식을 춤으로 표현하거나 기원하는 것은 한국의 탈춤과도 비슷해 보여요.

맞아요. 사물놀이와 비슷하죠. 한국 춤과 아프리카 춤을 섞은 일종의 퓨전 공연도 가졌어요. 아주 반응이 좋았어요.

공연은 얼마나 하시나요?

한 달에 두세 번 정도 비정기적으로 해요. 공연이 없을 땐 각자의 일을 하죠. 누구는 공장에서 일하기도 해요. 그러다 공연 일정이 잡히면 모두 모여 연습을 하고 공연을 합니다. 한 시간 공연에 너댓 가지의 춤을 선보이죠. 많은 댄서들이 우리 팀의 전례를 보고 한국에 와서 공연을 하고 싶어해요. 그런데 의욕만으로 되는 건 아니죠. 절차 자체가 매우 까다롭습니다.

댄서로서만 생활이 가능한 건 아니시군요. 브레이즈 씨도 다른 부업을 하시나요?

예전에는 저도 공장에서 일했지만 지금은 하지 않아요. 일주일에 한 번 댄스 강의를 하죠. 그리고 유치원에서 아이들 불어를 가르쳐요. 지난주에는 작은 드럼을 가지고 가서 드럼 치는 법과 춤을 가르쳐줬는데 아이들이 너무 행복해하더라고요.

해외 공연도 많이 하신 걸로 알고 있는데요.

서울에 오기 전에 여러 나라에서 공연했어요. 1996년에는 파리 공연 때문에 한동안 거기서 거주했죠. 그 후 리비아, 알바니아 등에서 공연을 갖기도 했고요. 독일, 이탈리아 같은 곳에서도 공연을 하면서 체류했죠.

며칠 전에 코트디부아르 대 한국, 축구 경기가 있었는데 보셨어요? 마침 제가 왔을 때가 2002년 월드컵 축구의 해였어요. 그때 대단했죠. 우리나라에서 가장 인기 있는 스포츠가 축구이고, 워낙 축구에 열광적이기 때문에 한국은 익히 잘 알고 있었어요. 게다가 한국이 잘 사는 나라라는 인식도 강했죠. 호감이 있었던 차에 온 기회였습니다. 한국에 와서 제대로 팀도 꾸리고 활동하게 됐죠. 공연이 있을 때면 각자 일을 하는 팀원들에게 연락해 팀을 모으죠.

한국에 와서는 쭉 서울에서만 지내신 건가요?

아니요. 서울에 정착하기 전에 다른 도시에서도 살았어요. 인천, 수원, 안산 등지에서 살다가, 이곳 이태원에 산지는 벌써 2년이 되었네요.

이태원은 서울이라는 느낌보다 이국적인 곳 같아요. 한국인보다 외국인이 더 많죠.

전 그래서 이태원이 좋은 것 같아요. 커뮤니케이션하기에 여기만큼이나 좋은 곳이 없죠. 이태원에 산 지 2년 정도 됐는데 그전엔 수원, 안산, 인천에서도 살았어요. 사실 인천에 살 때 많이 힘들었어요. 제가 흑인이라는 이유로 위험인물로 대하는 시선들도 많았으니까요. 한국에 오기 전엔 그런 분위기를 잘 몰라서 그때 상처를 받았어요. 그런데 이곳 이태원은 달라요. 대부분의 주민이 외국인이니 다들 이방인이라는 공통된 조건을 가지고 있죠. 그래서 배타적이지 않고 서로 쉽게 친구가 될 수 있어요.

이태원 예찬론자이시군요.

아마 계속 이태원에 살게 될 거 같아요. 마침 인터뷰 끝나고 아내랑 새로 이사갈 집을 보러 갈 거예요. 지금 살고 있는 곳은 2년이 되어서 계약이 끝났거든요.

바또 브레이즈 Gbato Braise

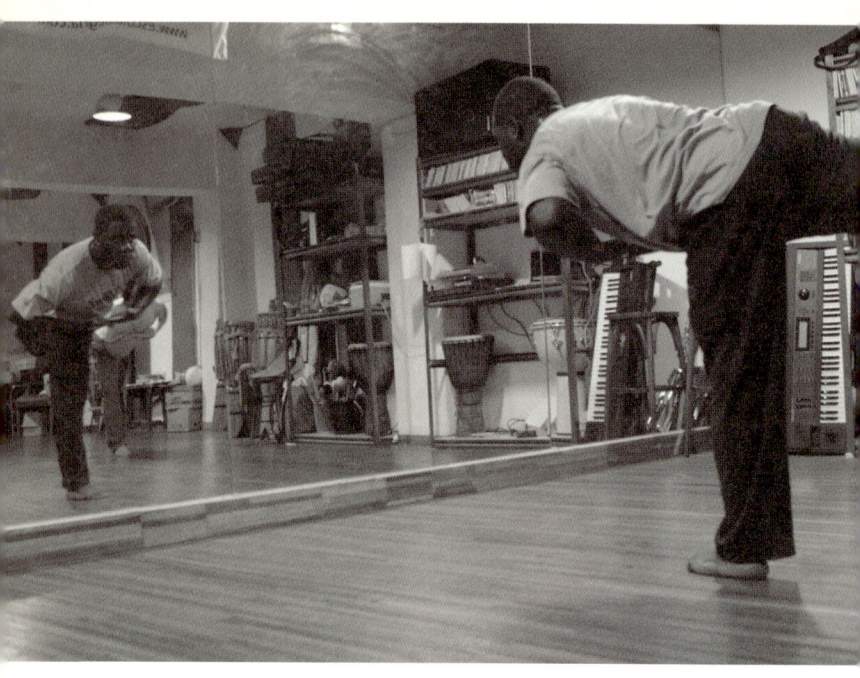

이태원을 고집하시는 특별한 이유가 있는 건가요?

　　정이 들었기도 하고 또 부인 일 때문에도 여기서 집을 구하는 게 편해요.

부인도 댄서이신가요?

　　헤어디자이너예요. 여기서 헤어숍을 해요. 꽤 됐죠. 그러니 고객관리 차원에서도 이곳을 떠날 수 없는 거죠.

아, 그럼 지금 브레이즈 씨의 머리 스타일도 부인이 직접 만지신 건가요?

　　아니요, 아니요(웃음). 전 제 머리는 제가 깎아요. 머리가 레게 스타일이라 쉽지 않아요. 그리고 전 제 스타일로 자르고 싶어요. 와이프에게 부탁하지는 않아요.

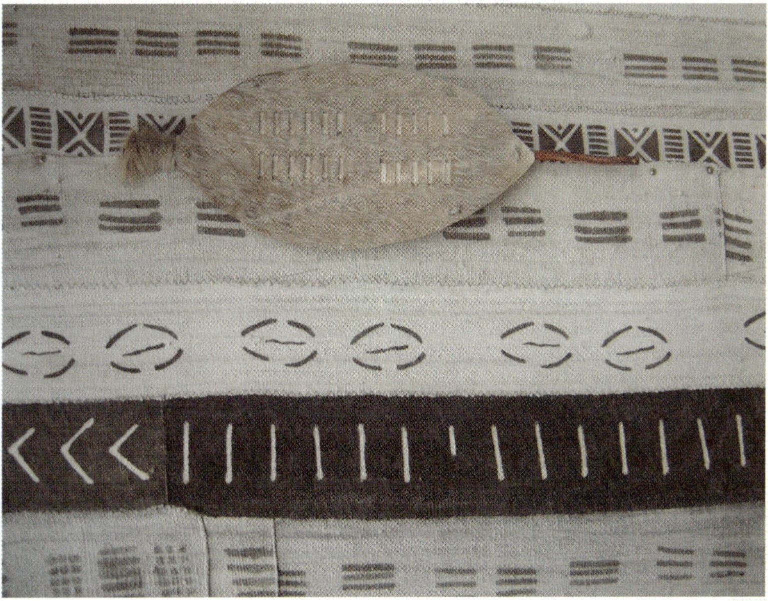

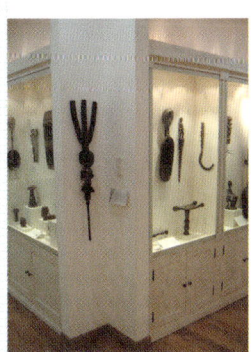

아프리카 미술관 www.africarho.co.kr

경복궁 역에서 삼청동 길로 천천히
올라가다보면 사간동 작은 골목 구석에
숨어있듯 자리잡은 아프리카 미술관을 만날
수 있다. 가면 등의 상설 소장품을 전시하고
우리에게 낯선 아프리카의 삭가를 소개하는
기획전도 열린다. 미술관에서는 아프리카
커피도 제공한다. 좁은 계단을 따라 올라가며
벽에 보이는 기하학적 천직물도 재미있다.

종로구 사간동 / 02-730-2430

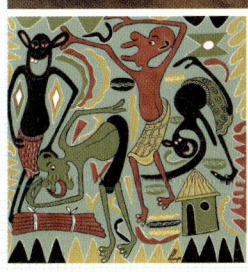

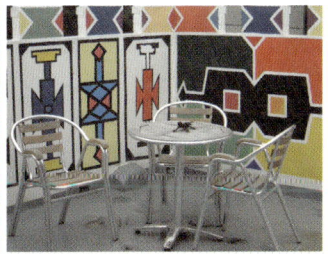

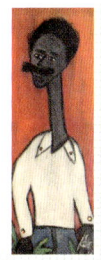

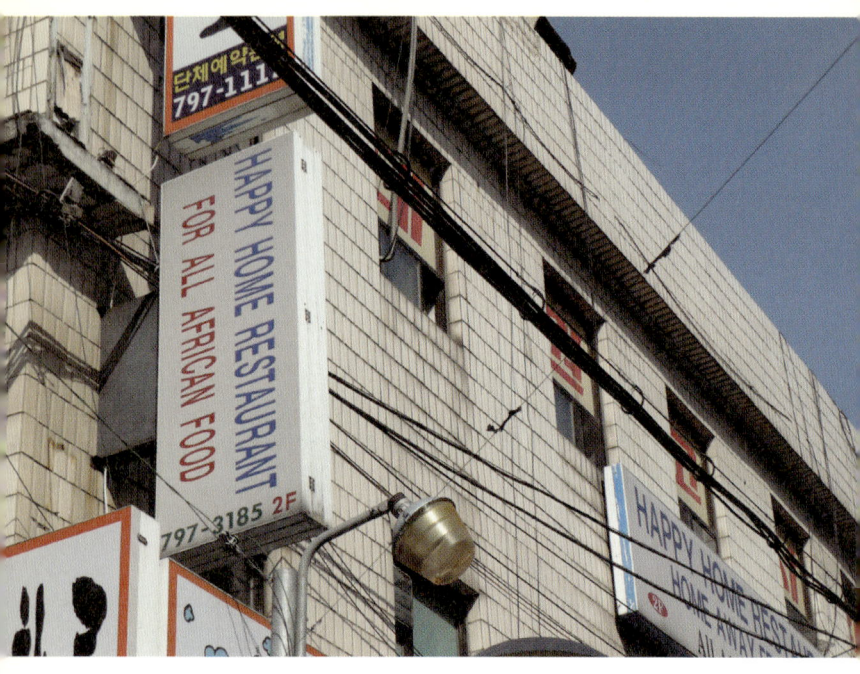

이태원 이화시장
순대국과 아프리카 음식이 공존하는 곳. 이태원은 서울에서 가장 손쉽게 외국의 맛, 문화를 만날 수 있는
곳이다. 해밀턴 뒷골목에서는 태국, 스페인, 벨기에, 중국, 인도, 프랑스 등 각국의 다양한 음식들을 맛볼 수
있는 식당들이 즐비하다. 조금 떨어진 이화시장은 그 이국적인 거리와는 조금 다른 향기를 풍긴다. 이화시장을
중심으로 터를 잡은 북서부 아프리카인들의 고된 삶의 흔적이 녹아 있다.

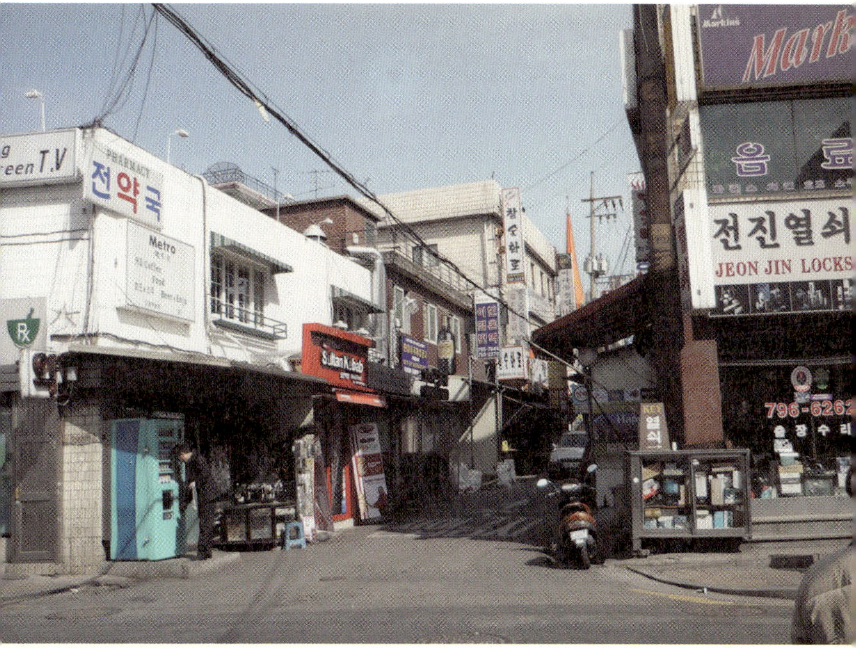

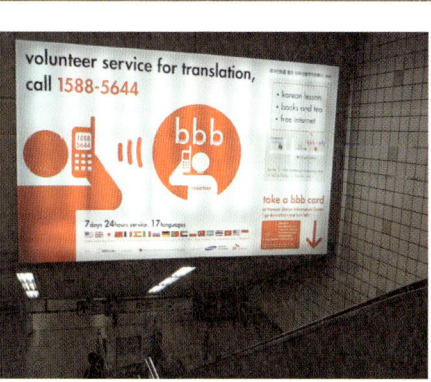

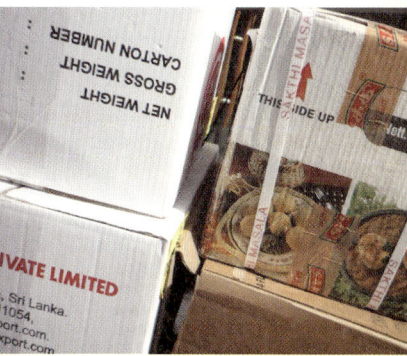

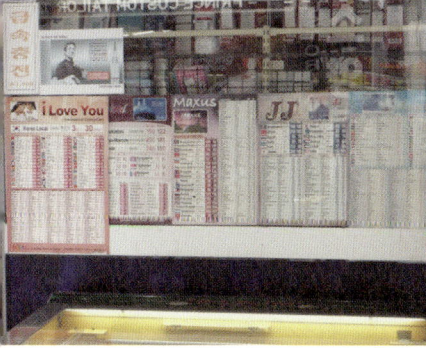

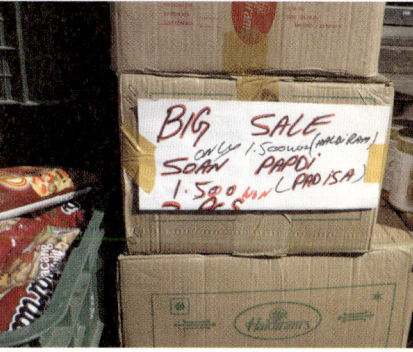

고향의 향수를 달래주는
한국의 매운맛

그럼 부인과의 인연도 서울이 맺어준 건가요?

아니요. 와이프와는 아주 오래전부터 알고 지내던 사이예요. 원래 사귀기 전부터, 이미 학창시절부터 친구였죠. 한국에 함께 공연 팀으로 왔고 4년 전에 결혼했어요. 아들도 생겼고요. 이름은 사무엘이고 나이는 이제 두 살이에요. 귀엽죠? (지갑에서 사진을 보여주며) 이 아이는 한국에서 태어난 아이예요.

가족들이 처음 터전을 잡은 곳이니 이곳에 더 애착이 강하시겠군요. 그래도 처음엔 코트디부아르에서 살던 때와 달리 어려움도 많았을 것 같아요.

서울은 아주 덥죠. 코트디부아르는 쾌적하고 선선한 편이예요. 얼마 전에 제주도 여행을 갔었는데 그곳 날씨와 아주 비슷해요. 고향 생각이 나더라고요. 기후 때문에 처음엔 좀 고생하기도 했죠. 고향의 가족들도 많이 보고 싶었죠. 요즘은 좋아졌어요. 이메일로 집과 안부도 전하고요. 매일매일 서로의 상황을 알 수 있는 거죠. 친구들도 처음엔 많지 않았어요. 그런데 지금은 한국 친구들도 많이 생겼어요. 좋은 친구들과 지속적인 관계를 유지하고 있고요. 이대에서 가게를 하는 친구와도 매우 친하죠. 그런데 아직 한국어는 많이 약한 편이예요(웃음).

그럼 거의 영어로 소통을 하시는 건가요?

네. 여기 와서 영어가 굉장히 늘었어요. 처음엔 잘 못했으니까요. 코트디부아르는 불어가 공용어예요. 53개가 넘는 부족들이 다 각자의 언어를 쓰기 때문에 부족의 언어로는 옆 부족과도 말이 안 통하죠. 심지어 제 와이프와도 다른 부족이라 불어를 써야 해요. 이곳에 와서 사람들을 만나고 친구가 되면서 영어도 자연스레 늘게 됐어요.

한국어 수준은 어느 정도세요?

노력을 하는 수준 이예요(웃음). 그런데 한국어는 너무 어려워요. 그 대신 사무엘에게는 영어와 한국어를 동시에 가르쳐요. 또 한국 드라마를 좋아해서 아주 열심히 보죠.

아니, 한국어도 잘 모르시면서요(웃음)?

아리랑 TV가 있잖아요. 영어로 자막이 나오니 아주 좋죠. OCN이나 CGV 같은 케이블도 챙겨봐요. MBC 뉴스도 관심 있게 보고요. 말은 힘들지만 그래도 듣는 건 좀 괜찮은 편이거든요(웃음).

한국드라마는 왜 그렇게 좋아하세요? 아프리카 드라마와 많이 다른가요?

일단 아주 잘 만들어요. 완성도가 높죠. 또, 한국 드라마는 거의 사랑에 관한 이야기라 재밌어요. 아프리카 드라마는 그런 내용이 거의 없어요. 와이프도 좋아해서 함께 보죠.

또 다른 취미는 없으세요? 드라마를 그렇게 좋아하시면 한국 영화도 챙겨보시지 않으실까 싶은데요.

고향에서 극장에 가끔 가긴 했는데 자주 가지는 못했어요. 한국에 와선 올해 극장에 딱 한 번 갔어요. 압구정에 있는 극장이요. 원래 극장은 안 가는데 제가 나온 영화를 보러 가게 됐어요(웃음).

와, 영화에도 출연하셨어요?

그렇게 됐어요. 신인감독이 연출한 독립영화인데 와이프와 함께 출연했습니다.

어떻게 출연하시게 된 거예요?

친구가 이런 영화에 사람을 구한다는 말을 듣고 저를 추천했던 것

바또 브레이즈 Gbato Braise

같아요. 어느 날 스탭 중 한 분이 전화해서 영화 찍어볼 생각 없냐고 하더라고요. 전 영화에 대해서는 아무것도 몰랐는데 얼떨결에 참여하게 됐어요. 많은 사람들이 함께 모여서 뭔가를 한다는 게, 그게 참 흥미로웠어요. 서울에서 한 좋은 경험이 됐고요.

그럼 당연히 역할은 아프리카 댄서였겠죠?

킬러였어요(웃음). 제가 누군가를 죽이는 역할이었죠.

멋지네요. 액션영화였나 봐요.

아니예요. 이주노동자에 관한 이야기를 다룬 영화예요. 제 아내와 제가 공장 근로자인데 사장이 월급을 4년 동안이나 주지 않고 노동착취를 하는 파렴치한이었죠. 그래서 참다못한 제가 결국 사장을 죽인 후 이 나라에 환멸을 느끼고 다시 고향으로 가는 내용이예요.

꽤 비중 있는 역할인데요. 촬영은 할만 하던가요?

4일 동안 찍었어요. 공장에서도 찍고, 또 도망가는 장면 때문에 인천공항에도 갔어요. 여러 곳을 다녔네요.

직접 스크린으로 확인해 보니 어떠세요. 다음에 또 출연하실 건가요(웃음)?

아니요, 아니요. 아주 못 보겠더라고요(웃음). 독립영화라 정식 개봉은 아니고 제가 본 건 스탭과 지인들끼리 모여 보는 시사회였어요. 영화가 좋았어요. 감독님이 CD도 보내줘서 소장하고 있습니다.

이태원 지기로 추천해 줄 만한 곳들도 많은 것 같은데요.

전 이곳의 한국 식당들도 좋아해서 자주 가요. 좋은 곳이 많죠. 가족과 때로 해밀턴 호텔에 가서 수영해요. 편하고 좋아서 자주 찾는 편이예요. 부산으로 휴가를 가려고 하는데 부산은 전에 잠깐 살았지만 물가도 싸고 날씨도 좋아서 아주 좋습니다. 한국 친구와 놀러간 제주도도 신선한 공기가 제 고향 같아서 아주 좋아하게 됐죠. 또 있어요. 가끔 와이프랑 홍대 클럽도 가요.

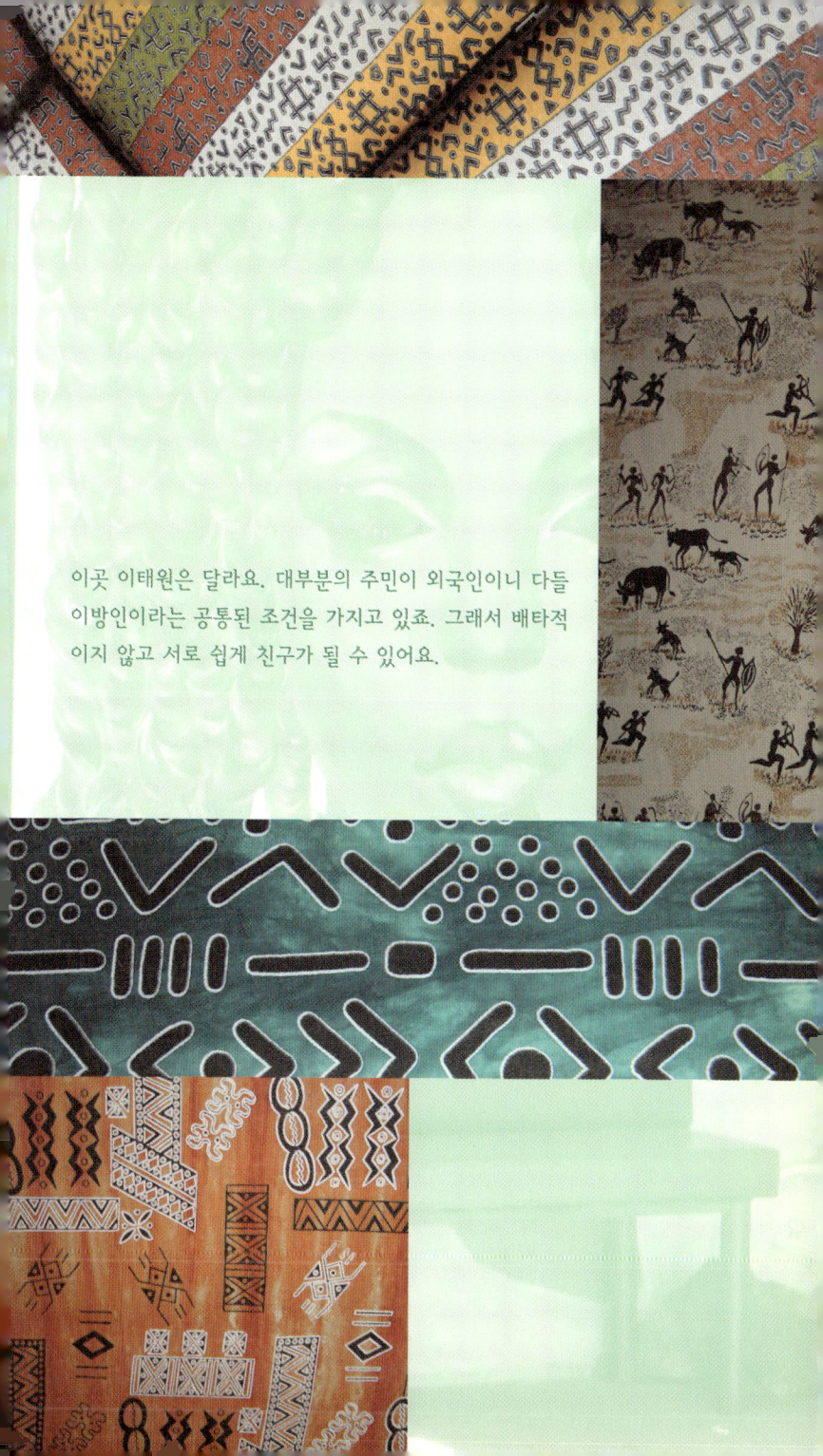

이곳 이태원은 달라요. 대부분의 주민이 외국인이니 다들
이방인이라는 공통된 조건을 가지고 있죠. 그래서 배타적
이지 않고 서로 쉽게 친구가 될 수 있어요.

다른 건 쉽게 적응해도 음식 문화는 쉽게 극복되지 않잖아요. 이른바 고향의 맛이 그립겠어요.

전 코트디부아르에서 태어나서 자라고 모든 걸 거기서 다했으니 음식에 대한 향수는 말로 못하죠. 다행히 이태원에 아프리카 음식점이 여럿 있어요. 친구 중 하나가 직접 경영하기도 하죠. '아띠에케(Atti'ek'e)* 가 가장 일반적인 요리인데 한국 고구마와 비슷한 '카사바'를 갈아서 만든 거예요. 야채에 소스를 넣고 요리한 닭요리죠. 카사바 분말은 한국에서도 팔아요. 전 와이프가 집에서 자주 만들어줘서 다행이죠.

한국음식도 즐겨 드시나요?

한국음식이 많이 맵잖아요. 그게 고향 음식과 비슷해요. 아니 고향 음식이 더 매운 편이죠. 그래서 한국음식에 적응하기가 쉬웠어요. 김치는 맵지만 요즘은 덜 매운 김치들도 많이 나왔으니 그런 것도 즐겨먹죠. 한국 식당에 자주 가는데 비빔밥, 제육덮밥, 떡볶이 이런 게 제가 좋아하는 음식들이예요.

이제 서울 주민이 다 되셨어요. 여기만의 독특함은 무엇이라고 생각하세요?

가장 인상적인 건 '언니', '오빠' 이런 호칭들이였어요. 한국 사람들은 단순히 나, 너로 소통하는 것이 아니라 서로에게 친근한 '관계'들로 구성이 됩니다. 이런 관계가 어른과 아이의 사이에서는 굉장히 예의를 갖추게 하고, 또래들 사이에서는 매우 친하게 만들어줘요. 참 좋아 보이더라고요.

아프리카도 대가족 문화가 아닌가요? 얼핏 비슷할 것 같다는 생각이 드는데요.

맞아요. 내 고향만 해도 한 가족이 20명, 25명인 경우도 있으니까요. 그렇지만 한국에서 말하는 '가족' 처럼 그렇게 유대가 끈끈하지 않아요. 모두들 각자의, 매우 개인적인 생활을 하고 있죠. 그런데 한국은 가족 간의 관계, 그 속에서의 역할을 매우 중요하게 생각합니다. 아주 다르죠.

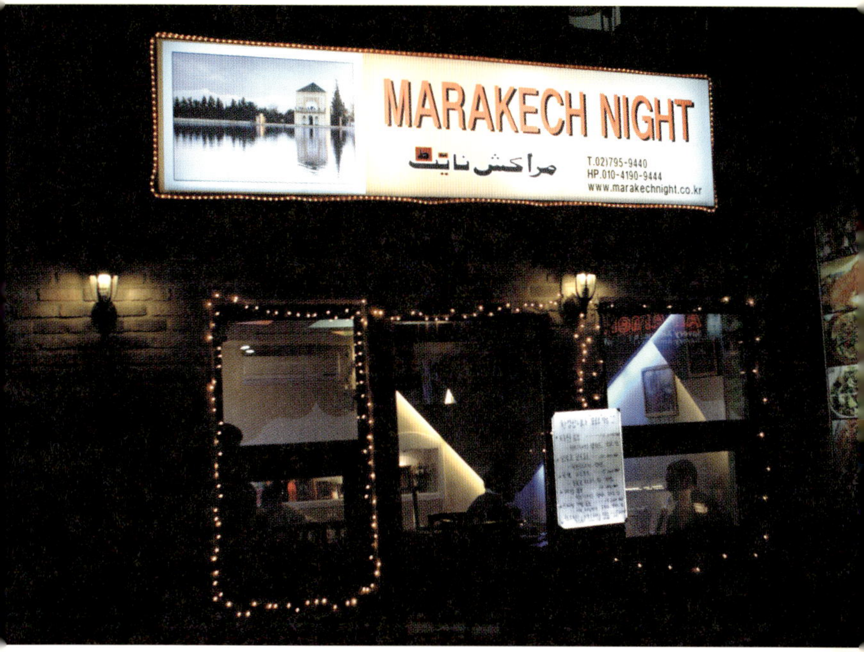

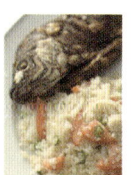

서울의 총평을 내리신다면요?

서울도 아주 큰 도시입니다. 다른 도시들과 다르지 않죠. 그런데 빌딩들이 많은 도시외 모습을 가지고 있으면서도 특이하게 산도 참 많아요. 도회적인 느낌과 사연이 어우러져 있죠. 그래서 득벌한 것 같아요.

서울에서 댄서로 활동하면서 브레이즈 씨가 가지는 목표는 무엇인가요?

한국 사람들이 내 조국 코트디부아르에 대해서 정확히 알았으면 좋겠어요. 많은 사람들이 아프리카에 대해서는 잘 모르니까요. 제 춤은

---

*아띠에케
가장 인기 있는 코트디브와르의 곁들이는 음식으로 쿠스쿠스처럼 카사바를 갈아 만든다. 모래 위에 식탁과 의자가 있는 야외 레스토랑인 마퀴(mar-quis)에서 쉽게 찾을 수 있다. 마퀴에서 일반적으로 기름에 볶아 물에 익히 닭 요리와 생선을 아띠에케 등과 함께 먹는다

바또 브레이즈 Gbato Braise

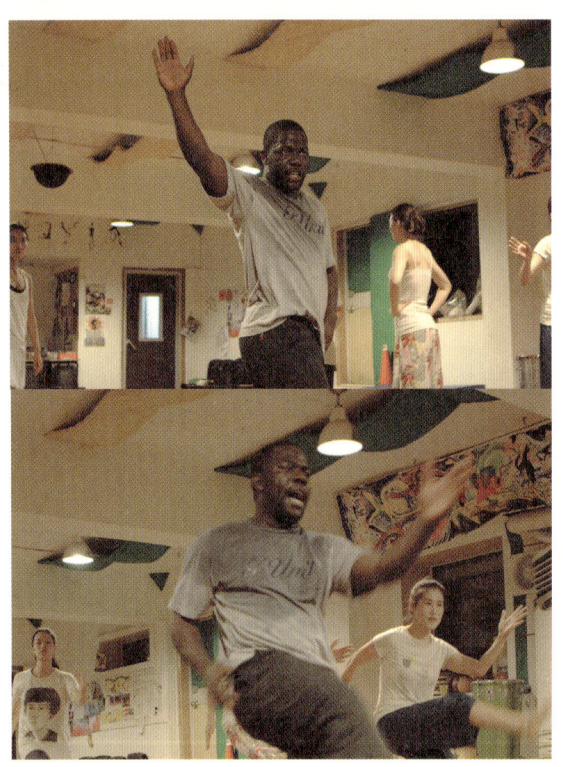

그걸 가능하게 해 줄 매개체죠. 오십 가지가 넘는 아프리카 춤의 이름을 한국말로 다 만들어보고 싶기도 해요.

계속 서울 생활을 하실 계획이신가요?

　사무엘이 한국 유치원에 다녀요. 이제 4일 됐죠. 당분간은 코트디부아르에 가지 않고 사무엘 교육을 위해서라도 이곳에 있을 것 같아요. 최소 2~3년은 더 계획하고 있어요. 뭔가 이루고 나면 다시 코트디부아르, 고향으로 가겠죠.

여기서 춤을 가르치고 공연을 하면서 저도 많은 것을 배우고 있어요. 먼 목표지만 언젠가 우리나라로 돌아가서 작은 댄스 스쿨을 만들어 전문 댄서를 양성하고 싶어요. 그래서 코트디부아르 사람들에게 한국 사람들이 어떤 사람들인지, 또 그들은 어떻게 춤을 가르치는지 그런 것들을 알리고 싶습니다. 그게 제 꿈이예요. ●

바또 브레이즈 Gbato Braise

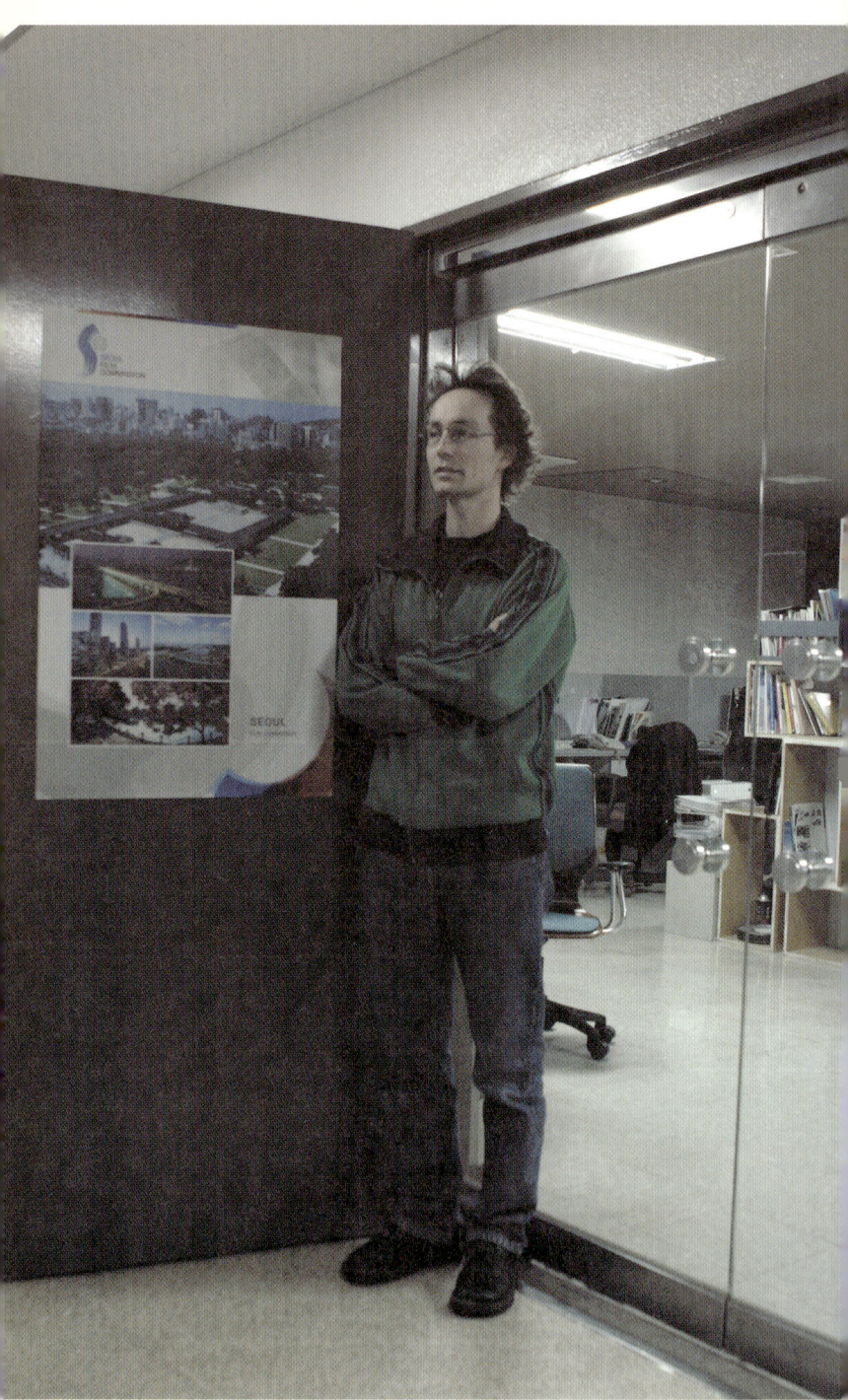

"종로를 걸으며 도시의 상식을 묻는다", 동유럽 신사

마크 시그문드 Mark Siegmund

마크 시그문드는 서울영상위원회에서 해외사업을 담당하고 있다. 그는 서울영상위원회와 해외 제작자, 감독들 사이를 잇는 다리와 같은 역할을 한다. 직업적으로 서울은 그에게 있어 탐구의 대상이다. 그러나 서울 생활 4년차, 누가 물어보면 언제나 "서울 사람이에요"라고 대답하는 그는 직업때문에만 서울에 거주하는 것이 아니다. 서울은 로케이션 장소로 화면에 존재하는 박제된 도시가 아닌 함께 어우러져 사는 살아 숨쉬는 공간이다. 그래서 그는 한 사람의 시민으로 서울이란 도시에 호기심의 창구를 열어 둔다. 그 창구의 크기는 얼핏 상상했던 것보다 훨씬 넓고 깊다.

그는 녹록한 사람이 아니다. 인터뷰 요청을 하자 그는 대뜸 서울이 트렌디한 도시로 소개되는 것에 대한 반감을 드러냈다. 다양한 나라의 사람들이 함께 거주하는 메트로폴리탄 서울은 단순히 문화적인 흥미로만이 아닌 생의 터전으로서 기능을 해내고 있다는 것을 강조했다. 해외 노동자들의 문제, MB정권에 대한 비판 등 정치, 경제, 사회, 문화 전반을 아우르는 그의 해박한 지식은 서울에 살고 있는 토박이조차 옴짝 못하게 하는 예리한 시선으로 점철된다. 그가 조목조목 짚어낸 서울의 숨은 매력을 찾아본다.

보문시장, 고갈비집, 낙원상가
서울의 **참모습**이죠.

자전거를 타고 오셨네요?

자전거로 출퇴근해요. 집에서 충무로 2가 회사까지 자전거로 한 10분 정도 걸려요. 가까운 거리지만 차로는 정체 때문에 30~40분이나 걸리죠.

서울은 자전거 전용도로가 잘 정비되지 않아 자전거 타기에 위험하다고들 하잖아요.

처음엔 무섭더라고요. 그래서 뒷골목에서만 탔어요. 그런데 조심해서 타니까 괜찮아요. 한강까지 자전거 길이 있어요. 홍대에 약속 있을 때도 자전거 타고 가요. 제 고향이 독일 라이프치히인데 그곳에서는 어릴 때부터 자전거가 주요 교통수단이었어요. 운동도 되고 좋죠. 겨울에 땅이 얼었을 때를 제외하곤 거의 매일 타요. 언덕이 없어 땀이 별로 안 나니 무더운 여름에도 탈 수 있죠.

뵙기가 힘들었어요. 인터뷰를 여러 차례 거절하셨잖아요.

한국에 거주하는 외국인의 참 모습을 보여주는 것이 쉽지 않은 일이라 생각했어요. 특히 최근 나온 트렌디한 책들을 보면 외국인들이 한국에 와서 즐기는 것들만 소개해주죠. 그렇지만 외국인 거주자들 중에는 좋은 환경에서 사는 이들보다 이주노동자 같은 어려운 상황에서 살고 있는 사람들이 더 많아요. 제대로 된 외국인들의 모습을 담으려면 이들까지 끌어안아야 해요. 그래서 인터뷰를 거절했는데, 지금은 인터뷰를 하면서 이런 이야기를 다 원없이 하는 게 낫다고 판단했어요.

편하신 곳에서 만나자 했더니 약속 장소로 인사동을 택하셨어요.

　　인사동은 괜찮은 편이지만 제가 매력을 느끼는 동네는 아니예요. 관광객들이 오면 으레 찾는 관광지이지 진짜 서울의 모습은 아니죠. 제가 잘 알고 자주 찾는 곳은 인사동에서 조금 벗어나야 해요. 인사동은 누구나 다 아니까 약속 장소로 잡고 거기서 옮겨가는 거죠. 지금 이 숯불구이집(인터뷰를 한 곳은 고기구이집들이 늘어선 종로 뒷골목이었다)이나 허리우드 극장 근처의 족발집, 골목에 있는 포장마차 같은 곳들을 주로 찾죠. 보문시장 가 보셨어요? 아주 놀라운 곳이죠. 한국 전쟁 직후 같은 분위기가 아직도 남아 있고, 어둡고 무너질 것 같은 느낌이에요. 〈매드맥스〉같은 영화도 찍을 수 있을 정도로. 재개발되기 전에 꼭 가봐야 해요. 그리고 동대문 닭한마리집도 최근에 알게 됐는데 아주 특별한 분위기라 좋아해요.

대단하세요. 서울에 삼십 년 넘게 산 저도 모르는 곳을 더 많이 아세요. 단골집도 많겠네요.

　　2000년부터 고갈비집에 가곤 했는데 서울에 살게 되면서는 단골이 됐어요. 영화 〈오! 수정〉을 보고 너무 좋아서 마침 그 영화랑 관련이 있던 여자친구에게 물어서 찾게 됐죠. 40년 된 전통의 집이예요. 매달 한두 번은 가는데 가면 "깎아주세요"라고 해요. 참, 고갈비집 주인이 우리 동네 살아요. 2007년 봄에 화재가 나서 리뉴얼을 했는데, 리뉴얼하기 전이 더 분위기는 좋았지만 지금도 그래도 괜찮아요. 해외에서 손님이 오거나 친구들이 오면 이 곳은 꼭 데리고 가요. 스타벅스와는 완전히 다른 공간이죠. 거긴 젊은 여성들 밖에 없어요. 취향이 없는 공간이죠. 여길 보면(허리우드 극장 근처의 족발집) 역시 다들 나이든 아저씨들 밖에 없죠. 그런데 고갈비 집은 달라요. 학생부터 아저씨까지 다양한 연령대의 사람들이 찾아요.

마크 시그문드 Mark Siegmund

서울 생활의 계기가 된 **부산국제영화제**

한국에서 영화로케이션과 관련된 업무를 한다고 들었어요.

　　　서울영상위원회 해외사업팀에서 일하고 있어요. 해외사업팀은 100% 로케이션 담당하는 업무가 아니라 로케이션팀과 협업해서 외국과 서울을 연결하는 업무예요. 서울에서 영상물을 찍으라고 유치하는 일이죠. 2007년부터 생긴 부서인데 해외 마케팅, 로케이션 스카우팅도 포함되어 있어요. 전 일종의 컨텍 포인트예요. 해외 제작자가 서울에 와서 영화를 찍고 싶으면 저를 거쳐야 하죠. 기획 서류, 지원 신청서 모두 제가 접수 받아요. 팀장, 국장을 거쳐 심사가 끝나면 지원 여부가 결정 나죠. 작년에 5편정도 지원했고 지금 개발 중인 프로젝트도 많아요. 처음엔 저 밖에 없어 제가 팀장이자 팀원이었죠. 올해부터 팀장이 오면서 팀원이 됐어요.

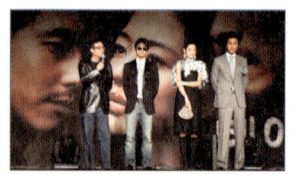

*부산국제영화제
벌써 14회 째다. 남포동과 해운대 바닷가에서 시작한 조촐한 축제가 어느새 세계인의 영화축제가 되었다. 깐느, 베를린, 베니스 등 세계 유수의 영화제들이 영화인들을 위한 잔치라면, 부산국제영화제는 관객과 영화인이 하나가 되는 진정한 축제로서의 역할을 해낸다. 한국영화를 세계속에 알린 첨병 역할을 했으며, 이제는 아시아 영화의 허브로서의 역할까지 충실히 수행해낸다. 해마다 10월이 되면 부산영화제가 열리는 해운대는 스타들과 관객들의 발길로 북적거린다

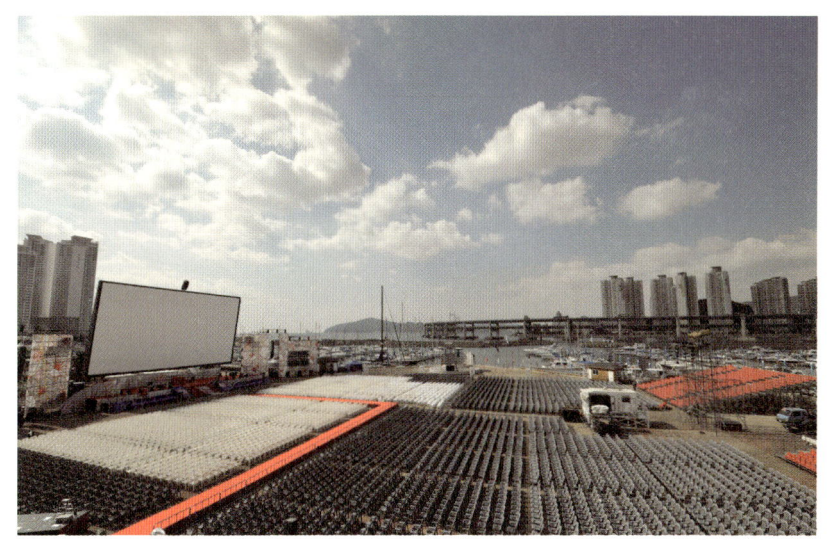

© 손홍주

독일 출신이세요. 원래 영화 관련 일을 하셨어요?

　　라이프치히 출신인데 그곳 시네마테크 사무국장으로 일했어요. 거긴 규모도 작고 한국처럼 영화 관객이 많지도 않아요. 저 포함 5명이 일했는데 디자이너 한 명, 영사기사 두 명, 프로그래머 한 명이었습니다. 저는 프로그래머일 외에 시와 협의, 홍보, 영사기사, 심지어 청소까지 멀티플레이어로 일했습니다. 일은 굉장히 재미있었지만 수입은 적었고 시네마테크 예산도 많지 않았죠.

독일 같은 경우 시네마테크가 활성화 되었을 거라고 생각하는데요.

　　네, 맞습니다. 전국에 130개가 있다고 해요. 베를린 같은 큰 도시의 경우는 시네마테크가 서베를린, 동베를린에 각각 하나씩 있고 아트하우스도 여럿 있죠. 인터나시오날 같은 특별한 분위기의 극장도 있어요. 인터나시오날은 여전히 사회주의 시절의 엄숙한 분위기를 지금도 그대로 간직하고 있어요. 서울의 시네마테크가 일년에 몇 백 편 정도 상영한다면 인터나시오날은 서울보다 더 많이 상영해요. 2개관에서 매달 100편 정도죠. 반면에 라이프치히 같은 경우 한 달에 20편 내외 정

마크 시그문드 Mark Siegmund

도밖에 상영하지 않았어요. 작은 독립영화, 다른 나라의 특이한 영화들을 주로 상영했죠. 소도시다보니 베를린에서 그냥 프린트만 주고 상영하는 경우도 많았어요.

라이프치히 시네마테크에서 한국영화도 상영했나요?

동아시아 영화에 특히 관심이 많았어요. 홍상수 감독의 〈돼지가 우물에 빠진 날〉도 처음 거기서 알게 됐어요. 96년부터는 대만이나 일본 영화에 매력을 느꼈어요. 이와이지의 〈피크닉〉 같은 영화도 인상적이었는데 이런 영화들을 보는 독일 관람객들은 거의 없었죠. 베트남 특별전, 90년대 대만영화 특별전, 싱가폴 특별전 같은 영화를 보면서 동아시아의 존재를 알게 된 거죠. 이치가와 준의 〈도쿄야곡〉을 보면서 갑자기 동아시아에 가고 싶다는 마음이 생겼어요.

그럼 여행을 위해 그 곳을 그만 두신 건가요?

아니오. 시네마테크에서 일하기 전인 92년에 동유럽, 파키스탄, 인도 등 세계여행은 이미 했었어요. 그보다 새로운 일을 해 보고 싶어서였죠. 2002년부터 시에서 나오는 시네마테크 지원금이 줄어들었어요. 태어난 곳이었지만 거기서 계속 살까 하는 고민이 생기기 시작했죠. 시쪽 사람들과는 거의 대화가 불가능한 수준이었어요. 이게 왜 중요한 일인지 하나부터 열까지 가르쳐 주고 설명해 줘야 하는 거죠. 7년을 일했는데 스스로 더 이상 발전이 없더라고요. 매번 똑같은 일이니까요. 그리고 내가 그렇게 오래 한 곳에서 일했다면 그곳 입장에서도 물갈이가 필요하다고 생각했어요. 젊은 사람들이 들어와서 새 바람을 일으켜 줘야 했죠. 그래서 그만 뒀어요.

영상위원회에서 때마침 스카우트 제의가 들어왔나 보죠.

아니요. 그렇지 않아요. 처음엔 부산국제영화제* 에 참석 차 한국에 오게 됐어요. 전 시네마테크 일을 하다보니 출장을 많이 다닌 편이었어요. 98년에 일본특별전이 있었는데 그때 일본에서 오래 살던 독일

큐레이터를 만났어요. 극장 예산을 아낄 겸 그분을 호텔 대신 우리 집에 초대했고 친해지면서 그 분을 통해서 일본에도 가고 평양도 가게 되었어요. 사실 그때까진 한국보다 일본에 대한 호기심이 더 컸어요. 그런데 베를린 영화제에서 김기영 특별전을 비롯해서 〈접속〉도 보고 〈낮은 목소리〉도 보고 봤어요. 그때 큐레이터가 그러더라고요. 좋은 영화제 가고 싶으면 부산국제영화제 한 번 가보라고요. 그 말을 듣고 99년 10월에 부산엘 왔죠. 베를린에서 모스코바 거쳐서 서울까지 먼 여행이었어요. 힘들여 왔으니 한 달은 있다 가자는 생각으로 왔죠. 서울 도착하자마자 속초, 설악산, 경주 갔다가 부산국제영화제에 게스트로 참석했어요. 영화제 초창기여서 해외 게스트가 100명 정도 밖에 없었어요. 매일 밤마다 파티하고 사람들 만나고 분위기가 너무 좋더라고요.

그때 한국에 반하신 거군요.

사실 한국에 반했다기보다 사람에게 반했죠. 영화제에서 일하던 한국인을 한 명 알게 됐어요.(웃음) 다른 게스트들과 함께 노래방을 처음 데려가 주었는데 거기서 만났어요. 영화제 끝나고 나서 저는 혼자 일본을 갔다가 돌아와 지리산 여행도 하고 다시 부산으로 그녀를 만나러 갔죠. 그 사람이 여자 친구가 되고 지금의 아내가 됐죠. 당시 한국어는 비행기에서 잠깐 익힌 "맥주 주세요" 정도였으니 영어로 소통할 수밖에요. 부산에서 그녀를 만나고, 독일로 돌아갔죠. 그런데 한 달 후에 아버지 덕분에 중국에서 만나 함께 여행을 했어요. 99년부터 2004년까지 장거리 연애를 했어요. 서울과 독일을 오가고 영화제를 빌미로도 만나고.

그럼 영화 때문이 아니라 여자친구 때문에 서울 행을 감행하신 거군요(웃음). 언제부터 서울에 정착하신 건가요?

2003년 여름에 한국으로 가자 결정을 했어요. 처음엔 영화제 관련 일들을 조금씩 했어요. 2005년엔 리얼판타스틱영화제에서 동유럽영화기획을 했고, 독일 가서 한국영화 특별전 일도 하고요. 한국에서

마크 시그문드 Mark Siegmund

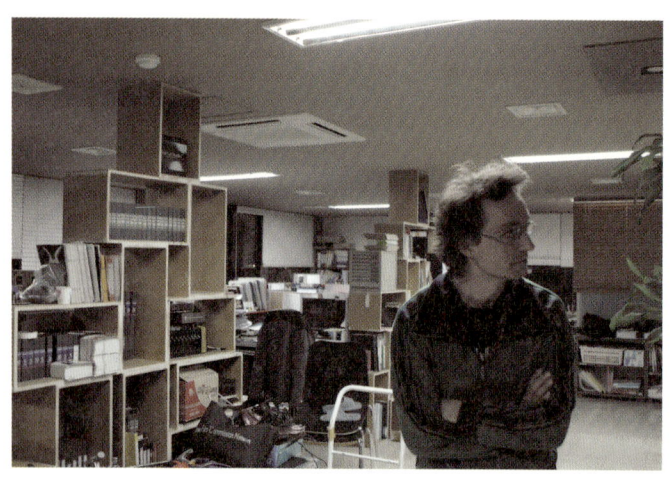

출퇴근하는 일을 하기 시작한 건 2006년 부산국제영화제에서였어요. 아시안필름마켓에서 3개월간 외신 담당 일을 했어요. 외국인이라 상대적으로 여유가 있는 편이었죠.

지방생활부터 경험하신 거군요. 그럼 서울영상위원회에서는 어떻게 일하시게 된 건가요?

신혼여행을 좀 오래갔었어요. 3개월 간 아르헨티나 여행이요. 아내는 부산영화제 끝내고 새 직장에 다니기 전에 시간적으로 여유가 있었고, 저는 그 기간에 아예 일을 안 찾기로 합의 봤어요. 가기 전에 영상위원회에 지원서를 냈어요. 사실 비밀인데 면접 보러 오라는 이메일이 왔는데 인터넷이 안 된다는 핑계로 대답을 안했어요. 그땐 제게 여행이 가장 중요한 일이라 거절할 마음도 있었어요. 그리고 팀장이라는 직책에 대한 부담도 크더라고요. 그런데 여행을 마치고 3월 초에 갔는데 영상위 쪽에서 그때 면접을 보러 와도 좋다고 하더라고요. 여행하면서 3개월 동안 한국말을 거의 안 해서 한국어도 좀 많이 잊어버렸을 때였는데 다행히 합격했죠.

'ㅔ'와 'ㅐ', 'ㅢ' 차이

전형적인 한국 직장이잖아요. 한국인들도 관공서하면 왠지 갑갑하다는 느낌을 받는데 그런 고충은 없던가요?

처음엔 동료들이랑 싸우기도 했어요. 아니다 싶으면 "아니다", "쓰레기다" 이런 말도 서슴지 않고 했어요. 전 영화를 만들려는 사람 입장에서 될 수 있으면 지원하자는 마음이 컸는데 그런 게 뜻대로 안될 때도 있거든요. 독일사람 스타일은 '네' 면 '네' 고 '아니오' 면 '아니요' 예요. '글쎄요'가 없어요. 처음에는 한국적인 사고방식을 몰라서 이해를 못하겠더라고요. 지금은 한국 스타일로 동화된 편이예요. 100% 독일식 고집을 부리면 한국에서는 힘들겠더라고요.

실질적으로도 외국인이라서 겪는 업무상의 어려움이 있을 것 같아요.

외국인이라 역시 의사소통은 좀 어려운 편이죠. 회의 때 위원장님 말씀이나 심사 때 못 알아듣는 날도 많아요. 또 관공서라 기획서, 공문서 같은 서류작업이 굉장히 많아요. 백퍼센트 이해하려니 쉽지가 않았어요.

중요한 건 지원기관이니 지원을 많이 할 수 있게 해줘야 한다는 거예요. 규칙의 나라인 독일과 달리 한국은 이런 부분에 있어 아직까지 건마다 적용되는 기준들이 달라요. 그 조절을 잘 해야죠.

급여수준이나 복지정책도 유럽과는 차이가 많을 텐데요.

사실 독일도 문화관련 일이 그리 월급이 많은 편은 아니예요. 그런데 휴가만큼은 한국보다 많죠. 전 작년에 12일이었다가 15일로 늘었어요. 독일과 비교해보면 턱없는 수준이죠. 게다가 일 년에 한 번은 독일 집에 가야하니 휴가가 많이 부족하죠.

마크 시그문드 Mark Siegmund

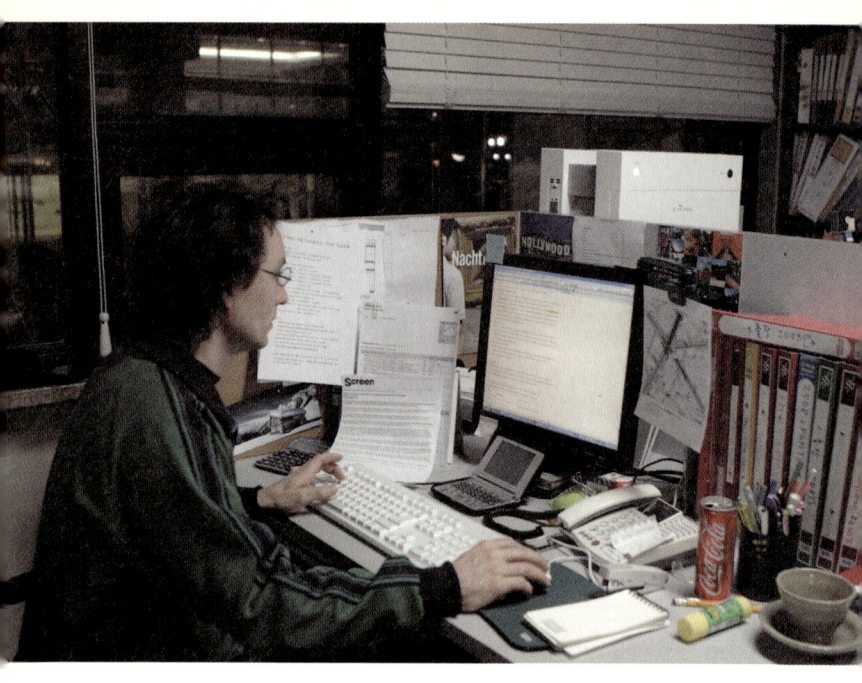

동료들과의 관계도 궁금해요. 일종의 융화에 있어서 힘든 점은 없나요?

독일도 뒤에서 남을 험담할 때가 있어요. 그런데 우리 사무실은 그런 분위기가 없어서 좋아요. 미팅이 있을 때를 제외하곤 반바지에 슬리퍼 차림도 허용돼요. 출근 시간도 9시지만 약간의 지각은 용납되죠 (웃음). 최근에는 회식으로 볼링을 하러 가기도 했어요.

회의 때 어려운 단어는 못 알아듣는다고 하시지만 일상 소통에는 전혀 문제가 없을 정도로 한국어를 완벽하게 하세요.

보통 서울에 오래 산 외국인들도 한국어를 배우지 않고 영어로만 소통하는 경우가 많아요. 한국어가 배워도 별로 실용적이지 않아 배우지 않는다는 말도 하더라고요. 배우기를 기피하는 게 아니라 너무 어려워서 못 배우는 거예요. 유럽 사람의 경우에는 외국어로 영어나 불어나 스페인어를 한 달만 배워도 기본 회화가 가능한데 한국어는 그게 불가능해요. 글씨 쓰는 건 쉽지만 발음이 너무 어려워요. 'ㅔ'와 'ㅐ', 'ㅢ'

차이를 아세요? 그걸 구별하는 건 거의 불가능해요. 다 외우는 수밖에 없죠. 일본인들은 어원이 비슷해서 좀 낫죠. 전 도서관에서 6~7시간을 공부해도 어원을 모르니 그냥 무조건 외웠어요. 독일 사람의 입장에서 봤을 때 한국어 문법은 참 이해하기 어려워요. 영어권은 어려운 단어일 수록 어원이 같아서 쉬워져요. 만약 내가 독일에서 한국어를 배웠다면 십년이 지나도 한국어를 못했을 거 같아요. 듣고 말하고, 듣고 말하고의 과정이 꾸준히 병행되어야 해요.

특별한 교습법이 있었나요?

서울에서 살기로 결심한 이상 이곳이 영어권이 아니니 한국어를 배워야 살 수 있다는 생각을 했어요. 처음엔 문제가 많았어요. 한국 사람이니 교사들이 모두 한국어는 하지만 제대로 된 교습법은 없었어요. 게다가 어학당 수업료도 진짜 비싸요. 독일에서 독일어를 배우면 이렇게 돈이 많이 들지 않아요. 처음 연대 어학당을 다녔는데 54년도에 출판한 책을 그대로 쓰더라고요. 게다가 평소에 실생활에서는 쓰지도 않는 단어가 실려 있었어요. 선생님도 열의가 없고 몇몇 재미교포 학생들은 배우려는 의지가 없고요. 2005년에 서강대 어학원에 가서 3급부터 다시 한국어를 공부했어요. 그때 많이 배웠죠. 연대와 서강대 합쳐서 1년 반 동안 마지막 6급까지 수료했어요.

한국은 영어 교육에 혈안이 되 있는 편이죠.

한국인들이 영어를 못하는 건 가르치는 방법이 잘못되서라고 생각해요. 영어 교육에 관한 한 낭비가 많은 나라죠. 호주나 미국, 캐나다에서 온 영어 선생님들이 과연 제대로 교육을 할 자격이 있는 사람들인지 의심이 들어요. 제대로 교육을 할 수 있는 사람과 영어를 쓰는 사람은 다른 거죠. 전 영어를 다 커서 배웠어요. 물론 같은 어족이니 좀 쉬운 편이긴 했죠. 그렇지만 한국 사람들이 영어 때문에 혀 수술까지 한다는 얘기를 들으면 아연실색할 지경이에요. 실용적으로 쓸 수 있는 영어를 가르친다면 굳이 조기유학 보내고, 혀 수술을 하는 말두 안 되는 방법을 쓰지 않아도 되는 거죠.

마크 시그문드 Mark Siegmund

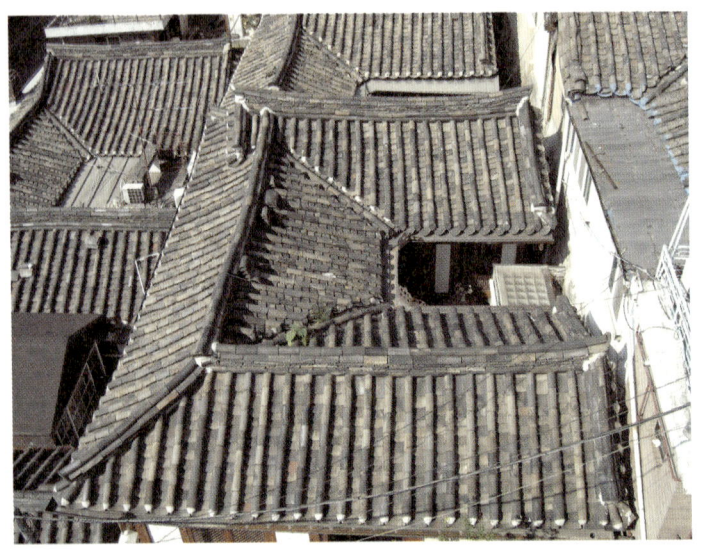

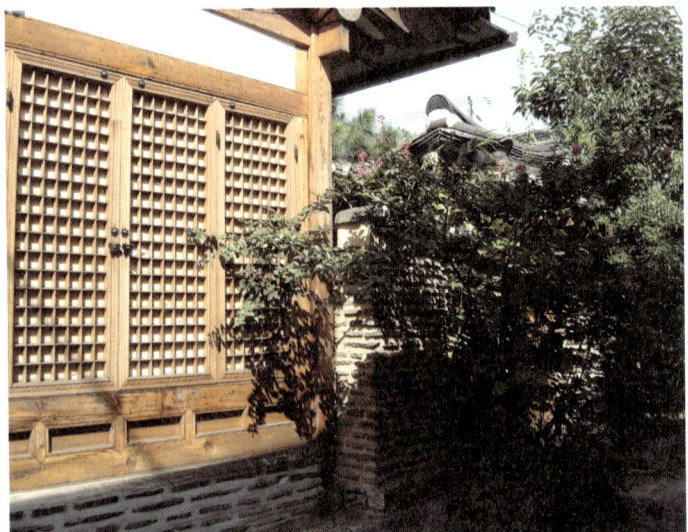

북촌

북촌 한옥 마을은 경복궁과 창덕궁, 종묘 사이에 위치한 지역으로 몇 안 되는 예전 서울의 모습을 간직하고 있는 곳이다. 전에는 고위관직에 있던 사람들이 거주하는 고급주거지여서 오래된 한옥들이 늘어서 있다. 서울 600년의 역사를 느낄 수 있는 골목골목들을 산책하기 좋다.

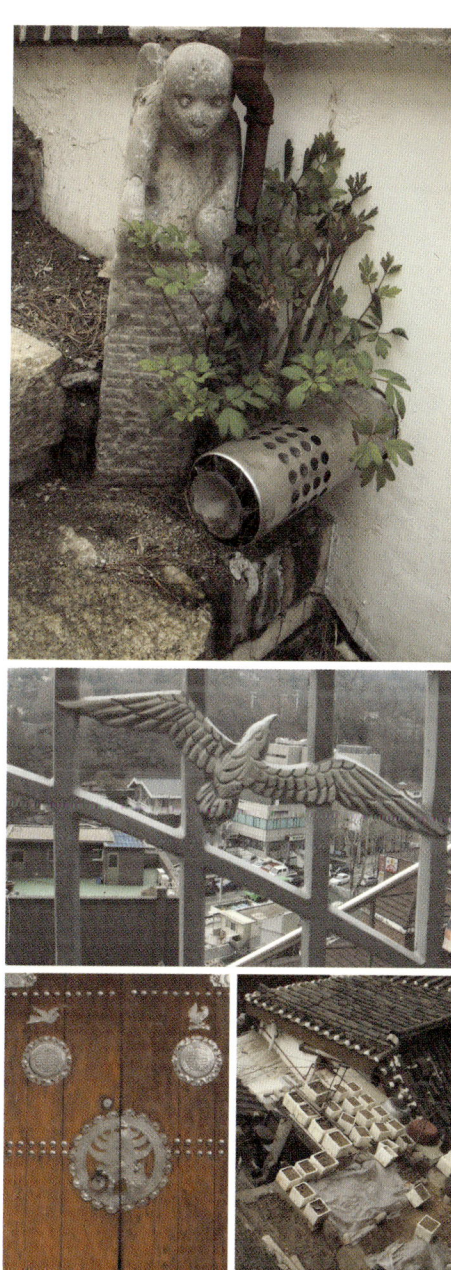

마크 시그문드 Mark Siegmund

결혼은 한국 스타일,
생활은 독일 스타일

서울 정착기가 궁금해요. 본격적으로 직장을 다니기 이전에도 이미 서울에서 생활을 하셨나요?

처음엔 서울 생활 테스트를 했어요. 2000년에 두 달 휴가를 받아서 7월에서 8월까지 여자친구의 상계동 아파트에서 살았어요. 한국어 강좌 여름 코스에도 등록하고요. 그런데 친구도 없지, 상계동은 시내와도 너무 멀지, 이 나라에선 도저히 못살겠다 싶더라고요. 서울이란 곳의 매력을 전혀 느끼지 못했어요. 경복궁은 알아도 북촌은 모를 때였으니까요. 도저히 이런 아파트에서는 못산다 싶어서 여자친구와 같이 집을 알아본 끝에 성북동으로 이사 갔어요.

성북동은 좀 괜찮던가요? 아무래도 상계동 아파트촌보다는 정취가 있는 동네인데요.

다행히 시골집처럼 조그만 마당이 있는 집을 구했어요. 집 뒤로는 절과 밭이 있어서 거기서 야채도 길렀어요. 주인은 80이 넘으신 노부부였는데, 할아버지가 영어를 할 수 있어서 의사소통도 가능했고요. 액자, 램프 같은 걸 독일에서 가져와서 내부 인테리어를 하고 황학동에서 옛날 가구들도 샀어요.

독일과 서울의 집이 많이 다른가 봐요.

서울 와서 다른 사람들 집을 가봤는데 독일과는 딴판이었어요. 독일에는 집에 대한 집착이 굉장히 커요. 어디서 사는지, 어떤 집에서 사는지가 굉장히 중요한 거죠. '편하다'는 느낌인데, '내가 이 집에서 살고 싶다'라는 안정감이나 따뜻함이에요. 그런 것들이 독일 집들의 특징이고 그런 느낌이 없으면 잠깐도 살 수가 없어요. 그런데 한국 집에는 그런 게 없더라고요. 한국은 편리하거나 기능적인 것을 중시하는 것 같아요.

지금은 북촌에서 사신다고 들었는데 그런 불만이 좀 해소되지 않았나요? 북촌 한옥마을은 서울에서도 얼마 없는 특이한 공간이죠. 공기도 좋고 조용해서 모두 살고 싶어 하는 동네예요.

운이 좋아서 이곳에 살게 됐어요. 집은 작지만 분위기도 좋고 잘 지은 집이예요. 창 밖으로 인왕산이 보이고 뒤는 중앙고등학교예요. 말하자면 뇌를 써서 지은 집이죠. 서울엔 그렇지 않은 집이 너무 많아요. 옛날 풍수지리도 다 무시하고 짓는데다 다닥다닥 붙어 있는 집들을 보면 건축가가 술을 마시고 지었거나, 그냥 기술자일 뿐이라는 생각이 들어요.

집값은 어떤가요? 다른 도시들과 비교했을 때 어떤 편인가요?

지금 살고 있는 집은 12평인데 3,000만 원에 월 40만 원이었다가 올해 50만 원으로 올랐어요. 뉴욕이나 런던, 파리 같은 도시들과 비교해보면 이 정도는 괜찮은 편이예요. 보증금이 좀 비싼 편이죠. 보증금 시스템이 있는 곳은 거의 한국 밖에 없는 것 같아요. 독일은 보증금이 거의 없어요. 라이프치히에 살던 70평 넘는 집의 경우 보증금이 1500유로(270만원) 정도예요.

지금 사시는 곳은 그럼 결혼 하시고 얻으신 건가요?

사실 혼인 신고는 2006년 1월에 성북구청에서 했어요. 지금 사는 곳은 같은 해 3월에 들어왔고요. 그런데 독일은 신고 자체가 하나의 행사예요. 결혼식보다 더 중요하죠. 시청 안에 있는 아주 멋진 방에서 친구들도 참석해서 신랑 신부가 반지 주고받고 키스도 하고 그래요. 그리고 끝나면 모두 식당으로 가서 파티를 해요. 교회에서 결혼식은 그저 행사지 사실 뜻은 없어요. 시청의 서류 절차가 중요한 거죠. 2006년 10

마크 시그문드 Mark Siegmund

월 말에 결혼식을 했는데, 부산국제영화제가 금요일에 끝나고 그 주 일요일이었어요. 결혼식은 운현궁에서 전통혼례로 올렸어요.

특이한 경우네요. 전통혼례는 한국 사람들도 거의 안하죠.

전 전통혼례가 훨씬 멋있다고 생각해요. 한국 와서 결혼식에 많이 참석했는데 한국 사람들이 전통혼례를 두고 서양식 결혼식을 하는 게 아주 이상했어요. 예식장도 멋이 없고 서양음식은 또 뭐예요? 왜 서양식을 따라하나요? 꼭 공장 같더라고요. 전 부조금 같은 거 많이 받을 필요 없으니까 하객도 조촐하게 초대했어요. 독일의 제 가족들도 오시고, 아르헨티나, 핀란드, 일본 등에 있는 친구들도 오고, 영화하는 분들도 참석하셨어요. 결혼식 끝나고 음식은 현대본사 옆 한정식 집에서 갈비탕 한 그릇으로 가볍게 준비했어요. 음식점이 오래된 한옥집이었는데 결혼식 분위기를 멋스럽게 살려주는 거 같았어요.

국제결혼이 늘고 있어요. 사고방식의 차이도 결혼생활에 영향을 미칠 것 같아요.

결혼생활을 한국 스타일로 안하죠. 가령 점심 뭐 먹냐 전화를 하거나, 퇴근 언제 하나, 어딨냐 이런 걸 안 물어보죠. 질투를 안한다고나 할까요. 서로 뭐 할지 자연스럽게 협의하고, 누구를 만났는지 특별히 관심이 없어요. 아내가 영화 쪽 문어발이라 가끔 행사장에서 같이 사람을 만나기도 해요. 그렇지만 오늘 누굴 만나는지 반드시 알아야겠다는 건 아니예요. 사무실 직원 중에 결혼한 사람이 있는데 서로 계속 확인을 하더라고요. 전 그런 부분은 부부라고 해도 내가 신경 쓸 일 아니라 생각해요. 이건 유럽 스타일이 아니라 내 스타일이기도 해요. 그렇지만 한국은 좀 심한 편이예요. 믿음이 없어서 그런 게 아닐까요?

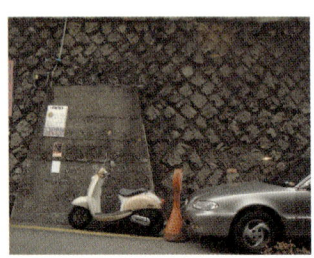

서울은

항상

공사 중

서울이라는 도시에 대한 마크 씨의 의견을 듣고 싶어요. 외국인이 보는 서울이라는 것보다, 로케이션 업무를 하는 직업인으로서도 이 도시에 대한 이해가 깊을 거 같아요.

사실 일 이외에도 여러 곳을 찾아 다녀요. 개인적인 흥미와 관심 때문이죠. 로케이션 스카우팅 일을 개인적으로도 하는 셈이예요. 서울은 매일매일 바뀌니까. 개발이 너무 잦아 다음에 가면 없어졌을 지도 모를 일이예요. 그래서 종로만큼은 우리 동네라고 생각해서 항상 뭐가 있는지 알려고 노력해요. 이쪽은 특히 일반 아저씨부터 동성애자까지 다양한 사람들이 몰려들어서 좋아요. 물론 오늘 아침에도 좋아하는 집이 갑자기 없어졌어요. 가히 뉴타운 재앙이예요. 이런 식으로 계속 하면 도시의 모습은 없어져요. 작은 길 다 없어지고 나면 여기가 도대체 어디가 되는 건가요? 이건 70년대 동유럽식 개발 방식인 것 같아요. 과거 동유럽이 그런 식의 개발 논리를 내세웠지만 결과적으로 지금 거기서 살고 싶어 하는 사람 없어요. 다 떠나는 거죠. 그 도시만의 스타일이 없으니까요.

맞아요. 꼭 필요한 곳을 재개발 한다기보다 나라 전체가 재개발에 혈안이 된 것 같아요.

종각에서 교보문고 사이에 있는 오피스텔 보셨어요? 전 그 건물은 범죄라고 생각해요. 주변과 아무런 상관없이 지은 건물이죠. 건설 마피아죠. 그곳은 종로예요. 무수한 사람들이 매일 지나다니는 곳이죠. 그래서 문제가 되는 거예요. 적어도 20년~30년간은 원하지 않아도 그 쓰레기 건물을 보면서 살아야 한다는 얘기예요. 청계천의 롯데캐슬도

마크 시그문드 Mark Siegmund

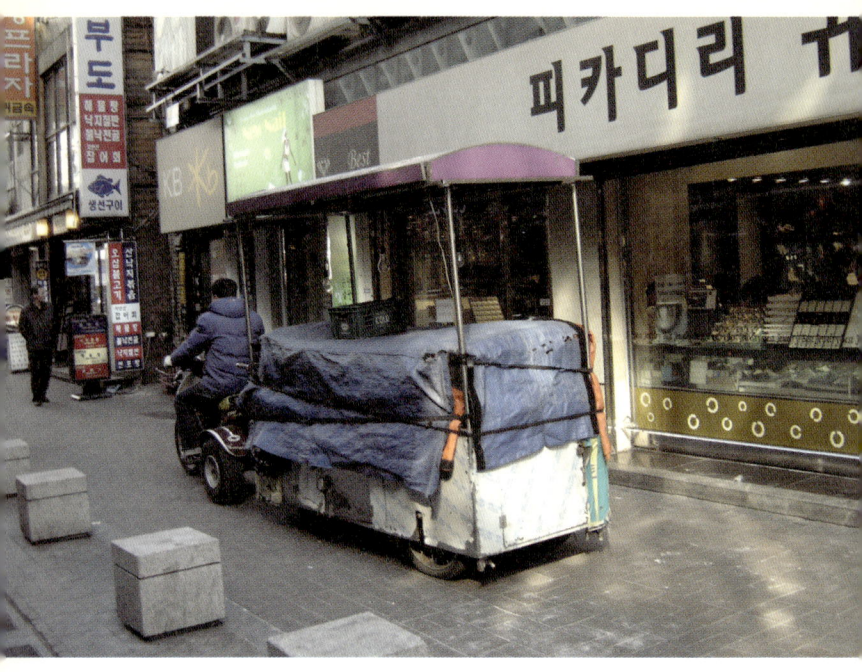

마찬가지예요. 독일은 도시건축위원회가 있어서 어느 정도 통제가 되는데 서울은 그런 의식이 전무한 것 같아요.

가히 절망적이네요.

　　도시가 넓으니까 다 없어지지는 않을 거라는 희망을 가져볼 뿐이죠. 오죽하면 경제가 무너지면 부동산 건설시장이 침체되어 재개발도 사라지지 않을까 하는 마음을 품기까지 해요(웃음). 일부 한국 사람들이 잘못 생각하고 있는 게 건축을 많이 하면 정부 경기가 좋아질 거라고 생각하는데 이건 완전히 틀린 생각이예요. 그냥 사람들의 노동이 필요한 일이 더 생길 뿐인 거죠. 건축을 통해서 경기를 부흥하게 하려는 건 머리를 쓰는 일과는 거리가 멀어요. 기술의 발전을 따라가려는 생각은 없이 건설과 개발에만 집중하죠. 땅이 있으면 고속도로를 만들고 좁은 도로도 4차선을 만들어버려요. 이건 사람이 아니라 차나 건설을 위한 촌스러운 개발 정책에 불과해요.

서울을 알리는 건 어려운 일이예요. 외국 사람들에게 서울에만 있는 곳을 알려줘야 하는데 서울은 특별한 건축물도 없고 매력도 없는 곳이죠. 특히 옛 모습이 많이 없어지고 있는데다 촬영 허가도 받기 힘들어요. 개인 건물이라 한 곳 한 곳 협의를 받아야 하는 거죠. 전 외국인이니 외국 사람의 입장을 잘 이해하고 있는데도 제 의견이 가끔 받아들여지지 않으면 어느 부분은 포기해야 해요.

마크 씨가 생각하기에 서울의 매력을 가장 잘 나타내 주는 공간은 어디인가요.

회사 사람 중에 국립박물관이나 상암동 같은 곳을 좋다고 하는 사람들이 있어요. 개인적인 생각으로 거긴 쓰레기예요. 하늘공원이나 서울숲이 좋은 공원이라고 하는데 전 그런 말을 들으면 웃음 밖에 안 나와요. 제가 생각하는 한국스런 건축 스타일은 종로 3가 일대, 보문 시장, 노량진 시장 같은 곳이예요. 종로에서 충무로까지 거리요. 제 기준에 의해 나누자면 인사동 서쪽은 재미없고 인사동 동쪽은 재미있죠. 강남은 저한테는 한국이 아니예요. 물론 잘 계획된 지역이고, 강북보다 잘 지은 건물들노 많아요. 그런데 ㄱ 체계 때문에 강남은 강북보다 못한 도시예요. 게다가 강남에서 실려면 지금 월급의 세 배는 받아야 하지 않을까요? 저도 가로수길에서 와인 마시고 싶을 때가 있어요. 그러다 메뉴판 가격 보면 "됐어, 난 강북 간다" 해요.

독일은 도시에 대한 개념이 서울과 다르다죠. 특히 매스컴에 소개되는 자연친화적인 독일의 도시들을 보고 있으면 부러운 생각이 들어요.

'녹청(Patina)' 이라고 아세요? 오래된 집에 있는 녹 같은 것을 말해요. 생활하면서 생긴 흔적들, 역사가 있는 곳을 좋아해요. 그래서 새 건물은 역사가 없어서 좋아하지 않는 편이예요. 한국은 잘못 지은 집이 너무 많아요. 역사를 읽을 수 있는 곳이 없죠. 직업적인 관점으로 봐도 서울은 이런 식으로 개발하면 십 년 뒤에는 아무 매력이 없는 도시가 될 거예요. 재미가 없어지는 서죠. 얼마 전 스카라 극장은 오래된 건물로 보호대상으로 지정하기 전에 주인에 의해서 허물어졌다고 들었어요. 건물을 돈벌이의 수단으로만 생각한 탓이 아닐까요? 독일은 오래된 건물에 대해서는 정부에서 지원을 받아요. 이게 한국과 유럽의 가장 큰 차이가 아닐까요. 독일, 프랑스, 이탈리아 같은 곳은 물적 유산에 대한 개념이 확실해요. 강하게 보호하려고 해요. 오래된 집을 없애면 집회를 하죠. 그들에게는 광우병만큼 이 문제가 중요해요. 미친 듯 집착하죠.

유럽은 옛것을 남기려고 하는데, 서울은 매일 공사 중이죠. 금방 건물이 생기고 또 금방 없어져요.

신혼여행하면서 부에노스아이레스에 갔을 때 그곳을 다니면서 그 나라로 이사 가고 싶은 생각이 들었어요. 집, 까페 모두 멋있는 곳 투성이더라고요. 유럽 사람들에게 그곳은 박물관 같은 도시예요. 심지어 백년 전 생긴 나무로 만든 지하철도 있더라고요. 천천히 가고 에어컨도 없고 시끄럽지만 분위기는 너무 좋았어요. 거긴 백 년 전 까페도 존재해요. 서울과 부에노스아이레스를 비교하자면 거기서 일이 생겼으면 바로 갔을 것 같아요.

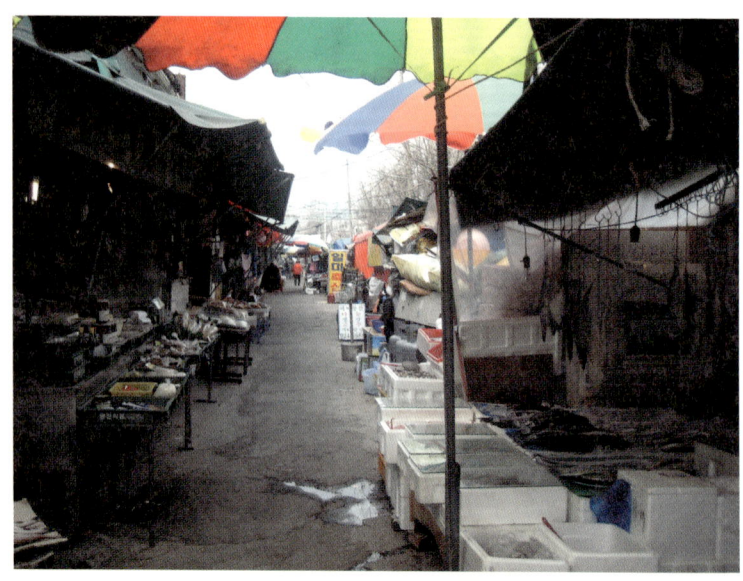

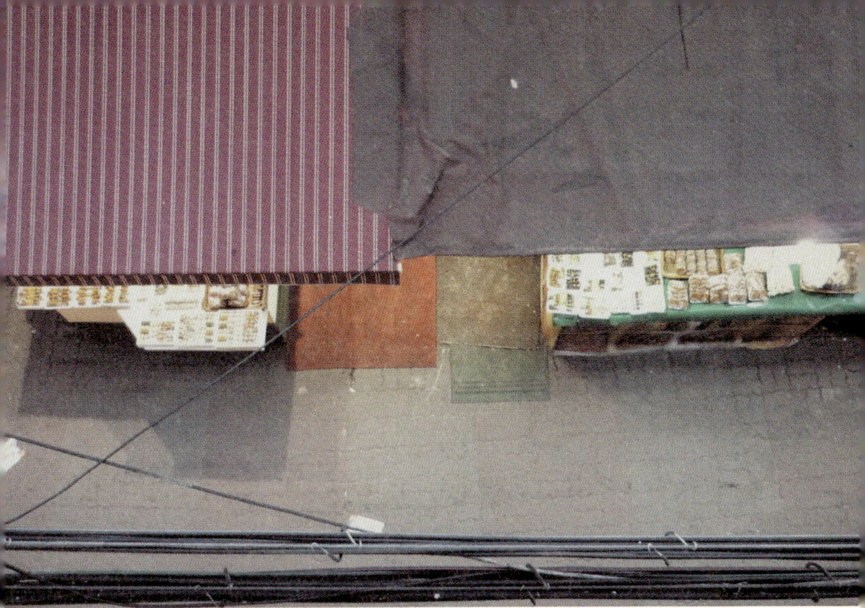

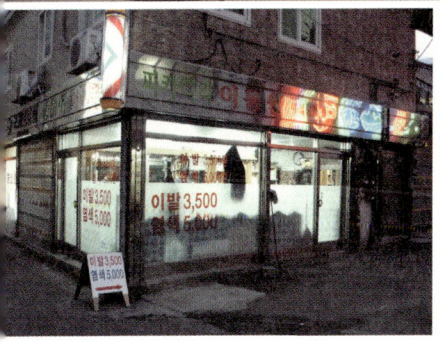

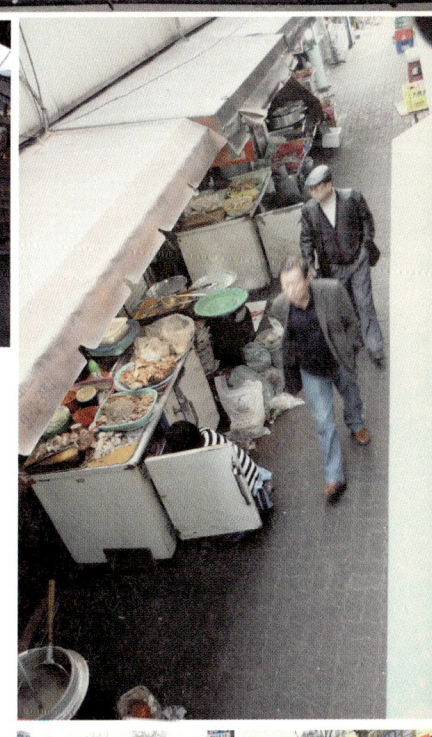

낙원동

낙원동 뒷골목은 대표적인 서민 거리다. 아직도
1500원짜리 순대국을 만날 수 있고, 길거리에서는
1000원 짜리 생필품들을 사고판다. 허름한 식당
한쪽 길에 내놓은 테이블에선 값싼 안주로 소주
한잔을 걸친다. 그렇게 낙원동은 사람들의 고단한
일상을 위로하며 깊어간다.

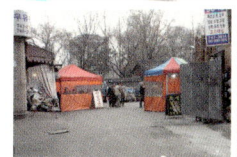

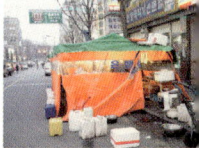

서울에서 **왔어요**

서울에서 오래 사시다 보니 이 사회의 불합리한 부분들도 많이 느끼실 것 같아요.

서울이라기보다 한국 전체의 문제인데 이 나라는 기술직에 대한 이해가 없어요. 대학 졸업 유무가 중요한 게 아니죠. 전 동유럽에서 자랐기 때문에 이런 대우는 굉장히 이상하다고 생각해요. 직업이나 학벌 유무에 따라 평가 받는 게 아니라 각자 모두 중요한 역할을 하고 있는 사람이에요. 좋은 대학 졸업한 사람이 왜 콧대가 높은지 이해가 안가요. 한국은 건설이나 기술 쪽 일하는 사람에 대한 교육이 거의 없다시피 해요. 독일은 가구 만드는 사람, 창문 만드는 사람, 옥상 만드는 사람 다 세분화 되어있어요. 2~3년 간 전문적으로 그 일을 배우고 자격증도 받아요. 절대 어느 일이 다른 일보다 낮거나 높다고 생각하지 않아요. 한국은 대학 이름이 최고예요. 물론 독일도 그런 게 중요하죠. 그렇지만 학교 다닐 때 공부를 잘 못해도 하수도 짓는 일을 열심히 배워 그 자격증으로 계속 전문적으로 일할 수 있는 구조예요. 대학교수보다 임금은 낮지만 하수구 관련 일을 하는 사람도 대가가 아주 적진 않은 거죠.

교육 문제에 민감하시겠어요. 자녀를 갖는다면 서울에서 교육을 시키실지 궁금해요. 정작 한국인들도 한국 교육이 문제라며 해외로 나갈 궁리를 하고 있어요.

저 역시 자식을 낳는다면 고등학교부터는 독일에서 교육시키고 싶어요. 독일은 교육비나 병원시설 같은 게 거의 공짜니까요. 그런데 사실 경제적인 것보다 정작 더 큰 문제는 너무 경쟁이 심하다는 거예요. 저는 어릴 때 학창시절이 편했어요. 아침부터 밤까지 여기 학생들처럼 공부하지 않았죠. 1시 30분 정도면 수업이 끝났고 이후는 맘대로 할 수 있었어요.

천국이 따로 없군요. 저 같은 경우 고등학생 시절에 밤 10시 50분까지 자율학습을 했어요. 고 3이 되면 꼬박 학교에 매어 있어야 했어요.

많이 놀면 그게 결국 자기개발이 되요. 독일도 고등학교 졸업장이 있어야 대학을 갈 수 있지만, 학교에서 배우는 것만 잘 따라가면 과외수업은 필요 없었어요. 제가 교육에서 중요하게 생각하는 건 "이거 해라", "저거 해라" 하는 강압은 안 된다는 거예요. 호기심과 상상력은 필수예요. 만약 그게 없다면 교육도 안 되는 거죠. 호기심이 있으면 상상력은 자연히 따라와요. 단 독일의 경우 대학을 들어가서 공부할 기회를 갖는 것은 비교적 쉽지만 실제로 학위를 따서 졸업하는 것은 엄격한 기준이 적용돼요. 들어가긴 쉬워도 대충 공부했다가는 졸업하기가 힘들죠. 한국은 입학은 어렵지만 대학을 들어가면 제대로 공부를 하지 않아도 학위를 따기 쉽지 않나요?

여행은 자주 하시는 편이세요?

일이 많아서 자주는 못가는 편이예요. 기차 노선이 많지 않아 차가 필요한데 차 타고 주말에 서울을 빠져나간다는 건 미친 짓이지요. 절대 안 해요. 최근엔 가끔 기평까지 청량리에서 기차를 타고 가곤 해요. 완행열차를 타고 1시간 30분 정도 길리죠. 속초에서 포항까지 가는 버스는 5시간 걸려요. 문제는 고속도로만 개발되고 철로는 너무 개발되지 않았다는 거예요. 하지만 차는 항상 막혀요. 집에서 가장 가까운 바다까지 가려면 차를 타고 적어도 3~4시간 걸리는데 그래서 갈 바에는 안 가죠.

한국 사람이 다 되신 것 같아요. 다 방면에 예리한 비판을 가하시는 군요.

맞아요. 회사에선 날 거의 한국 사람으로 대해줘요. 그래도 여전히 밖에서는 관광객이예요. 전 "한국말 하세요?" "어디에서 왔어요?"라는 질문이 제일 싫어요. 물론 저는 한국 사람은 아니지만 서울 사람이예요. 다른 지방을 여행 갔을 때 어디서 왔냐고 물어보면 "서울에서 왔어요"라고 해요. 일일이 실명해 수는 것도 곤혹스러우니까요. 아마 얼굴 때문에 항상 외국인 관광객으로 살겠죠. 나를 모르는 사람은 항상 나를 관광객이라 생각하니까요. 사실 좋으면 어떤 나라에서도 살 수 있겠죠. 그런데 결론은 어떤 나라도 장단점이 있다는 거예요. 그 좋은 아르헨티나도 우린 좋아했지만 여행 중 함께 했던 아르헨티나 친구는 그곳이 싫다고 하더군요. 다 그렇지 않겠어요(웃음)?

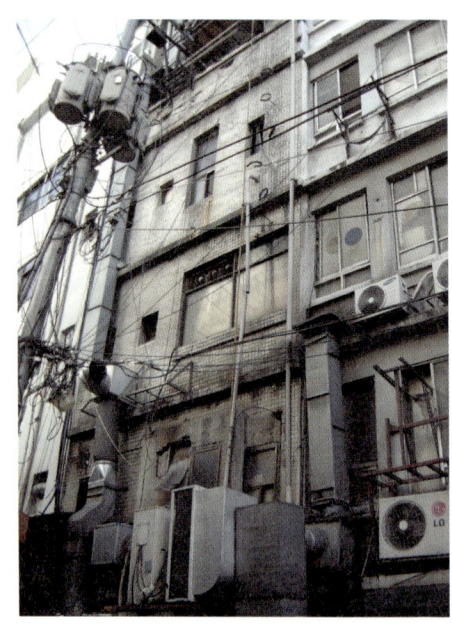

마크 시그문드 Mark Siegmund

뉴욕에서 온 남자,
도쿄에서 온 여자
ⓒ 씨네21북스

2009년 5월 25일 1판 1쇄 발행

지은이	권진, 이화정
펴낸이	이인우_씨네이십일(주) 대표
편집	이성욱, 김희선
디자인	조지은
사진	김유인
마케팅	김호경, 정병철
펴낸 곳	씨네이십일(주)
출판등록	2005년 3월 25일 제313-2005-000054호
주소	서울시 마포구 공덕동 116-25 한겨레신문사 4층
전화	02 6377 0538
팩스	02 6377 0505
전자우편	vagamundo@cine21.com
	http://book.cine21.com

값 12,000원
ISBN 978-89-93208-36-8 03810

* 이 책은 저작권법에 의해 보호받는 저작물이므로 무단 전재 및 복제를 금합니다.